浜中刑事の妄想と檄運

小島正樹

masaki kojima

本格M.W.S.

南雲堂

浜中刑事の妄想と檄運

目次

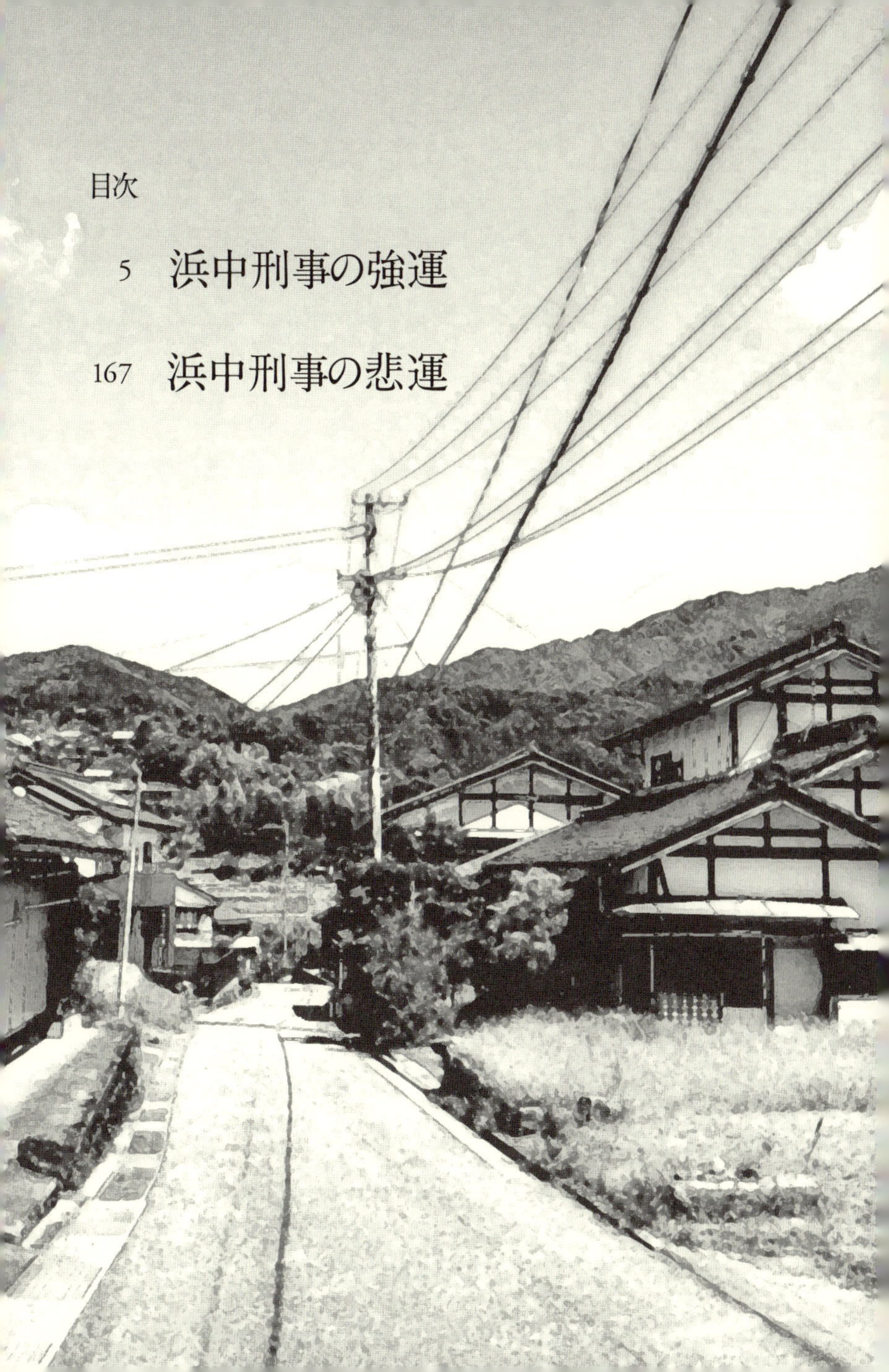

装幀　岡　孝治

写真 © たろんぺ / PIXTA(ピクスタ)、© なめ / PIXTA(ピクスタ)

浜中刑事の強運

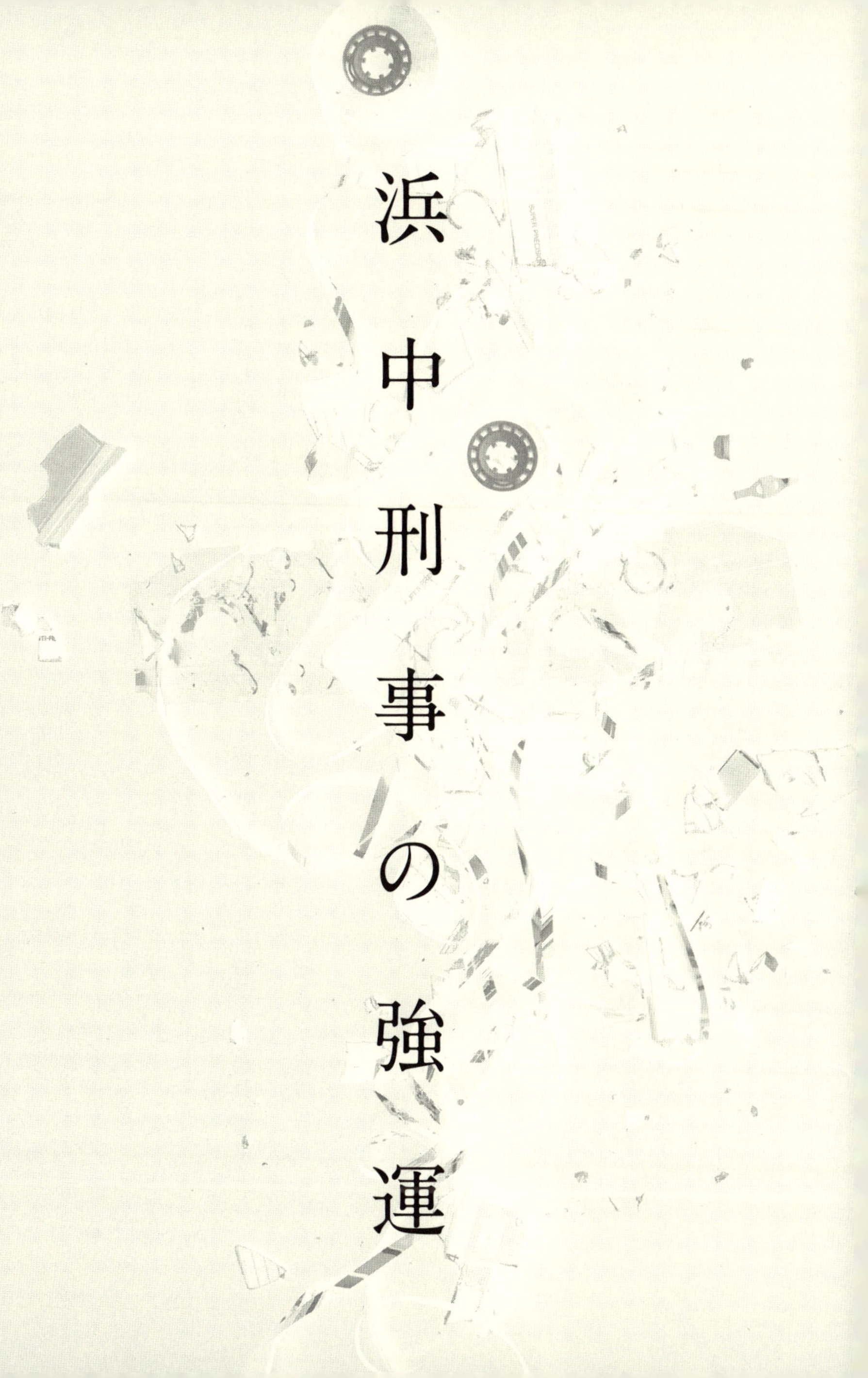

1

昭和六十年六月。

諸井伊左夫《もろいいさお》は汗ばむ両手で、ハイエースのハンドルを握っていた。焦りに背中を押されるかのように、少し前かがみになり、前方を凝視している。

アクセルを踏む足に、ともすれば力が入った。

落ち着け――。

自らにそう言い聞かせ、前を見たまま手探りで、伊左夫は煙草を取り出した。咥えて、火をつける。

それから伊左夫は、やはり手探りで運転席側の窓をわずかに開けた。夜の八時に近いが蒸し暑く、エアコンをかけているのだ。

空いた窓から、煙が外へ逃げていく。

「馬鹿女が」

心中の苛々を言葉にして、煙とともに伊左夫は吐き捨てた。

伊左夫は群馬県の高崎市内で、西洋骨董の店をやっている。県道沿いに店を構え、店舗の裏に倉庫と自宅があった。

さほど大きな店ではなく、伊左夫のほかにアルバイトが一人いるだけだ。

いつものように、午後の七時に店を閉め、バイトを帰して伊左夫が自宅へ戻ると、妻である千香子《ちかこ》の姿がなかった。伊左夫と千香子に子はなく、家はしんと静まっている。

食卓に夕餉の用意はなく、かわりに便箋が一枚置かれていた。

あの女のところへ行く——。

千香子の字で、そう記されている。とても小さな黒いムカデが、何匹も這いまわっている。そんな、気味の悪い震え文字だ。

千香子と伊左夫にとって「あの女」といえば、今本真奈《いまもとまな》しかいない。伊左夫はハイエースに飛び乗り、群馬県東部の大間々町へ向かった。

今本真奈は大間々町で、一人暮らしをしている。だが、何部屋もあるアパートに住んでいるわけではない。

一階が事務所で、二階は居住空間。そういう造りの建物の、二階部分だけを真奈は借りている。

一階は別の人が仕事場に使っており、日中しかいない。建物のまわりは駐車場と公園、それに畑で、夜ともなれば寂しいばかりだ。

真奈の顔を見て、千香子がわれを忘れて摑みかかったとしても、それに気づいて、止めに入ってくれる人はまずいない。

だから今、真奈の部屋で、取り返しのつかないことが起きているかも知れないのだ。

煙草を揉み消し、伊左夫はハンドルを握り締めた。バックミラーや前方に、パトカーの姿がないのを確認し、アクセルを踏み込んでいく。

妻の千香子はたいへんな癇癪持ちで、ひとたびそれが出れば、目を血走らせ、体中をぶるぶる震わせ、時に口から泡さえ吐いて、発狂したかのように、信じられない振る舞いをする。

すでに千香子は、軽い癇癪を起こしている。食卓の置手紙の震え文字が、それを語っているのだ。急がなくてはならない。

アクセルを踏む足に、伊左夫は力を込めた。

やがて大間々町に入り、見慣れた建物の前で、伊左夫は車を停めた。一階は真っ暗で、二階からはカーテン越しに、明かりが漏れている。真奈の部屋だ。

伊左夫は運転席側の窓をさらに開けた。女同士のいさかいの声は、聞こえてこない。わずかにほっとしたのち、伊左夫は眉根を寄せる。

すでに最悪の事態が起きており、そのために声がしないのではないか。

首を左右に振って、伊左夫は怖い妄想を追い出した。エンジンを切ろうとして、手を止める。

わずかばかり沈思《ちんし》したのち、伊左夫は車を動かした。建物裏の、目立たない場所に停める。千香子が何かをしでかした場合、「ハイエースを見た」という目撃証言が出てはまずい。

この車は、商品の仕入れや配達に使っている。骨董品を扱うには手袋が必要だから、常に何双か積んであった。

助手席側の物入れから、伊左夫は手袋を取り出した。最悪の事態に備えてそれを嵌め、そっと車を降りる。雨は降っていないが、水滴が見えるほどの湿気が、体にまとわりついてくる。

伊左夫はあたりを窺った。ぽつりぽつりと、寂しげに街灯が立っている。

人の姿がないことを確認し、伊左夫は真奈の部屋のある建物に向かった。奇妙なほどに静まっている。

外階段を使い、伊左夫は二階にあがった。外廊下はなく、階段を上りきったところに、玄関扉がある。

扉の前で、伊左夫は足を止めた。なにほどの声も聞こえてこない。

もしや千香子はきていないのか——。

淡い期待が、伊左夫の胸に灯る。

伊左夫は呼び鈴を押した。室内から、ブザー音が漏れ聞こえてくる。扉が開く気配はない。

伊左夫はドアノブを摑んだ。若い女性の一人暮らしだから、真奈は部屋にいる時、まず施錠する。

だがドアノブは、抵抗なくまわった。

嫌な予感に包まれつつ、伊左夫は扉を引いた。そこは台所で、明かりは灯っているが、人の姿はない。しかし狭い靴脱ぎ場に、見慣れた靴があった。千香子のものだ。

玄関扉を閉め、台所の先へと伊左夫は目を向けた。廊下があり、左右に扉が並んでいる。洋間がふたつに、トイレと風呂があるだけだ。

手前の洋間を、真奈は居間として使っている。その扉だけが、わずかに開いていた。

「千香子、真奈さん」

伊左夫は声をかけた。返事はない。

「あがりますよ」

言って伊左夫は、靴を脱いだ。そろりと廊下を行き、開いている扉の前で足を止める。張り詰めた気配が居間に漲っており、廊下にまで滲み出ていた。それがはっきり解る。

扉と壁の隙間から、伊左夫は居間を覗いた。思わず息を呑む。

すぐ目の前に、千香子がいたのだ。伊左夫と同じように、扉と壁の間からこちらを見ている。その双眸はすでに血走り、危険な光を帯びていた。ぴくりぴくりと、両目の下のまぶたが痙攣している。

伊左夫はうんざりした。千香子はすでに、強い癇癪の中にある。

「動くなよ」

部屋の奥へ目を向けて、男のような言葉で千香子が言った。押し殺した声だが、異様な感情の昂ぶりを含んでいる。

入ってこいというのだろう。扉の前から千香子が退いた。ノブに手をかけ、伊左夫は扉を押す。

「お、おい！」

思わず伊左夫は声をあげた。

千香子の右手の先が、鈍く銀色に光っている。怖いほどに切れ味のよさそうな、刃渡りの長い刺身包丁を、千香子は握っているのだ。

千香子は小刻みに震えており、包丁も揺れているが、その切っ先は、部屋の奥の一点に向けられていた。そこに真奈が立っている。真奈の顔面は蒼白で、歯の根が合っていない。

「あんた、この部屋にもきたんだって？」

真奈を見たまま、不気味なほど静かな声で、千香子が問うてきた。

「ここに？　いや、きていない。それより千香子、とにかくその包丁を……」

「うるさい」

千香子が言った。キッと伊左夫を睨みつける。

「きたんでしょう、ここへ。抱いたんでしょう、ここで」

抑揚のない口調で千香子が言う。

「そんなことは……」

思わず伊左夫は口ごもった。

「ほらごらんなさい。やっぱりきたんだ。ねえ、そうでしょう？」

と、千香子は唇の両端をにいっと吊りあげ、背筋の凍る笑みを浮かべた。真奈のほうへと歩いていく。

真奈は言葉をなくし、子供が嫌々をするように、首を左右に振っていた。真奈の両目に涙が湧き、すぐに膨れて雫になって、ぽたぽたと床に落ちる。伊左夫はすべなく立っていた。

ふらり、ふらり。

千香子が真奈へ向かっていく。竦みあがっているのか真奈はまったく動かない。

しかし伊左夫の呪縛は解けた。息を止め、そっと千香子の背を追う。それから一気に両手を伸ばし、伊左夫は千香子の右手を摑んだ。手をねじりあげ、包丁を奪い取る。

「なにするのよ！」

と、すごい形相で、千香子が伊左夫を睨みつける。伊左夫は無言で、千香子の手を離した。包丁を背後にまわし、千香子の視線から隠す。

「ああ、ああ」

言って千香子は首を左右に振り、悔しげに地団駄を踏んだ。それから千香子は舌打ちをして、猪さながら真奈に突っ込んでいく。

ふいの攻撃だ。真奈は避けることができない。

ごつんという、鈍くて重い、嫌な音がした。

千香子の体当たりを受けて、真奈の後頭部が背後の壁に、まともにぶつかったのだ。

真奈の双眸に、凄まじい怨嗟《えんさ》の色が灯る。しかしそれは一瞬だった。瞳を虚ろにして、ぐらりと上体を揺らし、真奈はその場にくずおれた。

「嘘……」

壁際に倒れた真奈を見おろし、呆然と千香子が呟く。

「私、知らない。あんたのせいだ」

と、千香子は伊左夫に顔を向けた。

「私は知らないよ」

子供のような声で言い、千香子が歩き出す。

伊左夫を一顧だにせず、千香子は部屋を出ていった。廊下の向こうで扉が開いて、すぐに閉まる音がする。トイレにでも入ったのだろう。

伊左夫はため息を落とした。千香子には、時折これがある。錯乱の果てに現実から逃げて、狭い場所に籠ってしまうのだ。

暗澹《あんたん》たる思いに包まれながら、伊左夫は真奈に目を向けた。ぴくりとも動かない。意を決し、伊左夫は真奈のところへ行った。怖々と手を伸ばし、真奈の口元に当てる。手のひらに、小さな呼吸を感じた。

真奈は生きている！

伊左夫は大きく息をついた。安堵のあまり、思わずその場にしゃがみ込む。

それから伊左夫は、念のために脈を診た。真奈の鼓動が、しっかり伝わってくる。

無言でうなずき、千香子に知らせるべく、伊左夫は腰をあげた。

だが次の瞬間、悪魔が伊左夫に憑りついた。恐ろしい奸計がやってきて、伊左夫の脳裏を占めたのだ。

血と音だ――。

耳元で、悪魔が囁く。

目を細め、伊左夫は思いを凝らし始めた。

2

伊左夫がまだ五歳か六歳の頃、父親の友人が一人で訪ねてきたことがあった。

父と友人は居間で酒を飲み始め、なんとなく、伊左夫もそこにいたのを覚えている。

細部までの記憶は定かでないが、やがて父と友人はしたたかに酔ったのではないか。恐らく友人が、高級な酒を持参したのだ。

「それにしても、いい商売ができた」

てらてらと顔を赤らめ、そう言って父の友人が、懐に手を入れた。それから彼は、札束を取り出して、どさりとちゃぶ台に置いた。

百万か二百万はあったと思う。

伊左夫は息を忘れていた。それほどの札束を間近で見たのは、初めてだ。その光景は強烈で、父の友人が帰ったあとも、伊左夫の脳裏にいつまでも残った。

あとで訊いたところ、あいつはコットウショウだと、苦い表情で父は応えた。

それが骨董商だと解ったのは、少しあとのことだ。だが、いずれにしても伊左夫はその体験により、大人になったら骨董商をやってみたいと、思うようになった。よくある子供の、「将来の夢」といったところだ。

父はさほど大きくない会社に勤めていた。子供ながら、伊左夫は父の悲哀を感じており、サラリーマンにはなりたくなかった。

やがて伊左夫は高校生になり、真剣に将来と向き合う時期にさしかかった。そこで身を入れて、骨董のことを調べてみた。

骨董は「言い値、買い値」の世界であり、うまくすれば、ぼろ儲けできるらしい。無論騙される危険もある。だが、こちらが目利きになれば、目の肥えていない素人客から、ぼることができる。

そこに面白味を感じ、伊左夫は本気で骨董商を目指した。しかし店を開く資金はない。伊左夫は両親とともに、高崎市内の借家に住んでおり、父の給料も知れている。いつだって、かつかつなのだ。サラリーマンは嫌だったが、まずはどこかの美術館に勤め、金を貯めつつ目を肥やす。そしていずれ店を持つ。

そう将来を見定めて、その頃に伊左夫は千香子と知り合った。彼女は高校の、同級生だった。しかし千香子の容姿は十人並で、とりわけ運動や勉強ができたわけではない。

伊左夫にとって、千香子は印象の薄い女子生徒でしかなく、在学中には、あまり話をしなかった。

高校を出た伊左夫は、なんとか都内の美術館に職を得た。だが、開店資金を貯めるのは容易ではない。またサラリーマンになってみれば、その安定と気楽さも悪くなかった。

店を持つ夢を少しずつ萎ませながら、十年以上、伊左夫はつつがなく勤めた。そしてある日、千香子と再会する。伊左夫の勤める美術館に、偶々千香子が客として訪れたのだ。

千香子は伊左夫のことを、よく覚えていた。のちに知ったのだが、高校の時から千香子は、伊左夫に好意を抱いていたという。

千香子は大げさに再会を喜び、誘われるまま二人で食事をした。それからも時々会い、やがて飲みに行くようになった。

酔えば夢は、再び膨らむ。いずれは骨董の店を持ちたいと伊左夫は言い、洒落た西洋骨董や、輸入雑貨を店に並べれば素敵だと、千香子は瞳をきらめかせた。

ほどなく伊左夫は、千香子を抱いた。

うまく千香子に誘導されたとしか、思えない。

なぜなら肉体関係を持ってすぐ、責任ということを、千香子が言外に匂わせてきたのだ。

千香子のことは好きでもなく、嫌いでもなかった。そこに体があれば抱く。それぐらいの思いしかなく、伊左夫は千香子から、遠ざかろうとした。

しかし千香子は押しが強く、伊左夫は勤め先と、その近くに借りているアパート、さらに実家まで知られている。逃れる術はなく、じわりじわりと迫られて、やがて伊左夫は、千香子の両親と会う約束をさせられた。

会うと千香子の父親は、伊左夫の夢を知っていた。千香子の家は裕福で、店を持つなら資金援助を惜しまないと、父親はいう。無論それは、千香子を娶るのが前提だ。

激しい恋愛の末に結婚しても、その情熱はいずれ冷める。夫婦間の会話は減り、時に諍《いさか》いもするだろう。

ならば打算と計算の上で、さほど好きでもない女と結婚しても、結果は同じだ。

そんなふうに考えて、伊左夫は千香子との結婚を決めた。

それから伊左夫は美術館を辞め、文字どおり全財産をはたいて高崎市内に土地を買い、店を構えた。

輸入雑貨と西洋骨董の店・千美堂――。

掲げられた店の看板を見あげ、感無量ではあったが、伊左夫の胸中には、わだかまりも巣くっていた。

借用書こそ作らなかったが、約束どおり千香子の父親が、かなりの援助をしてくれた。その代わりというわけではないが、店名に千香子の名を入れるよう、父親が言ってきたのだ。

だが、ともかくも伊左夫は念願の店を手に入れた。

千香子と二人で商品を仕入れて店頭に置く。思いがけずに高値で売れれば、二人で喜び合い、少しだけ高いワインで乾杯する。

船出をし、針路が定まるまでは、千香子との二人三脚が楽しかった。日々充実し、体中に力が漲っていたのだ。

やがて固定客がつき、店の売りあげは安定し、貯金もできた。しかしそうなると、だれてくる。商品を仕入れて売る。大損はしないが、莫大な利を得ることもない。そんなことを繰り返す日々の中、夫婦の会話はいつしか減った。そしてその頃から、千香子の癇癪が始まった。

たとえば若い女性客がきて、伊左夫と少しばかり話し込む。そうすると、その夜店を閉めて自宅に戻ったあと、千香子は苦々しい表情で、舌打ちを何度もするのだ。

それが始まりだったと思う。

千香子の様子は、日々険しくなった。

伊左夫たちの店の並びや向かいには、いくつかの店が軒を連ねている。その店主たちとのつき合いが結構あって、つまり噂が立ちやすい。また店先で声を張りあげれば、客足は落ちていくだろう。

そういう配慮を、千香子はかろうじて持っていた。

小声ながらも鋭い口調で、伊左夫をなじる。あるいはねちねち、説教をする。

むっつり黙って驚くほど長い間、伊左夫を睨む。

そういう様子を、千香子は決して他人に見せなかった。

だが、千香子はゆっくり、おかしくなっていく。胸中に住み始めた癇癪という化け物に、じわりと蝕まれていったのだ。

伊左夫は心配した。千香子ではなく、店のことだ。千香子が店で、癇癪を爆発させない保証はない。仕入れなどで出かける際、千香子一人に店番を任せるのが、いつしか伊左夫は怖くなった。

そこでアルバイトを雇うことにして、店に募集の張り紙を出し、求人雑誌にも載せた。その雑誌を見て面接にきたのが、今本真奈だ。

当時、真奈は二十五歳で、少し気の弱そうな印象があった。けれど履歴書によれば、都内の服飾雑貨の店で、五年以上働いている。話してみればしっかりしており、面接したその場で、伊左夫は真奈の採用を決めた。

真奈は仕事の覚えが早く、都内の店にいただけあって、接客態度もとてもよかった。若い女性店員の登場によって、店の売りあげも増えていく。

千香子が癇癪を起こし始めてから、伊左夫の心には、陰鬱なわだかまりができていた。そこへ陽がさしたかのようで、久しぶりに伊左夫は晴れ晴れとした。

ほどなく伊左夫は、真奈へ厚い信頼を寄せるようになった。真奈の口数もいつしか増えて、様々なことを話してくれる。

真奈は早くに、父親を亡くしていた。十五歳ほど年上の伊左夫に、あるいは父への思いを重ねたのか。やがて真奈は私的なことで、相談してくるようになった。

できる限り伊左夫は時間を割き、相談に乗った。だが、真奈を娘のように思ったからではない。うまくすれば抱けるという下心が、その頃から膨らんでいたのだ。

その夜。

千香子は出かけていた。母と観劇し、実家へ泊まるという。

伊左夫は真奈を自宅へ招き、友人関係の相談につき合った。真奈に酒を勧め、自らも飲む。

伊左夫はそして、真奈を抱いた。

乱暴になるのかどうか、微妙なところだ。真奈はかなりの抵抗をみせたが、途中から大人しくなったし、どうやら男を知っていた。けれど真奈が警察へ訴え出れば、強姦罪の容疑で伊左夫は捕まるだろう。

仕事を離れれば、真奈には気の弱いところがある。この夜の出来事を、伊左夫は強く口止めした。それまで見せたことのない怖い顔で、真奈をせいぜい脅したのだ。

真奈は怯えて、うなずいた。その様子にそそられ、伊左夫は再び真奈を抱く。彼女はもう、抵抗をみせなかった。

それから時折、伊左夫は真奈と関係を持った。

しかし伊左夫は忘れていた。いや、忘れようとしていたのだ。

千香子――。

もともと千香子は真奈の採用に、いい顔をしなかった。しかし骨董店とはいえ、千美堂には可愛らしい商品が多かったし、骨董ではないその手の雑貨も扱っている。

店番はやはり女性がいいと、千香子も判断したのだろう。渋々彼女は真奈を受け入れた。

雇ってみれば、真奈は千香子に対してうまく振る舞った。また真奈の店番によって、伊左夫が店に立つ機会も減り、女性客と語らう場面も少なくなった。

そういう日々の中、千香子の癇癪は、以前より少し治まってさえいたのだ。

だが伊左夫が真奈を抱くようになり、千香子のイライラは再発した。

かなり用心をしていたから、伊左夫と真奈の関係を示す、いわゆる物的証拠はない。ところが千香子は、二人の関係に気づいていた。

そして千香子は爆発した。初冬の午後のことだ。

その日伊左夫は、店に出ていた。真奈は倉庫で棚卸をしており、千香子は自宅に籠っている。

初めて見えた女性客が去り、直後倉庫から声が聞こえた。

「殺してやる！」

千香子の声だ。伊左夫は倉庫へ急行した。

自宅にいたはずの千香子が倉庫にいて、真奈を睨みつけている。目を血走らせ、ぶるぶると肩を震わせ、口の端から泡さえ吐いていた。

これまでにないほどの、すごい癇癪であり、思わず伊左夫は立ち尽くした。千香子の癇癪を初めて見たのだろう。真奈は真っ青になって震えている。

「この泥棒猫」

真奈にそう吐き捨てて、千香子はこちらを向いた。怒り心頭に発するとはこのことか。充血した目と唇を吊りあげて、角こそないが、千香子は般若さながらの表情だ。

「解ってんだよ。あんた、手を出しただろう」

千香子が言う。伊左夫は首を左右に振った。

「二人で私を馬鹿にして！」

言って千香子が、そこにあった商品の置物を摑む。小さいが鉄製で、重量はそれなりにある。

両手で置物を持ち、それを振りあげ、千香子が真奈に突進する。すべなく真奈は頭を抱え、そこへ千香子が置物を打ちおろした。食いしばった真奈の口から、小さな悲鳴が漏れる。

その声にわれを取り戻したらしく、千香子がぴたりと動きを止めた。

「知らない、私、知らない」

と、千香子が倉庫を出ていく。伊左夫は真奈に駆け寄った。

3

幸いにして、真奈の頭部は無事だった。だが、真奈はかばった右手に裂傷を負い、骨折もしていた。

このままだと、いつまた千香子に襲われるか解らない。そそけ立つような、そういう恐怖に襲われたのだろう。真奈はすぐに千美堂を辞め、それきり姿を消した。

だが、癇癪がぶり返し、以前よりもひどくなった千香子と二人残されて、伊左夫は真奈の体を忘れることができない。

履歴書によって、真奈の実家は解っている。高崎市内だ。やがて伊左夫はそこへ行き、探偵よろしく実家を見張った。真奈が実家へ戻っている様子はない。

伊左夫は平気で嘘をつけるし、口も達者だ。頃合いを見て実家を訪ね、伊左夫は真奈の母親に会い、口八丁で真奈の居場所を聞き出した。

真奈は桐生市に仕事を見つけ、西隣の大間々町で一人暮らしをしているという。

伊左夫は真奈を訪ねて、久しぶりに抱いた。真奈は嫌がったが、その仕草がまたそそるのだ。

以来時折、伊左夫は大間々町へ行き、真奈と関係を持っている。いつか千香子に知られるという、確信めいた思いはあった。そうなれば千香子は、どれほど癇癪を起こすか解らない。

だが真奈の体への欲求が、その恐怖を凌いだ。

けれど恐怖は、思いがけない方角からやってきた。

一か月ほど前のことだ。大間々町の真奈の部屋を訪ねると、真奈の様子がひどく硬い。何やら思いつめている。

居間に入り、小さなガラステーブルを挟んで、伊左夫は真奈と向かい合った。テーブルの上にラジカセが載っている。

このラジカセはいつもハンカチをかぶせられて、寝室のベッドの脇に置いてある。

伊左夫が首をひねっていると、真奈がラジカセの再生ボタンを押した。くぐもった男の声が聞こえてくる。どこか聞き覚えのある声だ。

続いて女の声がした。真奈だ。真奈はひどく嫌がっており、しかし男は真奈を、無理に犯そうとしている。

伊左夫は青くなった。

伊左夫の声だった。この前伊左夫がきた時の様子を、真奈は録音していたのだ。

「もう二度とここへこないでください。きたら警察にこのテープを提出し、強姦罪で訴えます」

眉宇《びう》に決意を浮かべて、真奈は言った。

関係を断ち切ることを約束し、くれぐれもテープを警察へ持っていくなと懇願さえし、伊左夫は部屋を出た。

伊左夫が真奈の部屋へ入ったのは、その時以来だ。

きたら警察へテープを提出すると真奈は言ったが、伊左夫が訪ねてこなくても、いつ気が変わって、警察へ持ち込むか解らない。

目つきの鋭い刑事たちが、突然千美堂にやってきて、伊左夫を逮捕する。破廉恥な強姦罪だ。千香子の父は黙っていない。即刻離婚させ、これまでに援助してきた以上の金を、千香子への慰謝料として要求してくる。

伊左夫の顔や、千美堂の映像が繰り返し報道され、伊左夫の両親はどんな思いで、それを見るのか。もう借家には住んでいられず、夜逃げさながら引っ越すかも知れない。

そして伊左夫はすべて失い、服役をする。

気がつけばそういうことを想像し、戦慄に近い恐怖を覚え、このところ伊左夫は、ひどく落ち着かない日々を送っていた。

よりによってそんな時に、千香子が凄まじい癇癪を起したのだ。

だが――。

壁際に倒れている真奈を見おろし、伊左夫は笑みさえ浮かべていた。

伊左夫の人生を破滅させるカセットテープ。それを持つ真奈を殺し、その罪を千香子に着せるのだ。

伊左夫は決意した。

トイレに籠った千香子は、当分動かないはずだ。大丈夫、時間はある。

先ほど浮かんだ悪魔の奸計を、伊左夫は頭の中でなぞった。恐ろしく、しかし完璧な計画が、ありありと姿を見せていく。

4

「よし」

計画に必要なものがすべて揃っているのを確認し、やがて伊左夫はそう呟いた。真奈はまだ、昏倒している。

まず、伊左夫は真奈の服をすべて脱がした。手袋を嵌めているから、指紋がつく恐れはない。

意識を取り戻した時に備え、伊左夫は真奈の手足にタオルを巻いて、上から縛った。さらに猿ぐつわをかます。

伊左夫は居間を出た。廊下を行き、奥の部屋に入る。こちらは寝室で、窓辺にベッドが置かれていた。脇の小さなテーブルに、ハンカチをかぶせられて、ラジカセが載っている。

壁際には書棚と整理棚があって、本やカセットテープが、きれいに並んでいた。

あのテープのどれかに、伊左夫が真奈を犯した様子が録音されているはずだ。

憎々しげにテープを睨みつけながら、伊左夫はベッドに近づいた。ハンカチを取って、ラジカセに目を向ける。

ラジカセを少しいじってハンカチをかぶせ、伊左夫は寝室をあとにした。廊下に出て、トイレの扉の前に立つ。

扉を叩いてノブに手をかけたが、まわらない。籠っているはずの千香子が、施錠しているのだ。

「私だよ。開けなさい」

怨毒《えんどく》に満ちた思いをおくびにも出さず、優しく伊左夫は言った。

ほどなく開錠音がして、ゆっくり扉が開き始める。その隙間からおずおずと、千香子が顔を覗かせた。涙で化粧は剝げ落ちて、双眸はひどく虚ろだ。

三分の一ほど扉を開けて、千香子は動きを止めた。扉の向こうに立ち、及び腰で伊左夫を見あげている。

ここで強引に引っ張り出そうとすれば、千香子はすぐに扉を閉めて、ますます籠ってしまう。これまでの経験で、伊左夫はそれを知っていた。

繰り返し起こす癇癪の中で、千香子の扱いをすっかり覚えたのだ。

「私だ。解るね」

微笑とともに、諭す口調で伊左夫は言った。呆けたような表情ながら、千香子がこくりとうなずく。

だが、彼女は先ほどの騒動を、すっかり忘れているだろう。

癇癪のさなかに、たいへんなことをしでかした時、その前後の記憶を、千香子は仕舞い込んでしまうのだ。ほんとうに忘れるのか、現実逃避の演技なのか、解らない。

「自分の名前は、解るかな？」

ゆっくり優しく、伊左夫は問うた。

一見千香子は虚脱の中にあるが、その裡《うち》にはふつふつと、癇癪がくすぶっているはずだ。刺激すれば、たいへんなことになる。

「千香子……、諸井千香子」

棒読みさながら、彼女が応えた。

「うん、よく言えたね。さて、どうしようか。ここで立ったまま、話を続けるかい？」

束の間の沈思のあとで、千香子が首を左右に振る。

「それではあっちの部屋へ行こう。大丈夫、怖いものなどないよ」

言って伊左夫は、寝室を目で示した。迷いながらも千香子がうなずく。

彼女が自ら出てくるのを待って、伊左夫は千香子に寄り添った。寝室へといざなう。

部屋に入り、並んでベッドに腰かけて、伊左夫は千香子への質問を再開した。

「さて、千香子。お前はどこに住んでいるのかね？」

「群馬県の高崎市」

「そうだね。ではここはどこだろう？」

「ええと……。大間々町の塩原」

「うん。ではどうしてお前は、ここへきたのかな？」

「解らない」

と、千香子がかぶりを振る。辛抱強く時間をかけて、伊左夫は同じ質問を続けた。

「今本真奈に会いにきた」

やがて千香子が言った。ぎらりとその目に、憎しみの色が宿る。

伊左夫はすぐに先手を打った。

「済まない。ほんとうに済まない。私のために、嫌な思いをさせてしまったね」

そう言って、ごめんねと繰り返し、千香子の肩をそっと抱いたのだ。

「ううん、もういい」

あどけないほどの口調で、千香子が応える。

ひとつ息をつき、伊左夫はさらに質問を続けた。この部屋の住所や、ここへきてからの振る舞いを訊く。

質問に応えていくうち、千香子はすっかり記憶を取り戻した。千香子を刺激しないよう、細心の注意を払っていたから、伊左夫に怒りが向くことはない。

「隣の部屋には、なにがあるのかな？」

そろりと伊左夫は訊いた。

「今本真奈の……、死体」

嗚咽混じりに千香子が言う。いつしか彼女は泣き出していた。

「そう、お前が殺してしまった真奈だ」

「ひぃっ！」

「ああ、ごめんね。でもほんとうのことだから、認めなくてはならない。解るね？」

「うん」

「念のため、真奈の死体を見てみるかい？」

途端に千香子は、ぶるりと背を震わせた。泣き濡れた瞳を伊左夫に向けて、首を強く左右に振る。

「そうだね。見るのは怖いよね」

内心ほくそ笑みながら、伊左夫は言った。

自分が真奈を殺したと、千香子はすっかり思い込んでいる。千香子にとって、真奈はすでに死体なのだ。

その怖い死体に近づき、念のために生死を確認するなど、痼癪のあとの放心状態にいる千香子が、するはずはないと伊左夫は踏んでいた。

真奈が生きていることに千香子が気づけば、そこで計画を中止すればいいだけだが、ここまできたら遂行したい。

「お前は真奈を殺してしまった」

とどめを刺すつもりで、伊左夫は言った。悄然と、千香子が肩を落とす。

「自首するかい?」

耳元で伊左夫は言った。千香子はなにも応えない。

「自首したら、お前は何十年も刑務所で暮らすことになる。お前のご両親だって、近所中からうしろ指をさされてたいへんだ。お義母さんなど、自殺するかも知れないね」

悪魔さながらに、伊左夫は囁き続ける。蒼白になって、千香子が震え始めた。

「嫌、自首は嫌」

「うん、そうだね。私だって、お前を刑務所になどやりたくないよ」

慎重に言葉を選んで、伊左夫は言った。ここが肝心なのだ。

もしも伊左夫が「自分にも責任がある」とでも言おうものなら、「あなたのせいだ」と千香子は逃げを打つ。それをさせず、きっちり追い込まなくてはならない。

「だから私はお前のために、ひとつ計画を立てたのだよ」

千香子の肩を抱き、引き込むように伊左夫は言った。

「計画?」

「うん。それを実行すれば、お前は犯人にはならない。刑務所にも行かなくて済む」

「ほんとうに?」

「ああ、ほんとうだとも」

「どんな計画なの？　教えて！」

と、千香子が目を輝かせた。

「ここの一階は事務所になっていてね。女性が一人で、仕事場として使っているらしい」

伊左夫は言った。

真奈によれば、女性は午前九時頃から、午後七時過ぎまで一階にいるらしい。金曜日だけが休みのようで、それ以外は毎日くる。

一方真奈は、土曜日と日曜日が休日で、平日は午前八時にここを出て、残業がなければ午後六時半に帰宅する。

よって土日の日中と平日の宵のひと時だけ、真奈と女性はこの建物に居合わせる。

階下の女性は、どうやら一人で翻訳の仕事をしており、来客はほとんどなく、いつも静かだ。

仕事柄、集中力が必要なのか、あるいは元々音に敏感なたちなのか、二階で真奈が大きめの音を立てると、一階の女性は天井を棒らしきもので突くなどして、抗議の意を表してくる。

毎日がそれでは堪らないが、平日はわずかな時間しか居合わせないし、真奈は土日、ずっと部屋に籠っているわけではない。それに女性は棒で突くだけで、怒鳴り込んできたことは、ただの一度もない。

だからあまり気にならないと、真奈は言っていた。

「その女性を利用するんだ」

一階の住人について千香子に説明したあと、伊左夫は言った。

「利用？」

「うん。そこに扇風機があるだろう」

と、伊左夫は部屋の隅を目で示した。ありふれた首振り式のもので、「切り」タイマーはあるが、「入り」タイマーはない。

「コンセント式の二十四時間タイマーと、ポリプロピレンの紐を、台所で見つけたよ。そして居間の物入れには、旅行鞄があった。それらを使うんだ」

「使って、どうするの？」

「まず、壁のコンセントにタイマーを嵌めて、そのタイマーのコンセントに、扇風機の電源プラグを嵌め込む。壁のコンセントと扇風機の間に、タイマーを挟む格好だね。

こうしてから、たとえばタイマーを『一時間後・入り』に設定する。そうすれば一時間後に扇風機の電源が入って、動き出す。首振り機能を作動にしておけば、もちろん扇風機は首を振る」

よく解らないという表情で、千香子がこちらを見ている。

相変わらず、頭の鈍い女だ——。

そう吐き捨てたくなるのを堪えて、伊左夫は腰をあげた。

「よし。ちょっとやってみよう。すぐ戻るから、待っていなさい」

5

タイマーと旅行鞄、それに紐を持って伊左夫が寝室に戻ると、変わらず千香子はベッドに腰かけていた。

千香子をベッドから離れさせ、伊左夫は先ほど説明したとおりに、扇風機とコンセントの間にタイマーを挟み込んだ。それから鞄に手を伸ばす。

小型のトランクに、引き延ばし式の取っ手がついており、その反対側に小さな車輪がある。キャリーケースと呼ばれるものだ。

伊左夫は書棚の本を、何冊も鞄に詰め込んだ。かなりの重さにして蓋を閉め、ほぼ垂直に、鞄をベッドに立てかける。

それから伊左夫は、鞄の近くに扇風機を置いた。ぴんと張るように長さを調整しながら、鞄の取っ手と扇風機の羽根カバーを紐で結ぶ。

ベッドの側面に鞄が立っており、その近くに扇風機がある。扇風機のコードは壁へと伸び、タイマーのコンセントにプラグが嵌っている。そのタイマーは、壁のコンセントに刺さっている。そういう状態だ。

「これでよし」

と、伊左夫は「三分後・入り」にタイマーをセットして、千香子に顔を向けた。横に立つ彼女は、固唾を呑む表情だ。

「見ていなさい」

伊左夫は千香子をうながし、壁際に立った。沈黙の中で、タイマーが時を刻んでいく。

やがて三分経ち、扇風機が動き出した。ゆっくり首を振り始める。だが、羽根カバーは鞄の取っ手と、紐で結ばれている。鞄には本がぎっしり詰まり、相当な重さだ。易々と鞄を引っ張る力は、扇風機にない。

痙攣を起こしたかのように、扇風機の首がカタカタと、小さく不自然に動く。それを何度も繰り返す。

祈りにも似た思いを抱き、伊左夫は扇風機と鞄を見つめていた。

やがて——。

扇風機に引っ張られて、鞄の取っ手がそちら側へと、わずかに動いた。

鞄はほぼ垂直に立ててあり、下に車輪がついている。つまり極めて不安定なのだ。少しでも取っ手が動けば、あとは自重で倒れていく。

伊左夫の目の前で、そのとおりになった。鞄が床に倒れ、どしんという音が響く。

笑みを灯して、伊左夫は千香子を見た。けれど彼女は無表情に、鞄を見おろしている。

まだ、解らないらしい。伊左夫は口を開いた。

「もう一度鞄を立てかけ、明日の午前十一時にスイッチが入るよう、タイマーをセットしておく。そうすればその時間に鞄が倒れて、かなりの音がする。

明日は火曜日だから、階下には女性がきているはずだ。彼女は音に神経質で、天井から聞こえてくる『どしん』という音に、まず気づく。ここまでは解るね」

「うん」

「明日の午前十一時。お前はここからなるべく離れた場所へ行き、そこでアリバイを作っておくのだ。それから午後の九時頃に警察へ電話をして……」

「警察！　それは嫌」

と、千香子が激昂の気配を見せる。伊左夫は慌てて、千香子の肩を抱いた。耳元に口を寄せて、話を継ぐ。

「ああ、ごめんね。でも、大丈夫。最後まで話を聞きなさい。

真奈はここで一人暮らしだろう。いつまでも死体が見つからなければ、せっかくのアリバイ工作が意味をなさなくなってしまう。

だからお前は一一〇番へ連絡して、この部屋で人が死んでいることを告げるのだよ」

千香子が身を固くした。あやすように、その背を優しく叩きながら、伊左夫は囁き続ける。

「声を変えて喋れば、お前だとは気づかれないよ。とにかく一一〇番しなさい。そうすれば警察がここへやってくる。

真奈の死体を見て、警察は捜査を始める。当然階下の女性にも聞き込みをする。女性は『火曜日の午前十一時頃に、二階から人の倒れるような音が聞こえた』と、言うはずだ。

そうなれば警察は、午前十一時前後に真奈が殺されたと思う。しかしお前はその時……」

「遠くにいる！」

千香子が言って、顔を輝かせた。

「そう。お前には鉄壁のアリバイがある。だから絶対に逮捕されない。

でも真奈の死体発見が遅れれば、階下の女性の記憶はあやふやになる。最悪、音が聞こえたことを、忘れてしまうかも知れない。

そうなると、せっかくのアリバイ工作が無になってしまう。だから一一〇番通報が必要なのだよ」

「すごい！　あなた、ありがとう」

素直な口調で千香子が言う。

新婚当時を、ふいに伊左夫は思い出した。互いに相手を褒めて、心から笑い合う。そういう時期が、伊左夫と千香子にも間違いなくあった。

だが、いつしか千香子は癇癪持ちになり、伊左夫はうんざりして、千香子の顔を見るのさえ嫌になった。そして今、殺人という罪を千香子に着せようとしている。しかもそのことに、一切の心痛を感じないのだ。

「なに、愛するお前のためだ。これぐらいは考えるよ」

平然と、伊左夫は言った。千香子が微笑む。けれどそのあとでなにかに気づき、千香子は心配そうに眉根を寄せた。

「でも警察は、死体を詳しく調べるんでしょう。今夜死んだことに、気づかれないかしら？」

気づいたか——。

伊左夫は内心、舌打ちをした。この「千香子を言い包《くる》めるための偽の計画」の唯一の弱点が、今、千香子が口にした「死体現象の問題」なのだ。

伊左夫が美術館に勤めていた頃、足繁く来館する医師がいた。やがて顔見知りになり、ほかに客がいない時など、世間話をするようになった。

その医師は警察からの要請で、時々死体解剖をするという。興味を覚えて、伊左夫は色々と訊ねた。

死後、人の体は刻々と変化する。四肢は硬直していき、瞳孔は白濁し、場合によっては死斑と呼ばれる痣ができる。

それらをよく観察し、さらに解剖で胃の内容物の消化状態や、直腸の温度を調べれば、死亡推定時刻はかなり絞れる。

死体をすっかり凍らせる。あるいは燃やしてしまう。そこまでやれば、死亡推定時刻は曖昧になる。また死体が腐乱し、さらに白骨化までいけば、死亡推定時刻は絞り切れない。

けれど死体を多少冷やしたり、あるいは温めたりした程度では、死亡推定時刻を大幅にごまかすことは、まずできないという。

「この部屋に、電気毛布があるかも知れない。なければ私が、どこかで買ってくるよ。電気毛布で真奈の死体を包んでおけば、体温があるのと同じ状態になり、死んだ時間をごまかせる。

明日の夜。一階の女性は午後七時過ぎに、ここをあとにするはずだ。それからお前が一一〇番通報する午後九時までの間に、私はこっそり真奈の部屋へ入り、扇風機や鞄などをすっかり片づけておく。これでお前のアリバイは成立する」

安らかな表情で、千香子が吐息を漏らす。

この程度の説明で信じ込むとは、馬鹿な女だ——。

伊左夫はそう思い、だがことさらに顔を引き締めて、口を開いた。

「アリバイが成立する前に、警察はお前を連行するかも知れない。そうなれば取調室で、刑事に怒鳴られながら、色々と訊かれる」

「それは嫌」

「うん。だから明日、どこか遠くの街でアリバイを作ったあとも、そのまま身を潜めていなさい。名古屋や大阪など、大都市のビジネスホテルに泊まっていれば、見つかりにくい。

それで定期的に、店か自宅に電話してくるんだ。私がなんとか警察の動きを探る。それでもう大丈夫と判断すれば、帰ってくればいい」

「解ったわ」

「よし。そうと決まれば、あとは私に任せて、もうここを出なさい。万が一誰かきたら、たいへんだ」

「うん」

「アリバイ工作は午前十一時。一一〇番通報は午後九時だ。いいね？」

「はい。ねえ、あなた」

「なんだい？」

「ほんとうにありがとう」

真心のこもった千香子の声だ。面容にも、まったく険がない。

きれいだなと、伊左夫は思った。

だが――。

それでも伊左夫の心は、痛まない。

背を向けて、千香子が部屋を出ていく。

6

すでに夜は明けていた。朝の渋滞は始まっていないが、すれ違う対向車はみな、前照灯を消している。

空には低く雲が垂れ込め、ねっとりとした湿気が、大気にたっぷり溶け込んでいた。今日も蒸し暑くなるだろう。

ハイエースのハンドルを握る伊左夫は、ひどく疲れていた。道端に車を停め、何もかも忘れて泥のように眠りたい。

そういう欲求と、ずっと闘っている。

昨夜から煙草を吸い過ぎて、引っかかるような軽い痛みが喉にあった。もう、煙草に手を伸ばす気になれず、伊左夫はガムを嚙んでいる。

車の助手席には、疲れを紛らわすための栄養飲料と、紙袋が置かれていた。袋にはたくさんのカセットテープが入っており、カタカタと音がしている。

真奈の部屋にあったカセットテープだ。目につく限りのすべてを持ってきた。

伊左夫が真奈を犯す様子が、どのテープのどの部分に録音されているのか、解らない。ひとつずつ再生するのはたいへんだし、真奈のテープを伊左夫が持っていてはまずい。

高崎市の自宅に戻り次第、どれも粉々に砕いて、捨てるつもりだ。今日は可燃ごみの収集日だから、それにこっそり混ぜてしまえばいい。ごみ収集車がくるまでに、その作業を終える時間は充分にある。

だがひとつだけ、残しておくべきテープがあった。それだけは袋に入れず、別にしてある。

ポリプロピレンの紐と、千香子が振りまわした刺身包丁も、真奈の部屋から持ってきた。それらは別の袋に入れて、座席の下に隠してある。

「高崎市」と記された標識が、彼方に見えてきた。ふっと伊左夫は息をつく。ようやくここまで戻ってきたのだ。

「しかし勝負はこれからだ」

自分を励ますため、わざと声に出して伊左夫は言った。気を引き締めて、運転を続ける。

やがて千美堂が見えてきた。県道沿いに客用の駐車場と店舗があって、店舗の脇を抜けた裏手に、倉庫と自宅が建っている。

伊左夫は敷地に車を乗り入れ、自宅の前で停めた。車を降りて、さりげなくあたりを窺う。

犬の散歩をしている中年女性が一人、裏の路地にいるだけだ。ほかに人の姿はなく、近くのアパートや一戸建ての窓辺に、誰かが立っている様子もない。

犬を連れた中年女性が視界から消えるのを待って、伊左夫は玄関扉を開けた。再び車に乗り込み、玄関に向かってぎりぎりまで後退させる。

エンジンを切って車を降り、伊左夫はうしろにまわった。跳ねあげ式の後部扉を開ける。ワゴン車の広い荷台があって、そこになにかを包んだ格好で、青いシートが置かれている。シートには幾重にも、ポリプロピレンの紐がかけられていた。

商品の梱包用に、この青いシートや緩衝材を、いつもワゴン車に積んである。

腰をかがめ、伊左夫は両手を大きく広げた。全身で抱くようにしてシートをかかえ、気合いを入れて持ちあげる。多少足はふらついたが、無事、玄関の中に入れることができた。

伊左夫は素早く外に出て、車の後部扉を閉めた。真奈の部屋から持ってきたものを手にして家に入り、玄関扉を閉じて施錠する。

それから伊左夫はハサミを取り出し、青いシートにかけられた紐を、何本か切った。シートを少し剝ぐ。

女の顔が現れた。真奈だ。目を見開き、信じられないといったまなざしを、伊左夫に向けている。真奈には猿ぐつわをかまし、その上から口全体に、ガムテープを貼っておいた。ごく小さな唸り声しか、聞こえてこない。

「私を脅したお前が悪いのだ」

真奈を見おろし、伊左夫は吐き捨てた。彼女の顔が恐怖に引きつる。伊左夫は再び、シートごと真奈を抱えた。苦労して、一階の押入れに閉じ込める。

伊左夫はカセットテープの処分を始めた。テープを金槌で叩き割り、三重にしたレジ袋へ入れていく。

そのレジ袋を、可燃ごみの入ったごみ袋に混ぜ込み、ごみ収集所に出して自宅へ戻ると、どうにも動けなくなった。ほとほと疲れているのだ。

だがあとひとつ、肝心の作業が残っている。

パンと珈琲だけの簡単な朝食を取り、わずかに休息を入れてなんとか気力を充実させ、伊左夫は腰をあげた。廊下へ出て、玄関に近い扉を開ける。そこは洋間で、部屋の中央にソファとテーブルがあって、壁際には飾り棚が並んでいた。

応接室兼、伊左夫の居室だ。千香子の顔を見たくない時、伊左夫は一人でここへ入り、音楽を聴いて酒を飲む。

伊左夫は飾り棚のひとつに向かった。いかにも古めかしい蓄音機が載っている。

それなりの値段で仕入れ、しばらく店頭に並べたのだが、日々見ているうちに愛着が湧いてきた。そこで伊左夫は、この蓄音機をここへ置いたのだ。

そういう「元商品」はほかにもあって、千香子も寝室に、可愛らしい置物を並べていた。骨董は同じものが手に入りづらい。気に入ってしまうと、売りたくなくなる。

蓄音機の前に、伊左夫は立った。

木製の土台はすっかり黒ずみ、かえって風格を帯びている。ゼンマイ式で、台の側面にハンドルがついていた。八十年ほど前の米国製だ。

ライト兄弟がノースカロライナ州で空を舞った頃、アメリカ人の誰かがこのハンドルをまわし、ジャズでも聴いていたのだろうか。そんなことを思えば、感慨深い。

台の上にはターンテーブルがあって、そこから巨大な花が咲いたように、ホーン、あるいはラッパと呼ばれる拡声装置が、斜め上へと伸びていた。

ホーンはずい分大きくて、直径は五十センチに近い。鈍い金色をしており、その形はテッポウユリの花弁に似ている。

伊左夫は両手を伸ばして、ホーンを摑んだ。まずは針をホーンから取る。そしてホーンを、ターンテーブルから外し始めた。この蓄音機は、さして複雑な仕組みではない。作業はすぐに終わった。

外したホーンを胸の前で抱え、伊左夫は廊下に出た。浴室へ入り、開けっ放しの中折れ扉を抜けて、洗い場まで行く。伊左夫はそこで、ゆっくりホーンをおろした。

ホーンの先端は、ごく細い管状になっている。少しずつ直径を増しながら管は伸び、やがて一気に広がって、大輪の花さながらに、大きく口を開けているのだ。

洗い場の床には排水口があって、網目の蓋が載っている。伊左夫はそれを取り、ホーンの細い先端を、排水口にさし込んだ。浴槽の側面と洗い場の壁に、ホーンを立てかける。

だがそれだけでは、ホーンはすぐに倒れてしまう。シャワーの管を留める金具や、蛇口などの突起をうまく使って、伊左夫はホーンを紐で固定していく。

やがて伊左夫は手を止めた。ホーンはもう、動かない。

伊左夫は浴室を出て、居間へ入った。真奈の部屋で千香子が振りまわした刺身包丁を持って、浴室へ戻る。

支度はすべて終わった——。

浴室の棚に包丁を置き、伊左夫は大きく息をついた。

7

諸井伊左夫が開店準備をしていると、アルバイトの津川《つがわ》が店に入ってきた。半年前に今本真奈が店を辞め、代わりに雇った男性だ。

真奈の後釜として、伊左夫は性懲りもなく、若い女性を店に置こうと思ったが、それは絶対に許さないと、妻の千香子が目を剝いた。

津川は二十代後半の男性で、大学を出たあとずっと、気ままにアルバイト暮らしをしているという。仕方なく雇った男性ではあるが、なかなか気が利き、主婦層の客にも人気がある。

二言三言、津川と話をしたあと、伊左夫は店の前の駐車場に出た。右隣の運動具店と向かいの洋品店が、午前十時の開店時間を迎えつつある。

伊左夫はさりげなく視線を巡らし、店頭に商品を並べるそれらの店主と、目を合わせた。笑みを浮かべて会釈をする。

だがそのあとで、伊左夫は顔をしかめた。腰を引き、両手で胃を押さえる。

「どうしました?」

右隣の店主が声をかけてきた。向かいの店主もこちらを見て、心配げだ。

「ちょっと飲みすぎましてね」

苦い笑いとともに、伊左夫は応える。

これで二人の店主には、今日、すなわち六月十八日の午前十時に、伊左夫が店にいたという記憶が残ったはずだ。

のちに警察がきて、必ず伊左夫のアリバイを訊く。

アルバイトの津川は、伊左夫が店にいたと証言してくれるだろう。だが、彼だけでは弱い。津川は伊左夫のために嘘をついていると、警察が勘ぐるかも知れないのだ。

「今夜は酒を控えますよ」

店主たちに言い、伊左夫は店に入った。

「大丈夫ですか。そういえば、顔色が悪いですよ」

店頭での会話を耳にしたのだろう。津川がそう言った。

「まあ、なんとかね」

伊左夫は応える。

洗い場でホーンを固定したあと、伊左夫はすぐにベッドへ入った。開店までに、一時間ほど仮眠ができる。

しかしたいへんな興奮状態にあるらしく、横たわって目を閉じても、眠気がまるでやってこない。

一睡もせずに、伊左夫は床を離れた。久しぶりの徹夜であり、しかも夜どおし、凄まじい作業に追われたのだ。顔色のいいはずはない。

ふと思いつき、伊左夫は津川に顔を向けた。

「実は昨夜、妻とやっちまってね」

と、伊左夫は両手の人さし指を伸ばし、それを剣に見立てて、チャンバラふうに動かした。

「喧嘩ですか」

微苦笑とともに津川が言う。千香子が癇癪持ちであることに、津川は薄々気づいているらしい。

「ああ。それでむしゃくしゃして、飲み過ぎたらしい。

一晩経っても怒りが収まらないのか、今朝起きたら千香子は、どこかへ出かけていたよ。もちろん朝食の用意など、していない。まったく……」

そう応えて、伊左夫は肩をすくめた。

この会話は計画になかったが、すでに千香子は自宅にいない。ごく自然にそれを、津川に知らせることができた。

会話のやり取りに満足し、津川とともに伊左夫は仕事を再開した。伊左夫がレジに金を入れ、津川がざっと掃除をしていく。

馴染み客も多く、じっくりと品定めする客もいる。そういう時、千美堂では飲み物を振る舞うから、その準備もある。

それらの作業が終わると、午前十時十五分になっていた。

「ちょっと自宅に戻る。店、頼むよ」

津川に言い残し、伊左夫は裏口から店を出た。自宅に入る。しんとして、物音ひとつない。

台所にあったビニールの手袋を嵌めて、伊左夫は浴室へ行った。先ほど済ませた仕掛けどおりに、ホーンが立てかけられている。

無言でうなずき、伊左夫は浴室を出た。居間へ行き、押入れの前で足を止める。

いよいよだ――。

そう思い、伊左夫は押入れを開けた。真奈がいて、顔以外の全身をシートに包まれている。

真奈の手足にはタオルを巻いて、その上から縛った。さらにシート越しに、ポリプロピレンの紐で幾重にも、胴体を拘束してある。皮膚に紐の痕は残らないが、ほとんど動くことはできない。そういう状態だ。

押入れを開けた伊左夫に対して、真奈はもはや、抗いの姿勢をみせなかった。ただ、伊左夫に顔を向けている。

泣き濡れた真奈の双眸には、すでに諦めの色が浮かんでいた。瞳の焦点がわずかにずれて、やや朦朧ともしているらしい。

自分でも驚いたことに、そういう真奈を見おろして、伊左夫には憐憫がまったく湧いてこなかった。テープに録音して脅すという真奈の行いが、伊左夫の逆鱗に触れたのだ。

真奈が悪い。

伊左夫はそう思っていた。

真奈に背を向け、伊左夫は押入れから離れた。カセットテープを砕く時に使った金槌を手に取り、金属の頭の部分をタオルで包む。

それを手に、伊左夫は押入れの前へ戻った。何をされるか悟ったらしく、真奈が目を見開く。伊左夫は無言でしゃがみ込み、金槌で容赦なく、真奈の頭を叩いた。

だが――。

次の瞬間、伊左夫は思わず動きを止めた。

痛みに顔をしかめることなく、怨念に満ちた凄まじい表情を、真奈が浮かべたのだ。体中のすべての怨嗟を、双眸に集めたかの如く、生涯忘れられない怖い目つきで、伊左夫を睨みつけてくる。

伊左夫は怖気を震った。そのあとで真奈から顔を逸らし、頭めがけて金槌を打ちおろす。

「ううっ！」

気がつけば、伊左夫は獣さながらの唸り声をあげていた。

二度、
三度、
金槌で頭を打つ。

やがて真奈は、ふっつりと目を閉じた。

伊左夫は慌てて、真奈の口元に手を当てる。手のひらに、真奈の息がかかった。伊左夫は胸を撫でおろす。ここで死なれては困るのだ。

ぐったりとした真奈の体を、伊左夫は押入れから引っ張り出した。シーツごと両手で抱えて、浴室へ向かう。

浴室の脱衣所まで運び、伊左夫は真奈を床におろした。荒れた息を整えながら、紐をほどいてシーツを広げる。

大間々町の部屋で服を脱がせているから、真奈は全裸だ。全身が、あらわになった。もう抱けないと思えば、名残惜しい。

ひとつ息を落とし、シーツを脱衣所に残して、伊左夫は真奈を洗い場へ入れた。脱衣所へ戻って、自分も服をすべて脱ぐ。刺身包丁を取り、伊左夫は洗い場へ戻った。

包丁を床へ置き、気を失ってぐったりしている真奈の背後に、伊左夫はまわった。両脇に手をさし入れる。

うしろから支えるように、伊左夫は真奈を抱きかかえた。その格好で、ゆっくり前へ行く。

すぐ先にホーンがある。その大きく開いた口に、伊左夫は真奈の腹部を当てた。左腕だけでなんとか真奈を支え、そろそろと右手を伸ばして、包丁を摑む。

伊左夫は真奈の体を、わずかにさげた。真奈の体とホーンの隙間に、包丁を持った右手を入れる。

ホーンの大きな口の中で右手を動かし、伊左夫は包丁の切っ先を、真奈の胃のあたりに向けた。

ごく淡い感傷が、伊左夫の裡に湧く。

だが、伊左夫はもはや戻れない。すでにひとつめの作業は、終わっているのだ。

さらばだ——。

心の中でそう言って、伊左夫は真奈の体に、包丁を突き刺した。さほど抵抗なく、ずぶずぶと刃が入っていく。

切り口から、すっと一筋血が垂れた。だが刃と傷の隙間から、血が溢れ出すことはない。

伊左夫は真奈の体を、できる限りホーンに押しつけた。そして包丁を抜く。

強い雨がトタン屋根を叩くかのような、ざざっという音がした。熱い液体がびしゃりと右手にかかり、ぬめぬめとした感触がくる。

伊左夫からは見えないが、真奈の腹から大量の血が噴き出し、ホーンの口の内側に、当たっているはずだ。

ごぼごぼという音が、聞こえてきた。口から入った真奈の血が、ホーンの管を伝わり、排水口へ流れ出ているのだろう。

左腕に力を込めて、伊左夫はじっと真奈を支えた。飛沫音は徐々に弱まり、ほどなく途絶える。それでも伊左夫は、体勢を崩さなかった。一滴の血さえ、洗い場の床に落としたくない。

しばらくして、ようやく伊左夫は動いた。真奈の体を、ゆっくりうしろへさげていく。もう傷口から、血は出ていない。真奈はすでに事切れている。

伊左夫は真奈の死体を、洗い場に横たえた。右手の返り血を慎重にタオルで拭ってから、脱衣所へ行きシートをしっかり床に広げる。

洗い場に戻り、伊左夫は真奈を持ちあげた。脱衣所のシートの上に、仰向けにする。

ここからが肝心だ——。

心の中で、伊左夫は呟いた。「あの姿勢」をしっかり思い出しながら、真奈の肢体や胴を動かしていく。

やがて真奈の死体は、思ったとおりの形になった。満足の息を吐き出し、伊左夫は洗い場へ戻る。そこへピピッという、小さな電子音がした。先ほど外して、衣類の上に置いた腕時計のアラームが鳴ったのだ。

伊左夫はほくそ笑んだ。アラームは午前十一時に設定してある。今頃、大間々町の真奈の部屋では、扇風機と鞄の仕掛けが作動して、「どさり」という音がしたはずだ。

その音を聞き、一階の女性が警察に証言してくれれば、真奈の死亡時刻は、午前十一時頃と判断される。

また実際に真奈はここで、たった今、午前十一時に死んだ。この死体が解剖されれば、医師は今日の午前中に殺されたと、判断するだろう。だから一階の女性の証言がなくても、大丈夫なはずだ。

色々と手間をかけたが、計画はうまく進んでいる。

邪《よこしま》な笑みを、伊左夫は浮かべた。

8

「それじゃ、失礼します」

津川が言って、店をあとにした。伊左夫が真奈を殺してから半日が過ぎて、すでに午後の七時をまわっている。千美堂はもう、閉店していた。

一人になり、伊左夫は大きくため息をついた。

あれから伊左夫は、ホーンの内側についた真奈の血を、シャワーでしっかり洗い流した。そして服を着て店に戻り、馴染み客がくれば応対し、手の空いた時には、近くの店主たちと話をした。

今日一日、伊左夫が店にいたことを、しっかり印象づけなければならない。

徹夜明けだから、午後になると、さすがに猛烈な睡魔がきた。

一時間だけと言い聞かせて、伊左夫は自宅に戻って仮眠を取った。寝そべって目を閉じた瞬間、一時間後にタイムスリップしたかのようで、睡眠を取ったという実感がないほど、ぐっすり眠った。

すっかり回復というわけにはいかないが、体が少しだけ軽くなっている。

「さて」

ことさらに声を出し、伊左夫は腰をあげた。裏口から店を出て、自宅へ戻る。夏至を控え、空は暮れ残っていた。

家に入ると、伊左夫は浴室へ直行した。シートに包まれた真奈の死体がある。その脇をとおって洗い場に入り、伊左夫はホーンを紐から外した。抱え持って応接室へ行き、元どおりにホーンを蓄音機につける。

それから伊左夫は、手早く夕食を取った。その頃にはもう、夜の帳がおりている。

伊左夫はワゴン車の荷台に、シートに包んだ真奈の死体を積んだ。ハンドルを握って、一路大間々町を目指す。

途中で検問に引っかかれば、すべて終わりだ。しかしこの時間帯であれば、ネズミ取りと呼ばれる速度違反の取り締まりは終わっているはずだし、飲酒の検問には早い。

焦って事故さえ起こさなければ、警察に停められることなく、目的地まで行けるだろう。

落ち着け――。

繰り返しそう言い聞かせ、伊左夫は運転を続けた。

やがて大間々町に入った。しばらく行くと、真奈の部屋の入った建物が見えてくる。一階の電気は消えていた。

念のため、伊左夫は建物をとおり過ぎた。警察官などの姿はなく、裏手にパトカーも停まっていない。

先で旋回し、伊左夫は建物に戻ってきた。脇に車を停めて、あたりの様子を窺う。誰もいない。意を決し、伊左夫は車を降りた。外階段をあがり、真奈から奪った鍵を使って、玄関扉を開ける。

室内は暗く、ぶうんという風の音だけが聞こえてくる。

伊左夫は車にとって返し、シートを抱えた。中に包んである真奈の死体は、すでに死後硬直を起こしているらしく、マネキンを持つ感じだ。ぐったりしていた時より持ちやすく、血が抜けたためか、多少軽くなっている。

手すりにぶつからないよう慎重に、しかしせいぜい急いで、伊左夫は死体を二階まで運んだ。とりあえず、死体を台所の床に置く。

伊左夫は真奈の部屋を出て、車に乗り込んだ。裏手に停めて、真奈の部屋に戻る。

伊左夫は居間へ入った。無人の部屋で扇風機が動き、その脇に鞄が倒れている。鞄の取っ手と、扇風機の羽根カバーは紐で結ばれている。けれど鞄が倒れたことにより、取っ手と扇風機の距離が縮まった。扇風機は途中で止まることなく、首を振っている。

仕掛けはうまく、発動したらしい。

それらを片づけて、伊左夫は真奈の死体を居間に運び込んだ。慎重に位置を決めて、死体を床に置く。これで今日の午前十一時頃、真奈はここで死んだことになる。だが、伊左夫はずっと高崎市の店にいた。

そう、扇風機と鞄の仕掛けは、伊左夫自身のためなのだ。

以前に美術館で知り合った医師によれば、他殺体の場合、時に死斑が出る。毛細血管に血が集まり、それが皮膚の表面に透けて、赤や紫の痣のようになるのだ。

死体を動かしたことによって、死斑が出ることもある。逆にいえば死斑を見て、その死体が動かされたどうか、判断できる場合もあるという。

しかし真奈の体に、血はあまり残っていないはずだ。見る限り、死斑らしきものは出ていない。

真奈の死体を見おろし、伊左夫は満足していた。

すべては計画どおりに進んでいる。

伊左夫はすぐに、真奈の部屋から立ち去った。

9

群馬県警の本部庁舎は前橋市内の、利根川沿いに建っている。茶と白に塗り分けられた十階建てで、どこかいかめしい印象があった。その四階に、刑事部がある。

刑事部は、いくつかの課に分かれていた。捜査第一課は殺人や強盗を扱い、第二課は贈収賄や詐欺を担当し、第三課は窃盗犯などを追う。第四課はいわゆるマル暴で、暴力団の捜査専門だ。

それぞれに大切ではあるが、やはり花形は捜査一課だろう。

ドラマや小説でおなじみの、捜査一課の刑事を目指して、警察官になる人は多い。よって競争率が高く、そう簡単には刑事になれない。

警察官採用試験を受けて合格すれば、まずは警察学校へ入学となる。そこで実務や法律、逮捕術などを学ぶのだ。厳しさについていけず、この時点でやめてしまう者もいる。

無事に警察学校を卒業すると、県内の所轄署で勤務につく。群馬県警でいえば、たとえば高崎警察署や沼田警察署などだ。

所轄署にも、刑事課はある。けれど新人の警察官は、地域課や交通課へ配属される。警察学校を卒業してすぐに刑事課へ行くなど、あり得ないのだ。

刑事を目指すには、配属された地域課や交通課の中で実績をあげ、刑事課の人たちに、顔を覚えてもらう必要がある。

「こいつは使える」

刑事課の人間にそう認められ、それでようやく、刑事への第一歩を踏み出したことになる。そして刑事課から推薦をもらい、まずは留置管理課へ行く。刑事には看守経験が必要なのだ。

留置管理課で、少なくとも一年以上の実績を積み、さらに刑事養成講習という名の試験に及第し、晴れて所轄署の刑事課へ配属される。

県警本部の刑事部捜査一課は、県全域の凶悪事件を扱う。だから捜査一課には、群馬県内の各所轄から、腕利きの刑事が集められる。

たいへんに厳しい道をとおって所轄署の刑事になり、そこからさらに選抜された者たちだけが、捜査一課の刑事を名乗れるのだ。

浜中康平《はまなかこうへい》は、群馬県警刑事部捜査一課の、二係に所属している。まだ二十代の後半で、捜査一課ではもっとも若い。

若くして県警本部の刑事ということは、それだけで優秀な警察官の証であり、しかも浜中は、二係の切り札とさえ呼ばれている。

では、浜中は刑事になるため、懸命に努力したのか。

一心不乱に働いたのか。

いや、違う。刑事にだけは、なりたくなかった。

生まれ育った群馬県を、浜中は愛している。特に地方がいい。鄙《ひな》び方に、えも言われぬ魅力がある。

そういう土地の駐在所に勤めたくて、浜中は警察官になった。派出所や交番では、だめなのだ。住み込みで働く駐在所がいい。

警察学校を卒業した浜中は、高崎署の地域課へ配属された。研修ののち、市内の派出所へ行くよう命ぜられる。

駐在所勤務への第一歩だ。

そう思い、浜中は勇躍した。だが、手柄をあげると目立ってしまう。熱い思いをひた隠し、浜中は常に控え目を心がけた。

派出所の管内で殺人事件が起きれば、当然浜中たちも出動する。立ち入り禁止のテープを張り巡らして現場を封鎖し、その前に立って、一般人の立ち入りを防ぐのだ。

県警本部や高崎署の刑事たちは、そのテープをくぐって颯爽と、現場へ入っていく。

顔を覚えられるのが嫌で、そういう刑事たちと、浜中は絶対に目を合わせなかった。事件現場では、自らの存在感を薄めることばかり考えていた。

半面浜中は、派出所へ道を訊ねてくる人や、ちょっとした困りごとを持ち込む人には、懇切丁寧に対応した。

浜中は元々が親切なたちだから、ちっとも苦にならないし、困った顔が、やがてほころんで笑顔になるのを見るのは楽しく、こちらまで嬉しくなる。

同期の多くは刑事を目指し、駐在所勤務を夢見ているのは、浜中だけだ。駐在所は「飛ばされる」場所だと思っている先輩や同僚もいる。駐在所への競争率は、ほぼ零に近い。

地味ながらもたゆまずに、派出所の中でその日会う人たちに優しく接していけば、近い将来駐在所へ異動になると、浜中は信じていた。

しかし浜中は、ある老婆と出会ってしまう。

その日、浜中が派出所にいると、老婆が入ってきた。孫のマンションを訪ねてきたが、まるで場所が解らないという。

老婆は杖を突き、重そうに荷物を持っている。

ちょうど引き継ぎ時間だったから、同僚にあとを任せて、浜中は老婆と一緒に派出所を出た。老婆の荷物を持ち、その歩調に合わせて、ゆっくりとマンションへ向かう。

だが、途中で若い男に出くわした。どこか落ち着きがなく、見るからに怪しい。

すでに引き継ぎを終えており、浜中は勤務時間中ではない。それに老婆が横にいる。口頭でマンションの場所を教え、重い荷物を老婆に返すなど、とてもできない。だが目の前に、不審な男がいる。

浜中は迷った。

その時——。

「職務質問をするのだ」

そういう声が聞こえた気がした。

迷いを断ち、浜中は男に近づいた。男がこちらを見る。やはりおかしい。瞳孔が異様に開いている。

覚せい剤の常習者ではないか。

そう思い、浜中が声をかけようとした時、男が逃げ出した。しかしすぐに転倒する。なんと老婆が、杖で男を転ばせたのだ。

浜中はともかくも、男を取り押さえた。それからあたりを見まわせば、すでに老婆は消えている。首をひねりながらも、浜中は男を派出所へ連れて行った。調べてみれば案の定、覚せい剤を隠し持っている。

うっかり手柄を立ててしまった——。

おっとり刀で駆けつけた高崎署の刑事に男を引き渡しながら、浜中はほぞを噛んだ。

だが、事態はさらに悪化する。

男は高崎署から県警本部へ移送され、厳しい取り調べを受けた。そしてそれが、県内最大の麻薬密売組織への摘発に、繋がってしまったのだ。

浜中が男を職務質問しなければ、この摘発はなかった。

たいへんな手柄であり、高崎署はおろか県警本部の刑事にまで、浜中の名は知れ渡ってしまった。

目立たずに地味に、さりげなく駐在所勤務を目指す。

浜中のこつこつとした努力は、水泡に帰したのだ。

それだけではない。

ここから浜中の、不運なる大活躍が始まった。なぜか手柄を立ててしまうのだ。

浜中が地区を巡回していると、男性がマンションのごみ置き場で、出されたごみを整理している。すっかり夢中で、浜中にも気がつかない。恐らく男性は清掃当番で、ごみの分別を行っているのだ。

なんて真面目な人なのだろう。よし、時間があるから少し手伝おう——。

そう思い、お疲れ様ですと声をかけながら浜中が近づくと、男性が慌てて逃げようとする。

仕方なく捕まえて話を訊いているうち、マンションから若い女性が出てきた。この男性には執拗に追いまわされ、出したごみなども漁られて、ほとほと困っていたのだという。

浜中は男性を緊急逮捕した。

また巡回中に、一仕事終えたばかりの空き巣と、ばったり出くわすこともある。そうなれば、逮捕せざるを得ない。

しかも不運は、巡回中だけではない。

管轄内で強盗事件が起き、命令を受けて浜中は現場へ行った。強盗に入られたのは、一戸建ての住宅だ。

家のまわりに立ち入り禁止のテープを張り巡らし、浜中はその前に立った。続々と刑事たちがやってくる。

「よう」

と、浜中に声をかけて、テープをくぐる刑事が多い。しかし中には浜中を、睨みつける捜査員もいる。手柄を立て続ける浜中に、反感を覚えているらしい。

どちらにしても、これ以上目立ちたくない。そう思って浜中がうつむくと、テープの先の地面に、なにやら落ちている。首をひねって、浜中はしゃがみ込んだ。

白い小さな、ボタンの破片らしい。野次馬や記者たちの足が、すぐそこにある。浜中が見つけなければ、彼らに踏まれていただろう。

とりあえず浜中はそれを拾って、鑑識に渡した。その小さな破片が遺留品であり、そこから犯人が特定されるとは、その時にはよもや思っていなかった。

10

こうして浜中は、いよいよ名をあげた。やがて高崎署留置管理課への、異動命令がくる。刑事への道を、ついに歩き出してしまったのだ。

駐在所勤務の夢が遠退くのを嘆きながら、仕方なく浜中は看守になった。

留置場には、逮捕された容疑者などが収容されている。

容疑者である限り、まだ犯罪者だと確定したわけではない。つまり一般の市民なのだ。

そう思い、浜中は容疑者たちにも、親切に接した。そんな浜中の態度に感じ入り、色々と話してくれる容疑者もいて、それがまた、事件解決に繋がっていく。

その頃から浜中は高崎署内で、「刑事になるために生まれてきた男」などと呼ばれるようになった。

嫌なのに——。

浜中は嘆き悲しみ、しかしとうとう、高崎署の刑事課へ異動になった。だが、そこでもうっかり手柄を立て続けてしまい、ついに県警本部の捜査一課へ配属された。およそ一年前のことだ。

以来捜査一課でも、浜中は大活躍している。

すべてはあの老婆と出会ってからだ。

あの老婆は、「運」をつかさどる神の化身ではなかったか。

そんなことさえ浜中は思う。無心で親切にした浜中を見込み、老婆が強運を授けてくれたのだ。その強運によって、浜中は刑事になった。

なんという不運だろう。

だが、浜中は決して夢を諦めない。いつか必ず、駐在所に勤務する。

田舎の駐在所はいい。

日々のんびりと田舎道を巡回し、事件といえばせいぜい交通事故で、凶悪事件は無論、窃盗さえ起きない。

地元の人たちは浜中を「駐在さん」と呼び、おじいさんやおばあさんが、取れたての野菜を持ってきてくれる。もちろん浜中は、お茶を出してもてなす。

話に花が咲き、そういえば駐在さんは独り身よねと、誰かが言い、すると別のおばあさんが、それならうちの孫娘をどうかと言い出す。照れながらも浜中は、まんざらではない。

話はとんとん拍子にまとまって、村をあげての婚儀の日がくる——。

「たーかーさーごーやー、この浦舟に帆をあげて」

気がつけば浜中は、低く吟じていた。はっとわれに返り、あたりを見まわす。県警本部四階の、捜査一課の部屋だ。

捜査一課にはいくつかの係があって、係ごとに机でシマを作っている。二係のシマの端に、浜中はすわっていた。

「また、いつものか？」

横の席の夏木大介《なつきだいすけ》が、あきれ顔で言う。

「済みません」

頭をかいて、浜中は応えた。

浜中には妄想癖があって、疲れていたり、仕事が溜まってくると、時々出てしまう。

先ほどまで、夏木の姿はなかった。浜中が妄想にふけっている間に、登庁したらしい。

「もう、慣れたぜ」

と、夏木があごの無精ひげを撫でる。相変わらず、夏木はネクタイを少し緩めていた。だが、だらしのない印象はない。崩れた感じが、逆に精悍さを醸しているのだ。

三十代の夏木は浜中よりもぐっと背が高く、贅肉の一片さえなさそうな痩身を、いつも暗色の背広に包んでいる。

「相変わらず、抱えてるな」

言って夏木が、浜中の机に目をやった。書類が山と積まれている。

警察もお役所だから、提出すべき書類は多い。しかも浜中は丁寧に作成する。書類の山が、低くなったためしはない。

まだ午前八時過ぎだが、浜中は二時間ほど前にきて、書類仕事を続けていた。

「そんなものは、適当に書けばいいんだ。どうせ上も、ろくに目をとおしちゃいない」

夏木が言い、そこへ声が聞こえてきた。

「私はちゃんと、見てるわよ」

美田園恵《みたぞのめぐみ》だ。四十代だが、年齢よりもよほど若く見える。華やいだ雰囲気を持っており、表情も豊かでよく笑う。

肩をすくめる夏木を横目で見ながら、美田園は二係の上席にすわった。係長として、彼女が二係を仕切っている。

半年ほど前までは、森住《もりずみ》という男性が係長を務めていたが、事情があって異動になった。

「おはようございます。早いですね」

立ちあがって、浜中は言った。

二係は今、特に事件を抱えていない。束の間の休息期間であり、そういう時、美田園は時間ぎりぎりにくる。十ほどある二係の机も、まだほとんどが空いていた。

「昨日の夜、大間々町で他殺体が見つかったのよ」

眉を曇らせて、美田園が応える。夏木から、気だるげな様子が消えた。

「大間々署に、捜査本部が設置されることになったわ。私たち二係は、今日の午後からそっちへ詰める。

いつものようにあなたたちを、遊撃班にしてくれるよう、課長には頼んでおいた。もちろん即、承諾してくれたわ。というわけで、よろしくね」

言って美田園が、微笑を灯した。

また遊撃班か——。

浜中はそっと吐息を漏らす。

殺人事件が起きれば、大抵は死体発見現場を管轄する警察署に、捜査本部が作られる。浜中たち捜査一課の刑事はそこへ行き、所轄署の刑事と協力して、事件に当たるのだ。

捜査本部を仕切るのは、県警本部の捜査一課長をはじめとして、理事官や管理官、あるいは所轄署の署長や副署長といった面々になる。

刑事たちはそれら幹部の方針に従って、各自役割をこなしていく。

被害者の人間関係を洗えと、捜査本部で命ぜられれば、当然それに従事する。現場の遺留品に興味をそそられ、そちらを調べてみたいと思った時は、上司に掛け合い、許可を得なくてはならない。

刑事たちはそれぞれに矜持を持ち、自分の「勘」を信じている者も多い。だからある程度は自由に動けるが、逸脱は許されないのだ。

持ち前の強運で、浜中はこれまで多くの手柄を立ててきた。だが浜中自身、いつその強運が起きるのか解らない。

強運によって事件が解決するのは嬉しいが、結果として駐在所勤務の夢が、どんどん遠ざかっていく。浜中にとっては不運であり、できれば強運を発動させたくない。

どうすれば、強運を起こさずに済むか。

思い悩み、以前に浜中は手相の占い師を訪ねた。よく当たると評判の男性だ。彼は浜中の手のひらを取るなり、「ぎゃっ」と一声叫び、それからふっつり口を閉じた。浜中がなにを問うても、応えてくれない。

不安になり、浜中はその足で水晶の占い師を訪ねた。よく当たると評判の女性だ。彼女は水晶を覗き込むなり、「きゃあ」と一声叫び、真っ青になって震え始めた。浜中がなにを問うても、応えてくれない。

占いによって、強運を避ける術を知ることはできなかった。そこで浜中は過去を思い出し、いつ強運が発動したのか調べてみた。法則らしきものはない。浜中の行く先々で、強運は発動している。方角や時間もまちまちだ。

ただひとつ、県警本部や所轄署の中でじっとしていれば、ほとんど強運は起きないことが解った。試しに浜中はとある事件の捜査本部で、連絡係りを買って出た。刑事たちは誰しも、外で捜査をしたがる。留守番役である連絡係りを、進んでやろうとする者はいない。浜中の申し出は刑事たちに歓迎され、上司も承諾してくれた。

日がな一日、浜中は捜査本部にいた。強運は一切起きない。その事件は浜中以外の刑事たちにより、やがて解決した。

ついに自分の居場所を見つけた。

そう思い、浜中は捜査本部へ行くたび、連絡係りを希望した。

だが——。

浜中の真意を、美田園が見破ったのだ。

浜中が犯人を逮捕すれば、美田園率いる二係の手柄になる。

より多く、浜中に強運を発動させたいのだろう。美田園は捜査一課長に申し出て、浜中を遊撃班に命じてきた。

捜査本部が立ちあがって解散するまで、極力上から指示はしない。浜中の思うとおり、好きに動いて捜査してよい。事件関係者の誰と会うのも自由だし、出張もできる限り認める。

これが遊撃班であり、ほかの刑事が羨むような境遇だ。

ところで大抵の場合、捜査本部では所轄署の刑事と県警本部の刑事が、二人一組になる。だが所轄署の刑事の中には、浜中のことをよく知らない者が多い。

そういう刑事が年若い浜中と組み、色々と浜中に命令すれば、せっかくの遊撃班が意味をなさない。

そう考えたのか、美田園は浜中に夏木をつけてくれた。夏木は浜中の強運ぶりをよく知っているし、元々上から、あれこれ命ぜられるのを嫌う。

そしてなにより夏木は、腕っぷしが強い。暴力沙汰にからきし弱い浜中にとって、これほど心強い人はいない。

夏木と浜中を組ませて遊撃班にするという、美田園の采配はずばり当たった。浜中の凄まじい強運により、その事件は電光石火の解決を見たのだ。

以来浜中と夏木は、よく遊撃班に任命されている。

だが、浜中の強運が出ないこともある。そういう時に美田園は、「強運が発動するまで、捜査本部に戻ってこなくていい」と、冗談めかして、しかし本気の目つきで言ってくる。

餌を取ってくるまで、巣に入れてもらえないのだ。

なんという刑事だろう。

浜中は再び小さく、ため息を落とした。

「行くぜ、相棒」

夏木が言った。

11

「あれだな」

助手席で夏木が口を開いた。スバル・レオーネのハンドルを握る浜中は、前を見たまま首肯する。

駐車場や公園、あるいは畑に囲まれて、二階建ての小さな建物がぽつんとあった。そのまわりに、警察車両が何台も停まっている。

県警本部をあとにした浜中と夏木は、二人でレオーネに乗り込み、大間々町の現場へ向かったのだ。レオーネは覆面パトカーだが、サイレンなどは灯していない。

浜中はレオーネを停めた。車を降り、夏木とともに建物へ向かう。立ち入り禁止のテープが張られ、警察官が立っている。

彼らの一人に身分証を提示して、浜中たちはテープをくぐった。外階段を上って二階へ行く。

浜中と夏木は玄関に入った。まずはちょっとした台所があって、廊下が先へと続いている。県警本部の鑑識員が、何人か台所にいた。

「もうきたのか、夏さん。早いな」

こちらを見て、鑑識員の一人が言う。鶴岡《つるおか》という気さくな男だ。

「詳しいことは聞かずに、飛んできたんだ」

部屋にあがりながら、夏木が応える。

「先入観を持たずに現場へくる、か。夏さんらしい」

「机の前にすわっているのが、嫌いなだけさ」

と、夏木が肩をすくめる。そこへ奥から、背広姿の中年男性が出てきた。大間々署の刑事だろう。足を止め、浜中と夏木に無遠慮な視線を向ける。

夏木と浜中は、名と身分を告げた。

「本庁の人か。おれは大間々署の森田《もりた》だ。捜査本部ではよろしくな」

その男性、森田が言った。

「こちらこそ。ところでガイシャは、どこで見つかったのです?」

夏木が訊く。

「こっちだ。無論もう、運び出されているがな」

言って森田が、ついてこいというふうに、あごをしゃくる。

浜中と夏木は森田に従い、台所を抜けて廊下へ出た。すぐ左手の部屋へ入る。

そこは洋間で、小さなガラステーブルやクッションが置かれていた。質素ながらも、可愛らしい女性の居間という雰囲気だ。

だがそこには今、いかめしい表情の男たちが、何人もいる。

「そこだ。ガイシャの身元も判明している。今本真奈、二十八歳」

壁際の床を目で示して、森田が言う。死体の格好を示す白いロープが、置かれていた。

「具体的には、どういう格好でした？」

夏木が問うた。

「仰向けで、まあごく普通の倒れ方だ。ただ、ガイシャは服を着ていなかった」

「服を？」

「ああ。一糸まとわぬというやつだ」

「乱暴の痕跡は、ありましたか？」

「ない」

「そうですか」

と、夏木があごをさすりながら、部屋を見まわした。浜中もならう。見る限り、物色のあとはない。強盗ではなく、乱暴目的の犯行でもないのだろうか。

「死因は？」

夏木が森田に訊く。

他殺体が見つかれば、まずは検視官が現場へ行き、死体の様子を調べる。医師による解剖などは、そのあとだ。法医学を学んだ熟練の警察官が、検視官を務めることが多い。

「検視官によれば、失血死だ。死亡推定時刻は昨日、つまり六月十八日の、午前十時から正午らしい」

夏木と浜中は、床に目を向けた。見る限り、一滴の血も落ちていない。けれど明らかに、なにかを拭き取った跡がある。

森田が話を継ぐ。

「外傷としては、胃に刺し傷が一か所と、側頭部に数か所の殴打痕だ。

犯人は金槌かなにかでガイシャの頭を何度か叩き、それから胃を刺した。ガイシャは大量の血を流して絶命。犯人は床の血を拭き取って、逃走した。まあ、そんなところだろう」

「床の血を拭き取った理由が不明だ」

ひとりごちるように、夏木が言った。

「犯人には、なにか理由があったのだろう」

森田が応える。

「どこかで殺されて、ここへ運ばれたのではないでしょうか？」

思わず浜中は、そう言った。

「いや、違うな」

森田が応える。

なぜ断言できるのだろう——。

浜中はわずかに首をひねった。それを見て、森田が口を開く。

「あとで一階に行ってみな。おれの言うことが解る」

浜中は曖昧にうなずいた。

「死体発見のいきさつを、教えてもらえますか？」

夏木が話題を変えた。うなずいて、森田が言う。

「昨日の午後九時過ぎに、通信指令課から、うちの署へ連絡がきた。大間々町内の公衆電話から一一〇番通報があって、女の声で『大間々町の塩原。今本真奈の……、死体』とだけ言い、すぐに切れたというんだ」

通信指令課は県警本部の中にあり、群馬県内で一一〇番通報すれば、すべてそこへ繋がる。電話を受け、その内容によって通信指令課は、県内の各警察署に指示を出すのだ。

「調べたところ、確かに今本真奈という女性が、塩原に住んでいる。そこでおれたちがここへ駆けつけると、死体があったというわけだ」

森田が言った。

「そうですか」

と、夏木が浜中に目を向けてくる。森田に訊きたいことはないかと、問うているのだ。

浜中は首を左右に振った。

刺された時は、痛かっただろう。可哀相に——。

まだ顔も知らない今本真奈への、そういう思いしかない。

森田に礼を述べ、浜中たちは部屋を出た。廊下を行き、隣の部屋に入る。そこは寝室で、ベッドや書棚、それに扇風機があった。夏木や浜中の興味を惹くようなものはない。

「二階に行ってみるか」

トイレと浴室を覗いたあとで、夏木が言った。

12

建物の一階正面に、半透明のガラス扉があった。ロールカーテンがおりて、中の様子は窺えない。夏木が扉を引き、浜中たちは中へ入った。十坪ほどの、事務所らしき部屋だ。壁に書棚がいくつも並び、部屋の中央には、両袖つきの事務机が置かれている。ほかに簡単な応接セットがあるだけで、生活感はほとんどない。

その殺風景な部屋に、二人の男がいた。応接セットで、三十代の女性と向かい合っている。浜中と夏木は名乗った。男たちは大間々署の刑事で、女性はこの部屋の借主だという。

彼らの話が終わるまで、浜中たちは待った。手持無沙汰に書棚を見れば、英字の本が多い。机に目を向けると、いかにも使い込んだタイプライターがあり、最近になってようやく値のさがってきた、ワードプロセッサも置かれていた。

やがて刑事たちが腰をあげた。部屋を出ていく。入れ替わりに浜中と夏木は、ソファに腰をおろした。向かいにすわる女性と挨拶を交わす。

女性は田端美緒《たばたみお》といい、ここで翻訳の仕事をしていた。化粧っ気はあまりなく、髪をひっつめにして、銀縁のメガネをかけている。知的な印象ではあるが、どこか冷たい雰囲気だ。

「まだなにかあるんですか？　早く仕事に、戻りたいのですけど」

苛々とした様子を隠そうともせず、美緒が言った。散々事情を訊かれて、うんざりしているのだろう。

「では手短に」

そう前置きして、夏木が質問を始めた。二階の女性、今本真奈について訊いていく。だが美緒は、

「今本」という苗字ぐらいしか、知らなかったという。

「たまに顔を合わせても、互いになんとなく避ける感じでした。この建物のお蔭でね」

冷笑混じりに美緒が言う。

「建物の？」

夏木がわずかに目を細めた。

「ええ。見かけはしっかりしているけれど、結構聞こえるんです」

そう応え、美緒は天井に目を向けた。夏木が無言で先を促す。

「私が翻訳に集中していると、二階から『みしり』とか『どしん』とか……。

仕事を邪魔されるのは嫌だから、あんまり気になる時は抗議します。あれの柄の先で、とんとんって、天井を突くんです」

と、美緒は部屋の隅を目で示した。柄の長いモップがある。

「なるほどね。あれは抗議用に買ったのですか？」

夏木が訊く。

「まさか。床の掃除用です」

「でしょうね」

微苦笑とともに、夏木が応える。相変わらず、どこか気だるげな様子だが、そんな夏木の双眸に、刹那、鋭いきらめきが灯った。

天井を突くために、わざわざモップを買ったとすれば、美緒は二階の真奈に、かなりの悪感情を抱いていた可能性がある。

たかが音の問題だが、端から見れば些細であっても、時に殺意は芽吹く。枯れずにそれが育ってしまえば、殺人という怨毒の花を咲かせることさえある。

夏木はそのあたりを、探ったのだろう。床の掃除用だと応えた時の美緒の表情から、真奈への感情の淀み具合を、見て取ったのだ。

美緒の様子に、含みはなかった。

浜中にはそうみえた。二階の音が少し気になるから、そのへんにあったモップで、ちょっと叩いた。美緒はそんなふうであり、その裡に、歪んだ殺意が潜んでいるとは思えない。

「昨日も、そうでした」

と、美緒が突然声を落とした。

「昨日？」

「もう、何度もお話ししましたが、昨日二階でかなり大きな音がしたんです。だから私、モップの柄で叩いたのですけれど……」

うつむいて、美緒が言い淀む。

「どんな音でした？」

夏木が訊く。

『どーん』という、人の倒れるような音です」

「音がしたのは、何時頃です？」

「午前十一時頃でした」

「そうか……」

思わず浜中は呟いた。二階にいた森田は、この美緒の証言を耳にして、真奈は自室で殺されたと判断したのだ。

「やっぱりあの時、二階の今本さんは殺されたのですか？　だとすれば、殺人の音を私は聞いた。なのに私、天井を叩いて……」

自らの肩を抱き、恐怖と後悔の混じり合った表情で、美緒が言う。その顔は、いつしか青ざめていた。

13

「さて、どうする？」

浜中康平の隣で、夏木大介が言った。浜中たちは大間々警察署を出て、裏手の駐車場を歩いている。梅雨の中休みらしく、目に痛いほどの青空が広がって、夏の白い雲がいくつか、鮮やかに散っていた。蟬の声はまだ聞こえてこないが、今日は暑くなりそうだ。

「夏木先輩が決めてくださいよ」

浜中は応えた。

「いや、なるべくお前に任せたい。おれが行先を決めると、お前の強運があまり出ない気がするんだ」

冗談めかして夏木が言う。ため息をつき、それでも浜中は沈思した。

浜中たちは昨日、今本真奈の部屋へ行った。一階の女性から話を聞き、そのあと大間々署へ入り、美田園恵をはじめとして、二係の刑事たちと合流した。

捜査本部は、大間々署の講堂に設置されるという。浜中たちは、大間々署の刑事や職員とともに、設置の準備に追われた。

講堂の舞台の手前に幹部席を作り、それと向き合う格好で、長机をいくつも並べていく。電話とファックスが引かれ、無線も置かれた。

それらが済むと、さっそく初回の会議が開かれる。

死体が見つかり、捜査本部が設置されるまでの間、大間々署の刑事たちは、精力的に動いていた。被害者である今本真奈の過去を、洗っていたのだ。

居並ぶ幹部たちを前に、大間々署の刑事たちが発言していく。そのたびに真奈のこれまでが、明らかになった。ひとひら、またひとひらと、彼女の人生の断片が埋まっていく。

真奈の実家は高崎市内にあり、父親を早くに亡くし、母親と弟の三人家族だ。

高崎市内の高校を卒業した真奈は、都内で服飾雑貨の店をチェーン展開する会社に、就職した。売り場に立つのが主な仕事だ。実家を出て、会社が借りあげた都内のアパートで、真奈は一人暮らしを始める。

だが六年後、つまり今から四年前に、真奈は会社を辞めた。理由はまだ、解っていない。

高崎市の実家に戻った真奈は、前橋市内の洋品店に、アルバイトの口を見つけた。けれど一年ほどで、洋品店が店仕舞いになってしまう。

それから真奈は、高崎市内の西洋骨董店で、アルバイトの職を得た。しかし今から半年前に、そこを辞めた。

真奈の母親は、群馬県内にいくつか店を持つスーパーマーケットの、総務部に勤めている。アルバイトを転々とし始めた真奈を、母は心配したのだろう。骨董店を辞めてすぐ、真奈は母親の口利きで、桐生市の食品工場に、事務職の正社員として登用された。

洋品店と骨董店に、真奈は実家から通っていた。だが、高崎市から桐生市へは、電車で一時間近くかかる。

桐生市の近くの大間々町に、真奈は部屋を借りた。そしてそこで、遺体となって見つかったのだ。

享年、二十八。

ふいに花が散り、枝から離れて、はらはらと地に落ちる。

報告を聞きながら、そういう儚さを、浜中は感じていた。

「西洋骨董店へ、行ってみましょうか」

ごく自然に、そんな言葉が浜中の口からこぼれた。

「どうしてそこへ？」

夏木が訊いてくる。

「高校を出てから真奈さんは、四つの仕事に就きました。服飾雑貨と洋品店、骨董店、それに食品工場です。

骨董店までの三つの仕事は、売り場での接客という共通項があります。けれど食品工場だけは、まったく違います。それに真奈さんは骨董店を辞めてすぐ、食品工場に入りました。

休息期間を持たずに、それまで経験したことのない職種に就いた。しかも真奈さんは、住処まで変えています。

片道一時間は少したいへんですけれど、不慣れな食品工場で仕事をするのであれば、慣れるまでは実家から通ってもよさそうです」

思いつくままひと息に、浜中は言った。

「骨董店を辞めた前後、真奈にとって人生の転機となるような、なにかがあったのではないか。そう思うんだな？」

「いえあの、確たる考えがあるわけじゃないんです。正直に言えばなんとなく、骨董店へ行こうと思っただけで……」

と、浜中は頭をかいた。

「いいやつだな」

浜中を見て、あごを手でさすりながら、夏木が言う。すぐに夏木は照れたふうな苦笑いを浮かべ、口を開いた。

「その正直さが、お前の武器なんだろうな。それにお前は、運だけの刑事じゃない。捜査員として、なかなか素質があると思うぜ」

「そんなことないです」

心から、浜中は言った。自分になにかがあるとすれば、それは駐在さんとしての素質だけだ。

駐在はいい。

山懐《やまふところ》に抱かれた、鄙びた村がある。村民たちはそれぞれに畑を持ち、あちらで一人、こちらで一人、鍬や鋤を手に、今日もみんな畑へ出ている。

単線の、日に何本も列車の停まらない無人駅が、村のどこかにあって、その近くに駐在所がひっそり建っていた。

浜中はいつものように、その駐在所の執務室にいる。奥の自宅から、妻が料理をする音が聞こえてくる。

駐在所へ赴任してから、この村で娶った女性だ。慎ましく、穏やかで、さりげなく浜中を支えてくれる。そろそろ子供が欲しいけれど、これぼかりは天からの授かりものだ。

今日の夕餉はなんだろう。

油揚げとカブの味噌汁だったら嬉しいな。

そんなことを、浜中は考えている。もう少しすれば日が暮れて、今日もつつがなく終わるのだ。

だが——。

権助《ごんすけ》じいさんが、駐在所に駆け込んできた。

「タマ子がいない！」

血相を変えて、権助が言う。

事件だ！

奥の妻へ声をかけ、浜中は権助とともに駐在所を出た。

「いなくなったのはいつです？」

権助の家へ急ぎながら、浜中は問う。

「解んねえ。畑から戻ったら、いなかったんだ」

「そうですか」

やがて権助の家に着く。

「とにかくあれを」

そういう浜中の手に、権助が鰹節を握らせてくる。

タマ子は権助が飼っている、雌猫なのだ。時折こうしていなくなる。

鰹節をしっかりと持ち、浜中は勇躍権助の家を出た。

「タマ子ちゃん、どこですかー。出てきてにゃーん」

「おい」

夏木に声をかけられて、浜中はわれに返った。

「またか?」

夏木が問う。

「はい、済みません」

「それさえなければな」

ため息とともに、夏木が言った。

14

店の駐車場に、浜中はレオーネを停めた。夏木とともに車を降りて、店舗の前に立つ。「輸入雑貨と西洋骨董の店・千美堂」という看板が出ており、ガラス窓越しに、実に様々な品が目に入ってきた。西洋甲冑の兜があるかと思えば、童話に登場する人形が、その横にちまちまと並び、魔人が飛び出てきそうなランプが吊られている。面白そうな意匠の時計も、たくさんあった。

ほかに地球儀、燭台、陶器、装飾品と、数えあげたら切りがない。

「まだですね。定休日じゃなければいいんですけど……」

窓から目を離して、浜中は言った。店内に明かりは灯っておらず、ガラス張りの入り口扉はしっかり閉じられ、「準備中」の札が内側にかかっている。

「もうすぐ十時だ。とりあえず、それまで待ってみるか」

「ええ」

と、浜中はうなずき、そこへ店の奥に人影がさした。四十代前半の男性だ。チノーズにポロシャツ姿で、年季の入ったエプロンをかけている。

浜中たちを見て、男性は一瞬動きを止めた。さっと背を向け、レジのあたりと陳列棚をせわしげに行き来する。商品を置き直しているらしい。

それを済ませ、男性は足早にこちらへきた。入り口のガラス扉越しに、浜中たちへ愛想笑いを向ける。けれどその面容には、淡い警戒の色も浮かんでいた。

平日のこの時間に、男性の二人客は珍しいのだろう。しかも夏木には、どこか無頼漢や風来坊といった雰囲気がある。

さっと夏木が内ポケットから、警察手帳を取り出した。写真のついた頁を開いて、男性に向ける。浜中もならった。慌てた様子で男性が扉を開ける。

「諸井伊左夫さんですね」

夏木が問うた。その男性、伊左夫がうなずく。

「少しお話を伺いたいのですが、よろしいですか？」

「え？　はい。とにかく中へどうぞ」

と、伊左夫が扉を押し開けた。浜中たちは、店内へ足を踏み入れる。ぎっしり並ぶ骨董品たちが、無言で出迎えてくれた気がした。

品々がそれぞれに経てきた年月の香りらしきものが、店の空気に仄かに溶け込んでいるようで、どこかしら独特の匂いがする。

「今本真奈さんのことでしょうか？」

扉を閉めたあとで、伊左夫が夏木に訊いた。夏木が無言でうなずく。哀しげに眉根を寄せて、伊左夫が口を開いた。

「真奈さんが殺害されたことは、昨日のニュースで知りました。とにかくもう、驚いてしまって……。ああ、済みません、奥へどうぞ。お茶など淹れますから」

「いえ、結構。ここで立ち話がいい」

そう言って、夏木は質問を始めた。伊左夫が応えていく。

伊左夫はこの店を、妻の千香子と二人でやっており、だが手が足りずに真奈を雇ったという。

真奈はとても真面目で、仕事はさぼらず、客の評判もたいへんよかった。いい人がアルバイトにきてくれたと、ことあるごとに伊左夫は千香子と話していたが、半年前、突然真奈が辞めると言い出した。

「理由は？」

夏木が問う。

「いつまでもアルバイト暮らしではいけないと、真奈さんは考えていたようです。

でもごらんのとおり、うちは小さな店ですので、真奈さんを正社員として雇い入れることなど、とてもできません。

そのあたりを、慮《おもんぱか》ってくれたのでしょう。真奈さんははっきり理由をいわずに、辞めていきました。とてもよくしてくれたのに、辞めることになって申し訳ないと、私や妻に詫びてさえくれたのです。そんな優しい真奈さんが、どうして殺されなくてはならないのでしょう」

無念と哀しみを滲ませて、涙声で伊左夫が言った。

この人は真奈さんの死を、心から悼んでいる――。

浜中はそう思い、そっと両手を握り締めた。

伊左夫のためにも、犯人を捕まえなくてはならない。

「真奈さんはお父様を、早くに亡くされています」

伊左夫が言う。

「私はご尊父の代わりにはとてもなれませんし、そこまで真奈さんと年も離れていません。けれど父のいない真奈さんの、心の隙間を少しでも埋めることになればと、できる限り私は相談に乗っていました」

と、伊左夫は目頭を押さえた。そんな伊左夫を、夏木が射るように見つめている。目をしばたたかせて、伊左夫が夏木に目を向けた。落ち着かない沈黙がおりてくる。

電話らしきベルの音が、ふいに響いた。

「済みません」

言って伊左夫が、店の奥へ向かった。レジ台を兼ねた陳列台があって、その向こうは店側専用の狭い空間になっている。そこへ伊左夫は入った。

陳列台に隠れているが、小机の上にでも電話が載っているのだろう。骨董店に似つかわしい洒落た受話器を、伊左夫が手にした。手で口元を覆って、話し始める。

店に音楽はかかっていないし、彼我の距離は十メートルもない。受話器に向かって喋る伊左夫の声が、はっきり聞こえてくる。

「お前か。うん、うん。いや、ちょっと待て。今はまずい。あとでかけ直すんだ」

そう言って、伊左夫は受話器を置いた。浜中たちの方へ戻ってくる。

「どなたからです?」

興味深げに夏木が訊いた。

「あ、いえ。ちょっとその、友人というか、知人です」

しどろもどろに伊左夫が応える。

「そうですか。ところで諸井さん、あなたは一昨日、なにをされていました?」

「え? 一昨日は終日店におりましたが……。もしかして、アリバイの確認というやつですか?」

「具体的に何時から何時まで、店にいたのです?」

伊左夫の質問に応えず、夏木がさらに問う。

「午前九時四十分頃に店へ入り、十時に開けました。それから午後七時まで、店にいました。裏に倉庫と自宅がありますので、時々そっちへ行きましたけど」

「証明できる人はいますか?」

厳しい口調で夏木が訊く。上目づかいに、伊左夫が夏木を見た。その表情は不安げだ。

15

「アリバイ成立ですね」

レオーネを運転しながら、浜中は言った。夏木が助手席にすわっている。

あのあと千美堂に、津川という男性アルバイトが入ってきた。浜中と夏木は津川に話を聞き、それから千美堂の近くの店を訪ねたのだ。

その結果、真奈が殺害された日に諸井伊左夫は店にいたという、複数の証言が取れた。

千美堂から大間々町の真奈の部屋までは、車と電車のどちらでも、まず往復で二時間近くかかる。津川によれば、自宅や倉庫へ行くと言って、伊左夫は何度か店を出ている。だが、それはせいぜい一時間ほどだ。つまり伊左夫はあの日の午前十時から午後七時の間、大間々町へ行くことはできない。

真奈の死亡推定時刻は午前十時から正午だから、伊左夫のアリバイは完璧といってよい。

「確かにそうだが、気に入らねえな」

夏木が応える。

「まさか先輩、伊左夫さんを疑っているのですか？」

「人を疑うのが、刑事の仕事だ」

冷たい声で、夏木が言った。しかしどこか、寂しげにみえる。

「でも伊左夫さんは、きっといい人です。真奈さんの相談にも、乗っていたといいますし……。

それに繰り返しになっちゃいますけど、あの人にはアリバイがあります」

言って浜中は、バックミラーに目を向けた。鏡の中に千美堂が見える。すでにかなり、離れていた。千美堂界隈を辞して、浜中と夏木はこれから、真奈の実家へ行くつもりだ。

「いい人、ね」

揶揄の口調で夏木が応える。けれど夏木は本心から、嘲っているわけではない。一緒に動く機会が多く、浜中は夏木の人柄を知っている。裡に優しさを秘めた好漢なのだ。

「伊左夫さんは、殺人を犯すような人ではありませんよ。あっ！」

言って浜中は、速度を落とした。

「どうした？」

「いえ、あの」

と、浜中は前方の一点に目を留めた。こちらに背を向け、小さな女の子が一人、とぼとぼ歩いている。肩を落とし、見るからに心細げだ。

「迷子かも知れませんね」

ちらと夏木に目を向けて、浜中は言った。その時にはもう浜中は、ウインカーを出して車を路肩に寄せている。

車を停めて、浜中と夏木は降りた。女の子を追い、小さな背中に声をかける。振り返ったその子は、すでに泣いていた。泣き濡れた顔に、わずかに恐怖の色が浮く。

「大丈夫。僕はこう見えても、刑事なんだ」

しゃがみ込み、まっすぐに女の子を見て浜中は言った。警察手帳を取り出し、写真の頁を開く。ものの珍しげに、女の子は目を見開いた。四、五歳の、可愛らしい子だ。

「お家が解らなくなったのかな？」

優しく浜中は問うた。こくりと女の子がうなずく。

「よし、一緒にお家を探そう！」

思わず浜中は言った。ぱっと女の子が、笑みを咲かせる。

「待てよ、おい。おれたちは殺、ああいや、別件の捜査中だ。地域課に連絡を取って、この子は彼らに任そうぜ」

夏木が言った。

「でも」

と、浜中は腰をあげる。浜中の背広の裾を、女の子が摑んできた。笑みはすでになく、下唇を嚙みしめて、みるみる涙を溢れさせる。

「お兄ちゃん、お願い。お家を探して」

女の子が言った。

夏木の言葉をすべて理解したわけではないが、なんとなくの成り行きは解ったのだろう。

女の子を見おろし、それから浜中は、夏木に目を向けた。女の子も、夏木を見る。

「二人でおれを、恨みがましく見るんじゃねえ。まったく、解ったよ」

と、夏木が肩をすくめた。

「済みません」

「おれは車をそのへんに停めてくるから、お前は女の子に話を訊け」

投げつけるように、夏木が言った。

16

幸いにして、女の子の家はすぐ見つかった。裏道に入り、辻をいくつか曲がった路地の奥だ。ありふれた一戸建ての二階屋で、「川上《かわかみ》」と表札にある。庭や玄関先に家人らしき姿はない。

女の子とともに、浜中と夏木は門扉の前に立った。浜中が呼び鈴を押す。人の足音が屋内からばたばたと聞こえ、すぐに玄関扉が開いた。三十前後の女性が、顔を覗かせる。

「裕美《ひろみ》！」

彼女は言って、駆けてきた。

「お母さん」

すっかり涙声で、女の子が応える。もどかしそうに門扉を開けて、女性は女の子を抱きしめた。

「一件落着だな」

言いながら浜中を見て、夏木はあきれ顔になった。

「なんでお前まで、泣いてるんだよ」

「いや、嬉しくて……」

夏木にそう応えながら、浜中は涙を拭う。

「ありがとうございました」

女の子との抱擁を終えて、女性が言った。

「いえ」

と、浜中は首を左右に振る。

「ちょっと目を離しているうちに、この子がいなくなりまして……。近所を捜したのですが、見つかりません。それであちこちの心当たりに、電話をしていたところだったのです」

女性が言う。

「そうですか。そこの県道にいましたよ。まあとにかく、よかったですね」

浜中は応えた。

その様子から、間違いなくここが女の子の家であり、女性が母親だと解った。虐待云々による家出という印象も、まったくない。身元確認などの手続きは不要だろう。

夏木もうなずいている。

念のため、浜中は女性に名を訊いた。川上尚子《なおこ》と、女性は名乗る。

尚子に会釈をし、浜中たちは立ち去ろうとした。

「わざわざ娘を、連れてきてくださったのですか?」

尚子が問うてくる。

「まあ、そんなところです」

不愛想に夏木が応えた。

人に感謝されそうになった時、夏木はことさら、つっけんどんになるのだ。

「わざわざ済みません。あの、よろしければお名前を、教えてください。後日きちんとお礼を……」

「いえ、仕事だから、礼など無用です」

夏木が言う。

「お仕事？」

「こういう者なんですよ」

と、夏木が面倒そうに、警察手帳を取り出した。尚子の面容に、驚きの色が広がる。

「実は聞き込みの途中で、この子を見かけたのです」

浜中は言った。

「聞き込みですか」

「ええ。県道のずっと向こうの、千美堂という骨董屋さんにきたのです」

そう応えて、浜中は思わず口を押さえた。店の名前まで言う必要はない。

聞き込みや職務質問の際、相手の質問には応えるなと、浜中たちは指導されている。質問するのは、あくまでも警察官なのだ。けれど浜中は聞かれたことには、つい正直に応えてしまう。

「そろそろ行こうぜ」

夏木の苦い声が聞こえてきた。浜中は頭をかく。

「あの、待ってください」

尚子が言った。やけに真剣な面持ちだ。

「どうしたのです？」

目を細めて、夏木が問う。

「実は……」

と、尚子はあたりを窺い、ためらいを見せた。

「中で伺いましょうか？」

低い声で、夏木が言う。つい先ほどまでの、気だるげな様子はみじんもない。

「ええ」

そう応えて、尚子は浜中たちをいざなった。女の子とともに、一行は玄関に入る。

「あがりません。ここで結構」

尚子が玄関扉を閉めるのを待って、夏木が言った。

「そうですか」

もはや会話が、外に漏れ聞こえる心配はない。だが、それでも尚子は躊躇してから、声を潜めて話し始めた。

尚子の家から千美堂までは、そこそこ離れている。しかし千美堂は県道に面しており、徒歩や車で、店の前を時折とおる。

窓越しに見れば、店には可愛い雑貨がたくさんありそうだ。尚子はいつしか、千美堂に興味を覚えていた。

けれど骨董店は入りづらい。

一人で店に入り、高価な品を売りつけられたら、どうしよう——。

そんなことまで考えて、尚子は店に入らずにいた。

ある日尚子は、徒歩で千美堂の前を通りかかった。目をやれば窓の向こうに、とても可愛いカエルの置物がある。

一目で気に入り、思い切って尚子は千美堂に入った。店主らしき中年男性が、笑顔で迎えてくれる。それまでの躊躇を笑い飛ばしたくなるほど、居心地のよさそうな店だ。

ほっとして、尚子はカエルの置物に近づいた。思っていたより高いが、買えないこともない。

やや迷い、もう一度ほしくなって、その時まで残っていたら買おうと決めて、尚子は店を出た。

「でもそのあとで店の裏手から、微かに声が聞こえてきたのです」

尚子が言う。

「声?」

夏木が問うた。

「はい。女の人の声だと思います。それがあの……」

言い淀み、それから尚子は口を開いた。

「『殺してやる!』と言ったように、私には聞こえました。それで怖くなり、以来千美堂さんには行っていません」

「それ、いつのことです？」

「半年ほど前だったと思います」

尚子が応えた。

ちょうどその頃、今本真奈は千美堂を辞めている。

獲物を見つけた野獣さながらの強い光が、ほんの一瞬夏木の双眸に灯った。

17

尚子の家を辞し、浜中と夏木は県道まで戻った。夏木が停めておいたレオーネに、二人で乗り込む。

「さっそく出たな」

助手席で、夏木が言う。

「え？　なにがです」

エンジンをかけようとしていた手を止め、浜中は問うた。

「千美堂からそれなりに離れたこのあたりの、しかも路地の奥まで、刑事の誰かが聞き込みにまわるとは、到底思えない。

それに真奈は、千美堂で二年半ほどアルバイトをしていたに過ぎず、そのことが報道される可能性は低い。そうなれば、尚子は真奈が千美堂に勤めていたと気づかず、『殺してやる！』と耳にしたことを、自ら警察には知らせない。

お前が迷子に出くわさなければ、この情報は埋もれていたはずだ。強運、発動だな」

「いや、そんな……」

浜中は首を左右に振った。発動してほしくないのだ。

「お前のことを、ただ『ついている』だけだと言う連中もいる。だがよ、浜中。おれが思うに、お前が私心なく誰かに親切にした時、特に強運が出やすくなる気がするんだ。

だからお前の優しさ……。ああ、もうやめだ。うまく言えねえ。車を出してくれ」

と、夏木は荒々しく言葉を結んだ。座席に背中を預けて、そっぽを向く。

「はい。で、どこへ行きます？」

「あのなあ、浜中」

あきれ声で夏木が言う。

「なんです？」

「お前のお蔭で、おれたちは重要な情報を得た。千美堂へ行くに決まってるだろ！」

「あ、そうか。そうですよね」

言って浜中は、エンジンをかけた。ほどなく千美堂に着く。

駐車場に停まるレオーネに気づいたのだろう。浜中と夏木が車を降りると、店主の諸井伊左夫とアルバイトの津川が、入り口のところへきていた。扉越しにこちらを見ている。伊左夫は戸惑った表情を浮かべ、津川は好奇に満ちた顔だ。

夏木を先頭に、浜中たちは店に入った。

「あの、まだなにか……」

おずおずと、伊左夫が問うてくる。

「ひとつ聞き忘れたことがありましてね」

ちらりと伊左夫を見て、夏木が言った。

「なんでしょうか？」

「あなた、奥さんいますよね」

「ええ」

「今、どちらに？」

夏木が問う。伊左夫の目が泳いだ。

「あの、妻の千香子は、ちょっと旅行に出ていまして……」

「旅行ねえ」

と、夏木があごをさする。落ち着かない沈黙がおりてきた。

「まあ、いいでしょう。ところで今本真奈さんがこちらに勤めている時、千香子さんとの折り合いはどうでした？」

しじまを破って、夏木が伊左夫に問うた。

「妻と真奈さんですか……。特に仲がいいわけでも、悪いわけでもない。そういう感じでした。女性同士の感情は、よく解りませんけれど」

「千香子さんと真奈さんが、言い争ったことは？」

夏木が訊く。

「それはなかったと思います」

「なかった？」

「ええ。妻が叱りつけるほどの仕事上のミスを、真奈さんがしたことはありませんし、逆に真奈さんが妻に詰め寄るなど、考えられません。真奈さんは、ちょっと気が弱く見えるほど、優しく穏やかな人でしたから……」

遠慮がちに、けれどしっかりと夏木を見て、伊左夫が応えた。

伊左夫の双眸に、嘘の色はない──。

浜中はそう思い、それから内心で首をひねった。ならば誰が誰に「殺してやる！」と言ったのか。

「千香子さん、どういう方です？」

ふいに夏木が、津川に訊いた。

矛先が自分に向くとは、思っていなかったのだろう。戸惑いの様子を見せて、津川はすぐに応えない。

ちらと伊左夫を窺ったのち、津川は口を開いた。

「ごく普通の人ですけど……」

「そうですか」

言って夏木が、目配せしてくる。特に訊きたいことはない。浜中は微かに首を左右に振った。

「では、これで」

と、夏木が入り口扉に手をかける。だがそのあとで、夏木は手を止めた。

「そういえばさっき、電話がありましたよね」

夏木が伊左夫に訊く。

「電話ですか？」

「さっき私たちがきた時、レジの奥で電話が鳴った。あなたは出て、だが素っ気なく切った。誰からの電話だったのです？」

「え？　ええとその、同業者からです。大した用事ではなさそうなので、すぐ切っただけです」

「それはおかしい。あなたはさっき、『ちょっとその、友人というか、知人』からの電話だと、応えている」

口調はのんびりとさえしているが、伊佐夫を見る夏木の双眸には、険しい光が宿っていた。

「ですからあの、友人づきあいをしている同業者なんです」

そう応える伊左夫の声は、わずかにうわずっていた。額にうっすら、汗さえかいている。

「なるほどね。では今度こそ、ほんとうに失礼します。恐らくまた、お邪魔するとは思いますが」

言い残して、夏木が店をあとにする。伊左夫と津川に頭をさげて、浜中も店を出た。夏木とともに、車に乗り込む。

浜中がハンドルを握り、レオーネを県道へ出した。

「諸井千香子は『旅行中』じゃなく、『逃亡中』かも知れねえな。諸井伊左夫の態度も妙だ」

助手席で、前を見たまま夏木が言う。

「千香子さんはともかくとして、伊左夫さんにはアリバイがありますよ」

浜中は応えた。

「策を弄して、アリバイを作ることは可能だ。実際そういう犯人を、おれは何人か見てきた」

「でも伊左夫さんは、真面目で誠実そうな人です」

「一見、そういう印象ではあるがな。まあとにかく、諸井夫妻には気を留めておこう」

「はい」

「よし。そうと決まれば、まずは千香子だ。彼女のこと、聞き込んでみるか」

夏木の言葉にうなずいて、浜中はアクセルをゆるめた。路地を見つけて、レオーネを乗り入れる。

適当な場所に車を停め、浜中と夏木は歩き始めた。千美堂の裏手にある、諸井夫妻の自宅へ行く。

諸井家はひっそりとして、誰かがいる気配はない。

浜中たちはつい先ほど、千美堂を訪ねた。あのまま伊左夫は、店にいるのだろう。そして千香子は、店にも自宅にもいないとみえる。

浜中たちは、付近で聞き込みをした。

千香子はまだ、容疑者ではない。千香子のことをずけりと訊けば、近所の人は訝《いぶか》しげに思うだろう。殺された今本真奈は、千美堂でアルバイトをしていた。浜中と夏木は真奈について訊ねつつ、それにかこつけて、千香子のことを聞き出していく。

千香子の性格については、特にこれという情報はなかった。また真奈と千香子の諍いを、目撃した者もいない。

真奈の死体は、二日前の夜に見つかった。その日の午前中に、近所の主婦が行きつけのスーパーで、千香子と会って立ち話をしている。だがそれ以降、千香子を見かけた者はいない。

旅行中か逃亡中か。それは解らないが、真奈の死体が見つかった頃から、千香子はどこかへ出かけたらしい。

18

大間々警察署の講堂に、浜中はいた。幹部席に向かって並べられた長机の、一番うしろにすわっている。浜中の隣には夏木がいて、前方の席には、二係の係長である美田園恵の姿があった。

午後の八時に始まった捜査会議が、そろそろ終わりに近づいている。刑事たちはそれぞれ、今日の成果を述べた。浜中もすでに発言を済ませている。

鑑識からは、血液についての報告が寄せられた。

真奈の死体は自室で見つかり、床には血を拭き取った跡があった。床に残留していた血液細胞を調べた結果、拭き取られた血はA型だという。

本事件の関係者でいえば、今本真奈と諸井伊左夫、諸井千香子はA型であり、真奈の階下を借りている田端美緒はB型だ。各人の健康診断書や、献血手帳を確認したから間違いない。

捜査会議には、事件に関するすべての情報が集まってくる。幹部席の真ん中には、群馬県警本部刑事部の捜査一課長である、泊悠三《とまりゆうぞう》の姿があった。

泊は五十代の叩きあげで、けれど刑事畑一筋のこわもてではなく、時に昼行灯にさえ見える。

しかし昼行灯が、捜査一課長になれるはずはない。

凄まじく斬れる刀身を、柔和な表情の裏に隠している。

泊には、そういう怖さもあった。どこか食えない印象なのだ。

その泊は、左右にすわる理事官や管理官と、なにやら言葉を交わしていた。寄せられた報告を、精査しているのだろう。

誰かが書類をめくる音や、ごく小さな会話が、そちこちから聞こえてくる。一日足を棒にした刑事たちの、疲れの混じったざわめきだ。

やがて泊が立ちあがった。その瞬間、しんと講堂が静まりかえる。少し間を置き、泊が口を開いた。

「この捜査本部は、昨日立ちあがった。昨日の今日で、早くも重大な情報を掴んだ捜査員がいる。夏木大介、浜中康平。『殺してやる!』という千美堂での会話を、よく拾ってきたな。なかなかの手柄だ」

泊は口元に、笑みを浮かべている。美田園が浜中たちを振り返り、にんまりとした。

だが浜中は、そっとため息を落とす。これでまた駐在所勤務の夢が、遠退いたのではないか。

一歩一歩、夢に近づく。

実に素晴らしいことだ。

一歩一歩、夢から離れる。

実に哀しいことだ。

「ほかの捜査員たちも、夏木や浜中を見習うように」

泊が言う。

「よろしいでしょうか？」

と、夏木が挙手した。

「なんだい？」

泊が応える。夏木はさっと腰をあげた。

「すでに浜中は、千美堂の店主である諸井伊左夫と、懇意とさえ呼べる関係を、築きつつあります。そこでもしできましたら、千美堂につきましては、私たち二人に任せて頂きたいのですが」

物怖じした様子をまったく見せずに、夏木が言った。

「ほう」

と、泊は目を細め、それからにやりと笑った。そして言う。

「よし、解った。済まないがほかの捜査員たちは、しばらく千美堂に足を向けないでくれ」

「ありがとうございます」

そう応えて、夏木が着席する。

「さて、そろそろ終わるか」

泊が言い、講堂がざわめき始めた。

「どこが懇意なんですか？」

潜めた声に抗議を乗せて、浜中は夏木に言った。

「いいじゃねえか。これで邪魔は入らなくなったんだ。おれとお前で、諸井千香子と伊左夫を、きっちり調べようぜ。あの二人のどちらかがホシなら、またしてもお前は大手柄だ」

「だから手柄は、いらないんですってば」

「功を焦る刑事たちに、聞かせてやりたい台詞だな。さて、ビールでも飲みに行くか?」

と、夏木が腰をあげようとする。

「行きませんよ」

「子供みたいに拗ねるな」

夏木が言う。そこへ美田園がきて、口を開いた。

「二人とも、よくやったわね。ご褒美に、ビールを奢ってあげる」

美田園と夏木にせかされ、ため息をつきながら、浜中は席を立った。

19

「今日はどうする?」

缶コーヒーを手に、夏木大介が言った。浜中康平と夏木は、大間々警察署の講堂脇の廊下に立っている。

今日も夏木は行き先を、浜中に任せるつもりらしい。

小さくため息を落として、浜中は窓の向こうに目をやった。どんよりとした梅雨空だ。垂れこめた薄灰色の雲に目をやり、浜中は束の間沈思した。それから口を開く。

「今本真奈さんのこと、色々と解ってきましたよね」

「穏やか、おとなしい、気が弱い、か」

夏木が応えた。

被害者である真奈の半生は、すでにおおよそ判明している。その経歴に沿い、刑事たちが分担して、真奈の人となりや人間関係を調べていた。昨夜の捜査会議で、その報告がいくつもあがっている。

中学、高校、そのあとに勤めた都内の会社。

真奈を知る人たちは押しなべて、今、夏木が言ったような言葉で彼女を評した。

真奈は人を罵らず、誰かと争ったことも、ほとんどないという。詰め寄られれば謝るか、曖昧に笑みを灯して逃げていく。

自らの意志で、真奈は接客の仕事に就いた。だから人との触れ合いを、厭《いと》っていたはずはない。彼女は激しい感情のやり取りが、苦手だったのだろう。

ささやかなきっかけさえあれば、すぐに殺意へと形を変える。それほどの怨毒を、真奈に対して持っていそうな人物は、今のところ浮かんでいない。

浜中は口を開いた。

「迷子の一件で昨日出会った川上尚子さんは、千美堂で『殺してやる！』という言葉を聞いています。

真奈さんとまるで無関係の誰かが、発した声かも知れません。

けれどともかく、真奈さんが関係していると仮定します。その上で真奈さんの性格を思えば、真奈さんが誰かに『殺してやる！』と言ったのではなく、誰かが真奈さんに、その言葉をぶつけたと考えた方が自然ですよね」

夏木が首肯する。浜中は話を継いだ。

「だとすれば、諸井千香子さんが真奈さんに、『殺してやる！』と言った。そう考えても、あながち間違ってはいないと思います。

断定したくないので、慎重な言い方になって済みません。でもとりあえず、千香子さんの声を手に入れる必要があると思います」

「それを尚子に、聞かせるってのか？　しかしな」

難しい顔をして、夏木が言った。

「尚子さんはたった一言『殺してやる！』と、微かに耳にしただけですし、しかも半年前のことです。千香子さんの声を、尚子さんに聞いてもらっても、同一人物の声かどうかの判断は、つかない可能性が高いでしょうね」

「ああ。だが、無駄な作業ではない。よし、そうと決まれば、千美堂へ行くか？」

と、夏木が缶コーヒーを飲み干す。

「待ってください、先輩」

「うん？」

「千香子さんの声を手に入れたい理由が、実はもうひとつありまして……」

「もうひとつ？」

「はい」

と、夏木に応え、しかし浜中は躊躇した。夏木が窓へと視線を転じ、さりげなく待ってくれる。

ややあってから、浜中は口を開いた。

「真奈さんの死体が見つかった時の、一一〇番通報者の声です」

「通報者……。そうか、お前」

と、夏木が真剣な面持ちを浜中に向ける。浜中は無言で首肯した。

「よし、とにかく千美堂だ」

厳しい声で、夏木が言った。浜中たちは歩き出す。

大間々署を出て駐車場へ行き、浜中と夏木はレオーネに乗り込んだ。まっすぐに、千美堂を目指す。

一時間ほどで着いた。店の駐車場に、浜中はレオーネを停める。

十時の開店時間にはまだ少し早いが、店内に諸井伊左夫の姿があった。出迎える格好で、伊左夫が入り口扉を開けてくれる。

「済みません、またきちゃいました」

頭をかきながら、浜中は言った。

「ああ、いえ。どうぞ」

笑みを灯して伊左夫が応える。刑事たちの来訪に少し慣れたのか、昨日よりも硬さがない。静かに店を営む温和な人、という雰囲気だ。

「千香子さんは、おられますか？」

店に入り、にこりともせず夏木が問う。

ほぐれかけた心を閉ざすかのように、さっと伊左夫が笑みを消した。

「いえ、出かけています」

『ご旅行中』ですか？」

「ええ……」

と、伊左夫がうつむく。

「千香子さんの声を録音したカセットテープかなにか、ありますか？」

夏木が訊いた。戸惑いの表情で、伊左夫が顔をあげる。

「なぜ、そんなものを？」

「あれば拝借したいのですがね」

伊左夫の問いに応えず、夏木が言った。

「理由ぐらい教えてくれても……」

不服気に、そして困ったように、伊左夫が呟く。

「そうですよ、先輩」

思わず浜中は口を挟んだ。こちらを見て、夏木がわずかに肩をすくめる。だがそのあとで、夏木は小さくため息を落とした。

話してもいいということだ。浜中は口を開いた。

「実は十八日の夜、『大間々町の塩原。今本真奈の……、死体』という一一〇番通報がありました。それで大間々警察署の人間が駆けつけ、真奈さんの死体を発見したのです」

「そうでしたか」

伊左夫が言う。うなずいて、それからしっかりと伊左夫を見て、浜中は言葉を継いだ。

「一一〇番通報者は、女性でした」

「まさか刑事さん」

伊左夫が息を呑む。

「諸井千香子さんが通報者だと、決めつけてなどいません。でも、真奈さんはこちらで二年半、アルバイトをしていました。その間千香子さんと真奈さんが、どれほどの頻度で顔を合わせていたのか解りませんが、二人に接点があるのは事実です。

千香子さんの声と一一〇番通報の声。その声紋を照合したいと、私は思っています」

ことさらに感情を込めず、浜中は言った。

面容に哀しみの色を浮かべて、伊左夫がうつむく。浜中は無言で彼の言葉を待った。

「妻の声の入ったテープが、自宅にあるかどうか解りません。探せば出てくるかも知れませんが……。

それより妻は、市内のカラオケ同好会に入っていました。そこへ行けば、妻の歌声を録ったテープがあると思います」

力のない声で、やがて伊左夫は言った。夏木が口を開く。

「カラオケ同好会の連絡先を、教えてください」

「解りました、調べてきます」

と、伊左夫が背を向けた。裏口から店を出て、奥に建っている自宅へ行くのだろう。

「ついでに自宅を、見せてもらえませんか？」

伊左夫の背に、夏木が声をかけた。振り向いた伊左夫は、さすがにむっとした表情だ。

「家宅捜索とか、そういうことですか？」

わずかに声を荒らげて、伊左夫が問う。

「千香子さんがほんとうに、旅行中なのか。それを証明するためにも、今、私たちに家の中を見せておいた方がいい。ざっと各部屋を見まわるだけです。頼みます」

言って夏木が、頭をさげた。

20

浜中と夏木は急ぎ足で廊下を抜けて、大間々警察署の講堂に入った。

まだ夕方前で、捜査本部は閑散としている。しかし幹部席には、捜査一課長である泊悠三がすわっていた。理事官と管理官も着席している。多忙な彼らが、この時間に揃っているのは珍しい。

浜中たちの上司であり、捜査一課二係の係長を務める美田園恵が、幹部席の脇に立っていた。入ってきた浜中たちを認めて、駆け寄ってくる。

「私をとおす必要はない。直接報告して」

きびきびと、美田園が言った。うなずいて、浜中と夏木は幹部席へ向かう。

泊たちの前で足を止め、浜中は直立不動の姿勢を取った。その横で夏木が、気だるげに立つ。

「そうしゃっちょこばるな。リラックス、リラックス」

と、泊が笑みを見せた。ほんのわずか、浜中は肩の力を抜く。

「美田園君からざっと説明を受けたが、直接聞きたい。話してくれ」

温和な口調で、泊が言った。浜中と夏木の話を聞くため、泊たちは捜査本部まできたのだ。

浜中は説明を始めた。

千香子が入っていたカラオケ同好会は、とあるカラオケスナックの常連客たちによって、自然発生的に生まれたものらしい。

開店する前の昼下がりに、そのスナックに時々集い、珈琲やジュースを飲みながら、順番に歌って批評し合う。

それだけの集まりであり、事務所や会員名簿があるわけではない。

スナックの経営者は、店の近くに住んでいた。伊左夫に住所を教わり、浜中と夏木はそこを訪ねた。寝ぼけ眼の経営者に頼み込んで、店を開けてもらう。

千香子の歌声の入ったカセットテープは、すぐに見つかった。美田園へ報告し、カセットテープを手にして、浜中たちは群馬県警の科捜研へ向かった。

その間に美田園が、科捜研へ連絡を入れている。浜中たちが着くとただちに、科捜研はテープの解析に入った。

「その結果、一一〇番通報者の声と千香子の声が、完全に一致しました」

と、浜中は言葉を結んだ。

「諸井千香子が、一一〇番通報したわけだな」

念を押すように、泊が言う。

「はい、そうなります」

浜中は応えた。

一一〇番通報があったのは、十八日の午後九時過ぎだ。そのあとで警察が、今本真奈の死体を見つけた。つまり千香子は警察より先に、今本真奈の死を知っていたことになる。

腕を組み、眉根を寄せて小さく唸り、それから泊が口を開いた。

「まだ、千香子をホシと決めつけるわけにはいかねえが、事件に深く関与しているのは間違いない。千香子がどこへ行ったか、解らねえのかい？」

「千香子は旅行中だと、伊左夫は言い張っていますよ」

いつもの口調で、夏木が応えた。幹部たちの前でも、夏木の振る舞いはあまり変わらない。

理事官が眉をひそめた。けれど泊に、気を悪くした様子はない。

「千美堂の裏に、諸井夫妻の自宅があるんだろう。そこに千香子が隠れているんじゃねえのか？」

泊が夏木に問う。

「伊左夫の了解を得て、先ほど自宅を調べました。各部屋を見てまわったのですが、伊左夫自ら、押入れや納戸まで開けてくれましたよ。千香子が潜伏している様子は、ありません」

「そうか。よし、昨日約束したとおり、諸井伊左夫への接触は、お前さんたちに任せる。だが、いつ千香子が戻ってくるか解らねえ。ほかの捜査員を、千美堂に張り込ませるぞ」

泊が言って、管理官に目配せした。さっそく手配するのだろう、管理官が席を立つ。

「それにしてもよ」

椅子に背を預け、砕けた様子を見せて泊が言う。

「昨日といい今日といい、お前さんたちは大活躍だな」

「すべて浜中のお蔭ですよ」

夏木が応えた。浜中は、慌てて首を左右に振る。笑みを浮かべて、泊が口を開いた。

「謙遜することはない。ここのところ、手柄といえば浜中だからな。このままいけば、すぐに浜中は二係の係長だな」

「あら、私はお払い箱ですか？」

笑声混じりに美田園が言う。

「いや、お前さんには、捜査一課長をやってもらう」

泊が返した。

「課長はどうなさるのですか？」

「おれはどこかの駐在所へ行くよ。そこでのんびり、定年まで勤めあげるさ」

「うらやましい……」

思わず浜中は呟いた。自分でも驚くほど、真剣な口調だ。三人の視線がさっと浜中に集まり、ぎこちない沈黙がおりてくる。

やがて泊が、しじまを破った。

「ところで夏木、『殺してやる！』という声を聞いた女性には、いつ会うんだ？」

「今日中には訪ねます。ですがそちらは、期待薄でしょうね」

「だろうな。よし、ご苦労だが、引き続き頼む」

「解りました」

そう言って頭をさげ、浜中と夏木は幹部席を離れた。

講堂には、長机がいくつも並んでいる。夏木にうながされ、浜中は一番うしろの席に着いた。夏木も隣にすわる。近くには誰もいない。

夏木が口を開いた。

「千香子が真奈を殺して、逃亡した。伊左夫はそれを知りながら、千香子をかばって隠している。そう仮定して、話をしてみたい」

「はい」

「なぜ千香子は、一一〇番通報したんだろうな？」

と、夏木は腕を組んだ。浜中に訊くというより、自らに問う様子だ。

ほどなく夏木が口を開いた。

「殺すつもりはなかったが、なにかのはずみで殺人を犯す。それで警察に通報した。だが、そのあとで怖くなって逃げ出す。そういうこと、けっこうあるよな」

「ええ」

「しかし真奈が殺されたのは午前中で、通報があったのは午後九時過ぎだ。間があり過ぎる」

言って夏木は、あごをさすった。ややうつむいて眉根を寄せ、それから浜中を見て、口を開く。

「おれはな、浜中。こう考えている。

まず、千香子は真奈を殺してしまう。計画的ではなく、場当たり的な犯行だ。そのあと千香子は恐ろしくなり、伊左夫に電話する。

千香子から電話を受け、伊左夫は千香子を逃がすために、なんらかの計画を立てた。千香子はそれを実行する。

その一端として、千香子は一一〇番通報した。詳しくは解らないが、安全に逃亡するためには、通報が必要だった。

ずっと旅行中の千香子、どこかうしろめたそうな伊左夫の態度。それらを考えれば、あながち的外れじゃないと思うぜ。どうだ？」

だが、浜中は首肯できずにいた。

伊左夫の態度はおかしいし、通報者が千香子だと判明した今、彼女が犯人である可能性は高い。

だが浜中の見る限り、伊左夫は穏やかで実直だ。その伊左夫が殺人に関して、なんらかの計画を立てるだろうか。

「あの、先輩」

遠慮がちに、浜中は言った。夏木が無言でうながしてくる。浜中はすぐに口を開いた。

「真奈さんを殺し、とにかく千香子さんは逃げ出した。しかしそのあとで、殺して済まないという思いに苛まれた。

真奈さんは一人暮らしです。あの建物のまわりに家はなく、腐臭があたりに漂うまで、真奈さんの死体は見つからないかも知れません。

それでは真奈さんが可哀そうだ。せめて死体が早く見つかり、弔ってほしい。そう思って千香子さんはあの夜、一一〇番通報したのではないでしょうか」

「お前らしい解釈だな。だが、そう考えた方が、自然か。一階の女性は二階で音がしても、モップの柄で突くだけだ。真奈の部屋へ様子を見に行くなど、しないだろうしな。

一階の女性と真奈が没交渉であることを、千香子が知っていたかどうか、それは解らないが。

いや、待てよ」

と、夏木が難しい顔をして、考え込んだ。そのまま微動だにしない。

やがて夏木が口を開いた。

「無断欠勤を訝しみ、会社の人間が真奈の部屋を訪ねる。そういうことがあったとしても、まずは死後、数日経ってからだろう。ならばお前の言うとおり、真奈の死体はなかなか見つからない恐れがあった。するとどうなる?」

「え？　死体は腐敗し、死亡推定時刻が絞りづらくなります」

「ほかには？」

「ええと……」

と、浜中は沈思した。ほどなくあることに気づき、口を開く。

「二階で音がしたことを、一階の女性が忘れてしまうかも知れません」

「それだよ」

双眸に強い光を湛えて、夏木が言った。

「それ？」

「死体を冷やす、あるいは温めれば、死体現象による死亡推定時刻をごまかせると、千香子は思っていた。

そこで一階の女性に『午前十一時頃、人の倒れるような音がした』と証言させ、その時間に千香子は別の場所へ行き、アリバイを作ろうとする。

死体発見が遅れて一階の女性の記憶が薄れ、『何時頃か忘れたけれど、人の倒れるような音がした』と証言されると、せっかくの工作が意味を成さなくなる。だから千香子は一一〇番通報したんだ。

お前の言うように、贖罪の念から通報したのかも知れない。だがおれはやはり、なんらかの作為を感じる」

「明日、真奈さんの部屋へ行ってみましょうか」

浜中は言った。

21

浜中康平は夏木大介とともに、大間々町の今本真奈の部屋にきていた。窓を何枚か開けていたが、風はそよとも吹かず、ただいるだけで、汗ばんでくる。

今日は朝から、梅雨の晴れ間が広がっていた。鮮やかな青空の下、久しぶりの陽ざしにはほっとするが、爽快とは言い難い。ひどく蒸し暑いのだ。

夏木の推測どおりだとすれば、午前十一時頃に人の倒れる擬音を出すため、千香子はなんらかの細工をしたはずだ。浜中たちは、その痕跡を探していた。

浜中が居間を調べ、夏木は寝室に入っていた。

「汗だくだぜ」

そう言いながら、夏木が居間にきた。彼はたいへんに暑がりなのだ。

「ちょっと一服しようや」

夏木の言葉にうなずいて、浜中は手を止めた。夏木とともに、居間の床にすわる。

浜中は思わず顔をしかめた。

「どうした?」

夏木が問う。

「あれですよ」

と、浜中は居間の隅を目で示した。キャスターのついた旅行鞄がある。浜中は口を開いた。

「そこの棚を調べていたら、あの鞄が落ちてきましてね。左腕をぶつけちゃいました」

「ドジだな。で、大丈夫なのか？」

「ええ。大したことありません」

「そうか。それにしても暑いな」

自らの手で顔を煽ぎながら、夏木が言う。真夏の犬さながらの、げんなり顔だ。

見かねて浜中は腰をあげた。この前ここへきた時、寝室に扇風機があったのを、思い出した。

浜中は居間を出て、寝室に入った。やはり扇風機がある。それを持って、浜中は居間へ戻った。

「借りちゃいましょう」

言って浜中は、扇風機の電源プラグを壁のコンセントにさし込んだ。スイッチを入れる。だが、動かない。

「大家が部屋のブレーカーを、落としたんだろう」

夏木が言う。

「待っててくださいね」

浜中は再び居間を出た。台所の壁にブレーカーがある。蓋を開け、浜中はブレーカーを入れた。

ネクタイをさらにゆるめて、嬉しそうに扇風機の風に当たっている。

そんな夏木の様子を思い描きながら、浜中は居間に入った。ところが夏木は茫然とした面持ちで、首を振る扇風機を凝視していた。それから夏木は、部屋の隅の旅行鞄に目を向ける。

「浜中、やっぱりお前はすごいな」

やがてぼそりと、夏木が言った。

「すごいって、何がです?」

「悪いがちょっと、待っててくれ」

言って夏木が、居間を見まわす。何が何だか解らないまま、浜中はうなずいた。

22

「すごい……」

浜中は呟いた。

台所からタイマーを見つけてきた夏木が、それと鞄や扇風機を使い、音を出してみせたのだ。

「よく解りましたね、さすが先輩です」

感嘆が収まらず、なおも浜中は言った。

「いや、どう考えても、お前の手柄だろ」

苦笑混じりに夏木が応える。浜中は慌てて首を左右に振った。手柄という言葉は、こりごりなのだ。

「さっき寝室を調べていたら、本棚の本に、最近動かされた痕跡があった。埃のつき具合で解ったんだ。恐らく千香子は鞄の中に本を詰め、人が倒れるほどの音を出した」

「だとすれば、まず決まりですね！」

「鑑識にもう一度、よく調べてもらうがな。いずれにしても、お前のお蔭だ」

真面目な様子で夏木が言う。

「いえ」

と、うつむき、それから浜中は顔をあげた。口を開く。

「でも先輩。扇風機などで音を出したのは、アリバイ工作のためですよね。だとすればなぜ、千香子さんは逃亡しているのでしょう。逆に姿を現して、アリバイを主張する気がしますけど……」

「アリバイがあったとしても、千香子の態度や顔色を見て怪しいと思えば、おれたち警察は任意で引っ張る。任意といっても、要するに強制だ」

自嘲気味に夏木が言う。

「ええ」

「アリバイを作りはしたが、とりあえず姿を隠して、おれたちの出方を見ているのかも知れねえな」

「あと、動機もまだですよね」

夏木が無言でうなずいた。

昨日浜中と夏木は、迷子の母親である川上尚子に会って、千香子の声を聞かせた。「殺してやる！」と同じ声なのか、そこまでは解らないと、尚子は応えた。

千香子と真奈がどういう関係だったのか、まだはっきりしていない。

「実は先輩、僕、ひとつ気になっていることがあるんです」

「なんだ?」

「寝室にラジカセ、ありましたよね」

「ああ」

「でも真奈さんの部屋には、見る限りカセットテープがないんです」

「ない?」

訝しげな表情で、夏木が言った。

「はい。あれは文字どおり『ラジカセ』ですので、ラジオとカセットテープしか、聴けません。ところが部屋にカセットがない。たとえ真奈さんが音楽をあまり聴かないとしても、カセットテープが一本もないのは、どうにもおかしい気がします」

「鑑識がそっくり持っていったんじゃないのか?」

「確認しましたけど、鑑識はカセットテープを引きあげていないそうです」

「なに?」

と、夏木が眉根を寄せた。

「寝室の整理棚には、目一杯物が詰まっているわけではありません。カセットテープを持ち出しても、ほかのなにかでその空間をうまく埋めれば、不自然には見えないと思うんです」

「真奈殺害後に、千香子がカセットテープを、持ち去ったというのか?」

「あ、いえ。その可能性があるかも知れないと思っただけで……」

そう応えて浜中は、頭をかいた。

「やっぱりお前は、運だけじゃない。冗談口調で泊さんはああ言ったが、いずれ二係の係長になるかも知れねえな」

瞠目の様子を見せて、夏木が言う。浜中は慌てて首を左右に振った。思っていたことを、そのまま口にしただけだ。

「よし。もう一歩、考えを進めてみるか」

と、夏木があごを手でさすった。束の間の沈思のあとで、夏木が口を開く。

「この部屋にあったカセットテープには、千香子が犯人だと特定できる内容が録音されていた。あるいは千香子にとって、表沙汰にしたくない『なにか』が録音されており、そのテープを回収するため、彼女は真奈を殺した。

後者であれば、千香子がテープを狙っていることを、真奈は知っていた可能性が高い。ならば真奈は、テープをその辺に置いておくかな。おれならどこかに隠すぜ」

薙ぐようにして、夏木が部屋を見渡した。話を継ぐ。

「しかしこの部屋のどこかから、隠されたカセットテープが見つかれば、逆に鑑識は訝しく思い、必ず引きあげて録音内容を確認する。だが、そういう話は鑑識からきていない。

真奈はまったく別のどこかに、テープを隠していたのかも知れねえな。実家か職場か……」

「はい。でもカセットテープ云々は、僕の単なる思いつきですから、捜査会議で報告して、ほかの人たちに、捜してもらうわけにはいきません」

「空振りに終わったら、四の五の言ってくるやつもいるだろうな」

「ええ。あ、でもそうなれば」

と、浜中は顔を輝かせた。その責任を取る形で、田舎の駐在所への異動を申し出るのはどうか。県警本部の捜査一課から、どこかの駐在所へ異動となれば、どう見ても左遷だ。やがて辞令がおり、浜中は県警本部を去って、赴任地へ向かう。

鄙びた駅で列車を降り、鳥たちのさえずりに誘われつつ、浜中は駐在所を目指して歩いていく。ところが途中で、道の向こうから若い女性が駆けてくる。どうやら彼女は泣いており、ただならぬ様子だ。

浜中は足を止めた。勇気を出して、向かってくるその女性を抱き留める。

「この抱擁こそが、浜中と女性の運命を決定づけたのであった」

そう言う自分の声で、浜中ははっとわれに返った。あきれ顔で夏木がこちらを見ている。

「また出たのか」

「済みません」

と、浜中は頭をかいた。

「いや、最近は妄想中のお前の顔を眺めるのが、楽しくなってきた」

にやにやしながら、夏木が応える。

「やめてくださいよ」

「さて、まずはおれたちだけで、この部屋を調べてみるか」

口調を改めて、夏木が言った。

23

浜中と夏木は手分けして、カセットテープを探したが、見つからない。そもそも鑑識が発見していないのだ。この部屋にあるとすれば、よほど意外な場所に隠したと思われる。

「ビールというわけにはいかねえが、一休みしてアイスでも食うか」

夏木が言った。すでに陽は中天にあり、焦がすような陽光が、大地に降り注いでいる。

「そうですね」

浜中は応えた。そこへ浜中のポケットベルが鳴る。

ポケベルを取り出し、液晶に表示された相手の電話番号を見て、浜中は思わずのけぞった。

「アイス買ってきます」

そう言って、夏木の返事も待たずに、浜中は玄関へ向かった。部屋を出て階段を駆けおり、あたりを見まわす。道のずっと先に公衆電話があった。

一目散にそこまで行き、浜中は受話器を取って番号を押した。一回目の呼び出し音が終わらないうちに、相手が出る。

「遅い！　私がベルを鳴らしたら、三十秒以内にかけてこいと、言っておるだろう」

浜中の大伯母である神月一乃《こうづきいちの》だ。齢八十を超えているが、未だかくしゃくとしていた。群馬県の水上町に住み、由緒ある神月家を仕切っている。

「だから無理だよ、一乃ばあ。せめて三分以内とかにしてよ」

泣きつくように、浜中は応えた。

子供の頃、浜中は母親に連れられて、神月家へよく遊びに行った。夏休みなど、長く滞在したこともある。

会うたび一乃は、おんぶをしてくれた。

顔を少しこちらへ向けて、背を揺らしながら、童謡を歌ってくれる一乃のことを、浜中は今もよく覚えている。浜中の夏の記憶は、一乃の背中とともにあるのだ。

ほかにもあれこれ、一乃は世話を焼いてくれた。浜中は今もって、一乃に頭があがらない。

「息災か？」

浜中の懇願に応えず、一乃が訊いてきた。

「うん、元気だよ」

「それはなにより。もしも体を壊したら、すぐばあちゃんに連絡を寄こすんだぞ」

「うん」

と、浜中はうなずいた。

浜中の両親はずっと以前に離婚しており、以来父とは音信不通だ。母はすでに亡くなっている。そんな浜中のことが、一乃はとても心配なのだろう。

「仕事で困っていることはないか？」

一乃が問う。

「いや、特にないよ」

「そうか……」

どこか寂しげな、一乃の声だ。

「そうだ、一乃ばあ」

思わず浜中は言った。

「なんだ？」

「カセットテープって知ってる？」

「馬鹿にするなや、康平」

「ごめん。もしも一乃ばあが、大切なカセットテープを家の中に隠すとすれば、どこ？」

「私は隠しごとなどせん！」

「いや、だからもしもだってば」

「うむ、もしもか……。袋に入れて米櫃か糠床に仕舞う。それとも仏壇かな」

瞬間、浜中は閃いた。

「ありがとう、一乃ばあ！」

「うん？」

「ごめん、切るね。またかける」

「そうか。無理をせず、ほどほどに頑張れよ。ばあちゃん応援してるぞ」

「ありがとう」

なぜだか涙が湧きそうになり、それを堪えて浜中は言った。

電話を切って、浜中は走り出す。真奈の部屋へ、急いで戻った。

「どうした?」

首をひねって夏木が訊く。

「先輩、こっちです」

言いながら浜中は、寝室に飛び込んだ。飾り棚の上に写真立てがあって、中年男性の写真が収まっている。亡くなった真奈の父親だ。

写真立ての手前の左右には、水の入った小さなグラスと、一輪挿しが置いてある。

「真奈さんにとっては、これが仏壇のようなものだった。そうですよね?」

浜中は飾り棚の前に立ち、夏木に訊いた。

「だと思うがな。いったいどうしたんだ?」

「もしかして」

と、浜中は写真立てを手に取った。特に変わったところはない。木製の、一見普通の写真立てだ。

だが——。

厚みが少し不自然だ。

写真立てを裏返し、六つある小さな留め金具を、浜中は順にまわした。イーゼルのついた裏板を取り外す。しかしその先に、もう一枚裏板があった。

この写真立てには裏板が二枚あり、その間がごく小さな、隠し物入れになっているのだ。

思わず浜中は、息を漏らした。隠し物入れに、カセットテープが入っている。

「こんなところに……」

呻くように、夏木が呟く。そのあとで彼は口を開いた。

「亡き父親の写真だ。鑑識も写真立てを手に取って、あれこれ調べるのを遠慮したんだろう。それにしてもお前、よく解ったな」

「ちょっとヒントがありまして……」

浜中は心から、一乃に感謝した。

24

浜中はずっと無言で、レオーネのハンドルを握っていた。助手席で、夏木も押し黙っている。

あれから浜中と夏木は、すぐにテープを聞いた。今本真奈と思しき女性を、諸井伊左夫が乱暴する様子が、録音されていた。

すぐに捜査本部へ連絡を取り、浜中と夏木は真奈の部屋を出た。そして一路、高崎市へ向かっている。

「くそ、伊左夫の野郎。なにが真奈の相談相手だ」

道の彼方に、千美堂が見えてきた。それを睨みつけて、夏木が吐き捨てる。

被害者や関係者からの申し出があって、初めて強姦罪は成立する。親告罪なのだ。だからカセットテープという証拠があっても、強姦罪で伊左夫を緊急逮捕することはできない。

千美堂の駐車場に、浜中はレオーネを入れた。

泊課長の指示により、道の向こうのアパートの空き部屋を、今朝、群馬県警が密かに借りた。室内には捜査員がいて、千香子が戻ってきた場合に備えて、張り込んでいる。

千美堂を見張るのは、そこからだけのはずだった。だが、浜中たちがカセットテープを発見し、事態は急変した。真奈を殺すに足る動機が、伊左夫にあったのだ。

浜中が気づいただけで、三台の覆面パトカーが、さりげなく付近に停まっていた。

「ああ、どうも刑事さん」

入り口扉を開けて、いつもの穏やかな口調で伊左夫が言った。刑事たちの張り込みに、伊左夫はまったく気づいていないらしい。

一切の会釈をせず、夏木が無言で店に入った。浜中もあとに続く。客はなく、アルバイトの津川が、奥に立っていた。

「どういったご用件です？」

鼻白んだ様子で、伊左夫が問う。

「話がある。ここでもいいが、ほかの人に聞かれないほうが、いいだろうな」

冷たい口調で夏木が応えた。

「それじゃとにかく、自宅へどうぞ。散らかっていますけど……」

逡巡のあとで、伊左夫が言う。戸惑った表情だ。

津川に店を任せ、伊左夫は浜中と夏木を裏口へいざなった。店を出て、浜中たちは自宅へ歩いていく。

諸井家に入り、浜中たちは応接室にとおされた。三人掛けのソファに、浜中と夏木は並んですわる。

「飲み物は必要ない」

応接室を出ていこうとする伊左夫に向かって、夏木が声をかけた。ため息をひとつ落として、伊左夫がソファにすわる。テーブルを挟んで、浜中たちと向かい合う格好だ。

「いったい何なのですか?」

伊左夫が言った。その表情には抗議の色と、いくばくかの怯えがある。

扇風機やタイマーによって、人が倒れる音を偽装できること。真奈の部屋からカセットテープを発見したこと。

それらを夏木が語っていく。淡々とした口調だが、裡に満ちている怒りが双眸から吹き零れているかのように、夏木の眼光は鋭く、伊左夫を睨みつけていた。

次第、次第に、伊左夫が青ざめていく。

「真奈は別の場所で、殺された可能性がある」

夏木が言う。すでに伊左夫は顔色をなくし、かすかに震えてさえいた。夏木が話を継ぐ。

「たとえば、だ。

午前十一時に、あんたはここで真奈を殺害した。同時刻に大間々町では、扇風機の仕掛けによって、人の倒れたような音がする。

その夜、千美堂を閉めてから、あんたは大間々町へ死体を運ぶ。

真奈はとっくに事切れており、失血死だから、殺害時に大量出血している。大間々町の部屋へ行き、そこへ死体を置いても、ほとんど血は出ない。真奈の体内に血は残っていただろうが、遺体を傷つけても、出血はあまりないんだ。

だが、真奈の死因は失血死だ。大間々町の真奈の部屋に、血がほとんどないのは、不自然に過ぎる。あんたは真奈の血液を、持参していた。だが、血はすでに凝固している。そこであんたは真奈の死体を置いたあと、凝固した血を布で床に擦りつけてから、拭き取ったんだ。

これらの細工により、真奈が殺された時、千美堂にいたというアリバイの成立を、あんたは狙った。

あるいは千香子が、真奈を殺したのかも知れない。

いずれにしてもあんたたちは計画を練り、それに沿って、千香子は逃げ出した。どこか遠くで、午前十一時のアリバイを作るためだ。

一方あんたは、今おれが言った細工をして、自分自身のアリバイを成立させようとした。

千香子はこの瞬間も、逃亡を続けているのだろう。そして時折、店の電話に連絡を寄こす。初めておれたちが千美堂へ寄った時に、かかってきたようにな。

さて、少し長話が過ぎたようだ。そろそろあんたの口から、真相を聞きたいのだがな」

言って夏木はくつろぐかのように、ソファに背を預けた。しかし弛緩《しかん》の様子はない。伊左夫がおかしなそぶりを見せたら、すぐに動くという緊張感が、夏木の体に漲っている。

伊左夫は口を開こうとしない。

静寂が部屋を染めていく。

「確かに私は」

やがて伊左夫がぽつりと言った。うつむいて、テーブルに言葉を落とすかのように、話を続ける。

「真奈に迫り、無理に関係を結びました。正直に言って、一度や二度ではありません。嫌がりつつも、最終的に真奈は、私を受け入れてくれました。それを承諾だと思い、何度も彼女を抱いたのです。

今にして思えば、許されることではありません。その件につきましては、罪を償います。しかし私は、真奈を殺していません！　真奈がそういうカセットテープを持っていることさえ、知らなかったのです。どうか私を信じてください」

伊左夫は顔をあげた。唇を震わせ、目にうっすらと涙を溜めて、浜中たちを凝視する。

「嫌がる女性と、何度も関係を結んだ。そのあんたの言葉を、信じろっていうのか？」

と、夏木が伊左夫を睨みつける。

「私は真奈を殺していません」

夏木から目をそらさず、真摯な口調で伊左夫が言った。

浜中の心が揺れる。

もう一度、伊左夫を信じてみようか——。

「ほんとうに殺していないのであれば、それを証明する方法があるかも知れません」

やがて浜中は言った。

25

「始めていいですね」

浜中の言葉に、伊左夫が黙って首肯した。浜中は夏木や伊左夫とともに、諸井家の廊下に立っている。

あれから浜中たちは、一旦諸井家を辞した。多数の捜査員が張り込んでいるから、伊左夫が逃亡を謀ったとしても、逃げ切れるはずもない。

浜中と夏木は県警本部の科捜研へ行って「あるもの」を仕入れ、伊左夫の家に戻ってきたのだ。そのあるものは、袋に入れて夏木が持っている。

夏木が無言で歩き出した。浜中と伊左夫もついていく。

夏木は浴室に入り、持っていた袋から、噴霧器のついたプラスチック容器を取り出した。指先でレバーを引き、シュシュッと吹きかける形式の、掃除用の洗剤入れなどでよく見かけるものだ。

けれどその中には、科捜研の職員が調合した、特殊な液体が入っている。

固唾を呑む表情の伊左夫を一瞥し、夏木は洗い場の床に液体を噴霧した。だが、なにほどの変化もない。

伊左夫が大きく息をつく。

表情を変えずに、夏木は噴霧を続けた。洗い場の床全体に散布したのち、浴槽の中に吹きかけていく。しかしなにも起きない。

夏木が手にしているのは、ルミノール溶液だ。

たとえば浴槽で、人を刺殺する。当然血が出る。その血をしっかり洗い流し、さらに洗剤で掃除すれば、一見浴槽内はきれいになる。しかしすべての血液細胞を、完璧に除去することなど、まずできない。

ルミノール液は、血液細胞のある成分に反応して、青白く発光する。つまりルミノール液をかけて青白く光れば、そこに血が付着していたことが証明されるのだ。

数年前の血液にさえ、時にルミノール液は反応するという。

古くからある確かな検査法だが、逆にいえば、見えない血痕を特定するだけであり、ルミノール検査はそう頻繁に、捜査に登場するものではない。

今本真奈の死体は大間々町の自室で見つかり、「音がした」という階下の借り主の証言が、早々に出た。だから今回の事件でも、ルミノールは使われていない。

そのルミノール液を夏木が散布し、だが光らないということは、諸井家の浴室に血液の付着がないことを示している。

表情を一切変えず、夏木は無言で浴室を出た。浜中と伊左夫も、浴室をあとにする。

夏木は台所や各部屋をまわり、床や壁に点々と、ルミノール液を噴霧していった。だが、まったく光らない。

夏木の表情が徐々に険しくなり、逆に伊左夫の面容に、安堵が広がっていく。

浜中もルミノール液の入った小瓶を、内ポケットに入れていた。

おれが見落とすかも知れないから、気になる場所があればかけてみろ──。

そう言って、夏木が渡してくれたのだ。しかし夏木は、しっかりと要所にルミノール液を噴霧していく。小瓶の出番はないだろう。

ひとつひとつ部屋を調べていき、最後に浜中たちは応接室に入った。部屋の中央にソファとテーブルがあり、壁際に飾り棚が並んでいる。飾り棚の上には西洋人形や花瓶、それに蓄音機などが載っていた。

ソファと床、それから四面の壁に、夏木がルミノール液を吹きかけた。しかし光らない。

「次だ」

低い声で夏木が言った。浜中たちは家を出て、隣の倉庫に入る。十坪ほどのプレハブで、木箱や棚が壁際に置かれ、様々なものが並んでいた。

あごをさすりながら、品定めでもするかのように、夏木が棚を見ていく。浜中もならった。置かれている品々の多くが、ごくうっすらと埃をかぶっている。最近血を浴びて、拭き取られた形跡は一切ない。

倉庫を一周した夏木は、足を止めて目を落とした。床はコンクリートで、隅に排水口がある。人を殺してホースで水を撒けば、血を流すことができそうだ。

床のほぼ全域に、夏木はルミノールを吹きかけた。反応はない。

続いて夏木は、品々に液体がかからないよう慎重な手つきで、棚や木箱の間の壁に噴霧した。だが、光らない。

わざわざ千美堂の店内で、伊左夫が今本真奈を殺害するとは思えない。商品に血が付着するし、店の窓にカーテンの類はないから、外から丸見えだ。

店の奥には、ちょっとした台所がある。店に入り、夏木はそこにルミノールをかけたが、反応はない。

「どういうことだ……」

小さく夏木が呻いた。

この付近に空き地や空き家はなく、遠くで真奈を殺害すれば、その間伊左夫は不在になる。アリバイを成立させつつ、伊左夫が真奈を殺害するのであれば、店か倉庫、あるいは自宅しかないのだ。けれどそのどこにも、大量出血の痕跡はない。

店を出て、浜中たちは諸井家へ戻ろうとした。その途中で、ついと夏木が足を止める。

「忘れてたぜ」

にやりと笑って、夏木は伊左夫の車に目を向けた。荷台の広いハイエースだ。

後部扉を伊左夫に開けてもらい、夏木は噴霧器を手にした。祈りにも似た光を、ほんの一瞬双眸に灯し、ルミノール液をかける。しかし反応はない。

「私は真奈を殺していません」

夏木の背に向かって、伊左夫が言った。

ところ構わずルミノール液で調べられ、しかし伊左夫に憤りの様子はない。落胆した夏木を労わるような表情さえ、浮かべていた。

やはりいい人なのだ。伊左夫はやっていない——。

浜中は確信する。

「あんたには動機がある」

伊左夫と浜中に背を向けたまま、なおも夏木が言う。

「しかし血の跡は出なかったのでしょう」

さすがに少しうんざり顔で、伊左夫が応えた。

夏木がこちらを向いて、伊左夫を睨む。夏木は言った。

「ルミノール検査を見越して、血の痕跡が残らないよう、なんらかの策を弄した」

「いくらなんでも、疑い過ぎですよ」

思わず浜中は、夏木に声をかけた。

「人を疑うのが刑事だ」

と、夏木が浜中を一瞥する。冷えた沈黙がおりてきた。

「あの、刑事さん」

しじまを破って伊左夫が言う。

「なんだ?」

「今本真奈さんは、大間々町の自分の部屋で殺された。それがはっきりすれば、私への嫌疑は晴れますよね」

伊左夫の言葉に、夏木と浜中はうなずいた。

今本真奈の死亡推定時刻は、午前十時から正午だ。その日伊左夫は、この店にいた。

ここから大間々町まで、片道およそ一時間かかる。またなんらかの細工を施しても、死亡推定時刻を大幅にずらすことなど、まずできない。検視官や解剖医の目は、節穴ではないのだ。

よって殺害現場が大間々町だと証明されれば、伊左夫のアリバイは完璧に成立する。

「そのルミノール反応を、今度は真奈さんの部屋でやってもらえませんか？」

伊左夫が言った。

「解った」

冷えたまなざしで伊左夫を見据え、言葉短く夏木が応える。

26

浜中康平は夏木大介とともに、大間々町の今本真奈の部屋にいた。三人の科捜研職員もきている。

昨日の諸井伊左夫との約束を果たすべく、これからルミノール検査をするのだ。

わざわざ伊左夫を招待することはない。

夏木がそう言い、また彼には店もあったから、伊左夫の姿はない。

浜中たちは居間にいた。この壁際で、真奈の死体は見つかっている。居間のカーテンはすっかり閉じられ、照明も灯っておらず、まだ午前中だが薄暗い。

「では始めます」

科捜研の職員の一人——、栗原《くりはら》がそう言って、床にルミノール液を吹きかけた。

浜中は思わず息を呑む。床がそこだけ、ぼうっと青白く光ったのだ。たくさんの蛍がふいに現れたかのような、それはきれいな光であり、けれど血塗られた光でもあった。

浜中はこれまで何度か、ルミノール反応を見ている。そのたびに幻想的な美しさと、殺された者の「怨」が燐光したかのような、血の禍々しさを感じてしまう。

「さがってください」

栗原にそう言われ、浜中と夏木は扉のあたりまで後退した。

本腰を入れるという感じで、栗原の指示によって、科捜研の職員たちが膝を折る。彼らは丁寧に液を噴霧していき、その都度床が青く発光した。

「続いて人血検査に入ります」

やがて手を止め、振り返って栗原が言った。ルミノール検査では、人の血と動物の血の区別はつかない。別の検査を経なければ、人血とは断定できない。

「済みません」

と、夏木が頭をさげた。

この床には血を拭き取った跡があり、残留血液はすでに鑑識が調べている。結果、人血でA型と判明したが、広くルミノール反応が出たので、再度検査してくれるのだ。職員たちが、人血検査の準備を始める。そこへ玄関から声がした。

浜中と夏木は居間を出て、玄関へ行った。真奈の死体発見時に現場検証をした鑑識員の鶴岡が、狭い三和土に立っていた。

「悪いな、きてもらって」

夏木が言う。

「夏さんの頼みだ。どこへでも、はせ参じるよ」

そう言いながら、鶴岡が家にあがる。そのまま彼は居間へ入った。

居間はさほど広くない。浜中と夏木が行っても、邪魔になるだけだ。そう思い、浜中たちは台所で待機する。

男たちの仕事の音が、居間から聞こえる。それに耳を預けながら、浜中たちはじりじりと待った。

やがて居間から、科捜研の栗原が顔を覗かせる。

「人血検査と、部屋のすべてのルミノール検査が終わりました」

栗原が言った。浜中と夏木は居間に入る。先ほどよりも広範囲の床と、奥の壁の下側が、ぼうっと青白く発光していた。発光をしっかり確認するため、相変わらずカーテンは閉まり、照明は灯っていない。

ルミノール反応という、血の残滓《ざんし》が照明代わりの異様な部屋で、浜中と夏木は科捜研の職員たちや鑑識の鶴岡と向き合った。

「まず、床の血はすべて人血だと判明しました。ルミノールに関しては、一目瞭然ですよね」

と、栗原が青白い光を目で示す。彼はすぐに話を継いだ。

「人が一人、失血死するのに充分な量の血が出ています」

うなずいて、夏木が口を開いた。

「真奈の頭部には、殴打痕がありました」

伊左夫は自宅内で、まずは真奈の頭を叩いて意識を奪った。それから真奈の胃を、刃物で刺す。その際、なんらかの容器を傷口に当てて刃物を引き抜けば、血は容器内に溜まる。床にもほとんど漏れ落ちない。

夜になり、店仕舞いのあとで伊左夫は、真奈の死体を車に積んでここへきた。まず、伊左夫は真奈の死体を、壁際に横たえる。

それから伊左夫は、容器に入れておいた血を床に撒こうとする。しかし血はすでに、凝固している。容器から血を掻き出しても、血の塊がぽろぽろと床に落ちるだけだ。

そこで伊左夫は布巾を使い、血を床に擦りつけていった。それから拭き取る。こうして真奈の居間に『血を拭き取った跡』を作った。

そんなことを、おれは考えてみたのですけどね」

「あり得ませんね」

栗原が言下に否定する。

「あり得ない？」

おうむ返しに夏木が問うた。

「今本真奈の死体発見時に、様々な角度から死体を撮った写真を、鑑識の鶴岡さんが持ってきてくれました。

死体の写真と、この部屋の血の飛散状況をつき合せた結果、今本真奈はここで刺され、血を噴出させて失血死した可能性が、極めて高いのです。

布状のもので、血は拭き取られていますから、体内から流れ出た状態がそのまま、ルミノール反応になって表れたわけではありません。

しかし床や壁に広がった血の状態と、死体の体勢、さらに刺し傷の位置などを勘案すれば、『あとから血を擦りつけて拭き取った』のではなく、『体内から流れ出た血を拭き取った』と、断定できます」

栗原が説明を終えた。手であごをさすり、沈思してから、夏木が口を開く。

「非凝固剤か、それに類する物質は検出されましたか？」

栗原が首を左右に振った。

非凝固剤を混ぜておけば、容器に入れた真奈の血は固まらない。それをここで撒き、そのあとで拭き取った。

夏木はそう考えたのだろう。だが、その可能性は消えた。

「それにね、夏さん」

鶴岡が言う。

「六月十八日の夜、死体発見の報を受けて、おれたち鑑識はここへ駆けつけた。その時にはもう、床は完全に乾いていたんだ。

あの夜、伊左夫が血を拭き取ったのであれば、その数時間後におれたちは臨場したわけで、ならば床はもう少し湿っていたはずだよ。乾いたタオルで何度こすっても、多少の湿りは残るからね。

あの時の床の乾き具合を考えれば、遅くとも十八日の夕方より前に、血は拭き取られたと見るべきだよ」

「真奈の死亡推定時刻は、六月十八日の午前十時から正午だ。そして血は、十八日の夕方までに拭き取られた。そういうことだな？」

夏木が念を押し、鶴岡がうなずいた。

その時間帯、伊左夫は高崎市内にいた。

崩しようのない鉄壁のアリバイが、成立したことになる。

「現場の状況と科学捜査によって、諸井伊左夫はシロだと確定か」

呻くように、夏木が言った。

「でも、納得できないって顔してる」

仄かに苦笑を交えて、鶴岡が返す。

「ああ、伊左夫は怪しい。なにかまだ、この事件には裏があるんだ。おれは今でも、伊左夫がホシだと思っている」

と、夏木が頰を引き絞る。鶴岡はもう応えない。逡巡ののち、思い切って浜中は口を開いた。

のです。

「夏木先輩の言うように、伊左夫さんは確かに怪しいです。なにかを隠しているのは、間違いない。でも伊左夫さんには、完璧なアリバイが成立したわけで、僕はそういう人を、なおも疑うのは嫌なのです。

僕は当初、諸井千香子さんが犯人で、伊左夫さんはそれをかばっていると思いました。今は再び、その自分の直感を信じたい。

僕にとって、伊左夫さんはすでに容疑者ではありません。伊左夫さんに真心を持って接し、逃亡しているであろう千香子さんのことを、訊いてみたいのです。

済みません、生意気なこと言って……」

思いをそのまま言葉に乗せて、浜中は言った。

「そうか。よし、お前の思うとおりに動いてみろ」

励ます口調で、夏木が応える。そして夏木は、笑ってみせた。

梅雨空の間から、一瞬さし込む陽光のような、眩しくて鮮やかな笑みだ。

「おれとお前は、たった二人の遊撃班だ。遠慮はなしにしようぜ、相棒」

夏木が言った。

「あの、先輩」

「なんだ?」

27

見慣れたレオーネが、店の駐車場に入ってきた。レジの脇にいた諸井伊左夫は、それに気づいて歩き出す。

アルバイトの津川は、倉庫で在庫調べをしており、客はいない。千美堂には、伊左夫だけだ。

入り口扉の前で、伊左夫は足を止めた。ことさらに穏やかな表情を作り、駐車場に目を向ける。

不愛想で遠慮がなく、警察という権力そのままといった感じの、夏木という刑事がレオーネの助手席から降りてきた。見るからに人のよさそうな浜中は、運転席側の扉を開けたところだ。

夏木はどこか、精彩を欠いていた。

真奈の部屋で、ルミノール反応が出たのだろう。それは同時に、伊左夫のアリバイの成立を意味する。

伊左夫を犯人だと決めつけていた夏木は、すっかりしょげているのだ。

「ざまあみろ」

口の中だけで伊左夫は呟いた。ほんの一瞬嘲りの表情を浮かべ、すぐに消す。それから伊左夫は、思考を巡らした。

真奈を殺して、すでに六日だ。

切り札を出すには、まだ早いか——。

28

レオーネを降りた浜中は、千美堂の入り口に目を向けた。伊左夫がいて、扉を開けてくれる。いつものように、物柔らかな顔つきだ。

「お邪魔します」

言って浜中は店に入った。夏木も続く。

「あの、どうでした?」

気が気ではない。そういう様子で、伊左夫が訊いた。

「今本真奈の部屋から、広範囲にわたってルミノール反応が出ました。あなたのアリバイは成立です」

淡々と、夏木が応える。

「そうですか……。いや、よかった」

と、伊左夫が眉を開いた。夏木は表情を閉ざしている。

「お聞きしたいことがあります」

束の間の静寂のあとで、伊左夫に向かって浜中は言った。

「なんです?」

「諸井千香子さんのことです」

途端に伊左夫がうつむいた。千香子の話題を、避けたがっているのだ。

しかし言わなくてはならない。

真剣なまなざしを伊左夫に向けて、浜中は口を開いた。

「真奈さんが殺されて、その前後から千香子さんは、出かけています。やはり事件に関係しているとしか思えません」

言葉が足らない——。

浜中は思った。ここははっきり言うべきなのだ。意を決し、浜中は話し始める。

「正直に申しあげます。千香子さんは真奈さんを殺害して逃亡し、あなたはかばっている。私はそう考えています。

けれどそれは、あなたにとっても、千香子さんにとっても、よい結果を招きません。

罪を犯した以上、千香子さんはしっかり償うべきなのです。夫婦のきずなや愛情を理由に、千香子さんを守ろうとするのは、殺人という罪そのものを、かばうのと同じではありませんか。

人が人を殺すというのは、たいへんに異様な出来事です。それは決して、かばうべきものではない。

なぜならば、たとえ警察から逃れても、殺人という事実は消えないからです。

刑に服し、法に則って償うしかない。そうやって、自らの罪を滅ぼすしかないのです。

お願いです、伊左夫さん。すべて話してください」

そう言葉を結び、浜中は伊左夫に向かって頭をさげた。

29

伊左夫は一瞬戸惑った。

真奈を殺した私に頭をさげるとは、浜中という刑事は、どこまで人がいいのだろう。

そう思い、伊左夫は心の中で苦笑する。苦笑はすぐに、浜中への嘲りに変わった。

そんな思いをおくびにも出さず、伊左夫は思いを巡らせていく。

ほどなく伊左夫は、決断した。

この刑事が、せっかく水を向けてくれたのだ。ここで切り札を出そう——。

浜中の言葉に心を打たれた。そういう演技で充分に間を取ってから、伊左夫は口を開いた。

30

「解りました。包み隠さず、お話しします」

ついに伊左夫が言葉を発した。浜中は黙って伊左夫を見つめる。

どこか虚ろな双眸で、伊左夫はまず、店の看板を「準備中」にした。目を伏せがちに、話し始める。

「六月十八日の、午前十一時過ぎでした。千香子から店に電話があって、真奈さんを殺してしまったというのです。

驚きました。にわかには信じられず、悪い冗談ではないかとさえ、私は思いました。けれど千香子の声は震え、口調も真剣そのものです。

私は詳しく訊きました。そうしたら、私のことで真奈さんと口論になり、成り行きで殺してしまったと、千香子は応えたのです。

そうなのです。気づかれていないと私は思っていたのですが、私と真奈さんに体の関係があることを、千香子は知っていたのです。

真奈さんは同意の上で、私の愛人になっている。そう千香子は思い込み、真奈さんの部屋へ乗り込み、関係を断ってくれと迫ったそうです。

しかし真奈さんにすれば、強引に私に抱かれたわけです。その私の妻が突然部屋にきて、『夫と別れてくれ』と言った。

二人の話に食い違いが出るのは、当然です。やがて揉みあいになり、千香子が真奈さんを……。

すべて私の責任です。私が一番悪い」

顔を歪めて、伊左夫が口をつぐんだ。浜中と夏木は、無言で彼の言葉を待つ。

やがて伊左夫が口を開いた。

「私は目の前が真っ暗になりました。文字どおり、視界が一瞬利かなくなったのです。しかし自らを励まし、すぐに警察へ連絡するよう、千香子に言いました。

『警察は怖い。嫌だ』と子供のように千香子は応え、とにかく逃げると言い出しました。彼女はもう、すっかり涙声です。

千香子が罪を犯したのは、私のせいだ。ならば私は、千香子を守らなくてはならない。受話器から聞こえてくる千香子のむせび泣きを耳にして、私はやがて決意しました。

私と真奈さんの関係に、警察の人たちが気づくかどうか、解りません。しかし警察は恐らく、真奈さんのことを聞きにくる。

店に訪ねてくるであろう刑事さんと、なるべく懇意になり、逆に捜査状況を聞き出してみる。だからとにかく逃げて、定期的に連絡を寄こすよう、私は千香子に言いました。

それから私は、真奈さんの部屋に証拠を残すなとさえ、千香子に助言したのです。

紫外線対策の手袋をしているから、部屋に指紋はついていないはずだと、千香子は言いました。あるいは真奈さんを殺す予感があって、手袋をしていたのかも知れません。

絶対に忘れ物をするな。お前がきたという証拠を残すな。

私は念を押し、そうしたら受話器の向こうで、千香子が息を呑みました。聞けば乱闘のさなか、真奈に刺されて千香子は腹部に、傷を負ったというのです。

傷は軽傷らしく、大丈夫だと千香子は言いました。けれど千香子の血が、床に落ちたはずです。

床の血を拭き取れ。

私は千香子に、そう言いました。

これがすべてです。今まで隠していて、ほんとうに済みませんでした」

長いひとり語りを終えて、深々と伊左夫が頭をさげた。

西洋骨董の店を営む夫妻と、アルバイトにきた一人の女性。三人の人生が交差し、やがて殺人事件が起きた。

それはとても哀しいけれど、霧が晴れたような思いもまた、浜中は感じていた。

伊左夫と千香子は、扇風機や旅行鞄を使った細工など、していなかった。アリバイ工作という悪魔の奸計とは、無縁だった。

千香子はただ真奈を殺し、おろおろと伊左夫に電話をした。そして伊左夫は、妻をかばった。

それだけなのだ。

浜中は安堵さえ、覚えていた。

浜中、夏木、伊左夫。誰もが無言を守っている。三人の男たちの思惑や想いが、静寂の中に溶けていく。

やがて夏木が、口を開いた。

「伊左夫さん、あなたには犯人隠避罪が適用される。また真奈さんのご遺族が告訴すれば、強姦罪にも問われる。しかしそれはあとまわしだ。今、千香子さんがどこにいるか教えてくれ」

「いや、それが……」

と、伊左夫が言い淀む。

「この期に及んで隠すのか？」

「いえ、違います。昨日刑事さんが言ったように、刑事さんたちが初めてここへきた日に、千香子から電話がありました。

刑事さんたちがいたので、私は慌てて電話を切り、そのあと千香子はかけ直してきたのですが、それから一切、連絡を寄こさないのです」

「なに⁉」

夏木が声をあげた。浜中も身を乗り出す。あれから四日、経っている。

千香子の実家には、刑事たちが張り込んでいる。だが、彼女が立ち寄ったという報告はない。千香子の両親にも、なんらおかしな動きはない。

今のところ、千香子は実家に連絡を取っていないと見ていい。また千香子には、なんでも打ち明け合うような、親友もいないらしい。

ならば千香子にとって、伊左夫は唯一の寄る辺ではないのか。

逃亡中の千香子は、恐らく胸中にたいへんな不安を抱えている。伊左夫の声を聞かなければ、不安はいつ爆発するか解らない。それが四日間も音沙汰なしは解せない。

嫌な予感が、浜中の背を駆けのぼってくる。

「千香子がどこにいるか、見当はつかないのか？」

急き込むように、夏木が問うた。夏木の様子に、伊左夫もようやく気づいたのだろう。

「まさか千香子は」

呆然と、伊左夫が呟く。

「しっかりしろ。立ち寄りそうな場所を教えるんだ」

と、夏木が伊左夫の肩を揺すった。

「寺沢沼……」

伊左夫が応える。

寺沢沼は群馬県の大胡町にあって、沼という名だが実際にはダム湖だ。千美堂から、北東およそ二十キロに位置している。

「寺沢沼の近くに、牧場があるんです。千香子とつき合っていた頃、その牧場へ二人で行き、帰りに寺沢沼へ寄りました。そこで初めて、千香子と口づけを交わしたのです。

以来何度か寺沢沼へ、遊びに行きました。

四日前にかけ直してきた電話の中で、ふっと千香子が脈絡もなく、寺沢沼へ行ってみたいと言ったのです。逃亡中で感傷的になっているのだと、私は思ったのですが……」

自失から立ち直りつつある様子で、伊左夫が言った。

「浜中、お前はここにいろ」

言い捨てて、夏木が店を飛び出していく。

31

千美堂の店内に、諸井伊左夫は立っていた。アルバイトの津川は倉庫にいて、客の姿はない。店の一隅に並んでいる古い時計たちの針の音が、遠慮がちに静寂を破っている。

その、時を刻む音を聞きながら、過去や未来へ思いを馳せて、伊左夫は一人、ほくそ笑んでいた。

寺沢沼の近くの森で、腐乱死体が見つかる——。

今日の朝刊に、そういう見出しの記事が出ていた。二十代から四十代の女性で、身元は不明とある。

しかし伊左夫には解っていた。発見されたのは、妻である諸井千香子の死体だ。

あの夜。

伊左夫は大間々町の、今本真奈の部屋へ行った。そこで千香子が癇癪を起し、真奈を突き飛ばしてしまう。

真奈は昏倒した。だが、千香子は真奈を殺したと思い込み、トイレに籠る。

伊左夫は一人きりになり、けれどそこで異変が生じた。

ふいに悪魔が降臨し、伊左夫に凄まじい奸計を授けてくれたのだ。

真奈と千香子の血液型はAだ。あとは音を出せばよい——。

耳元で悪魔が囁く。

その声に操られたかのように、伊左夫は真奈の部屋を探しまわり、扇風機や旅行鞄を見つけた。

伊左夫は千香子をトイレから出し、寝室へ連れ込んだ。千香子を落ち着かせ、現実に引き戻すため、質問をいくつも繰り出していく。それに応える千香子の脇には小さなテーブルがあって、ラジカセが載っている。

千香子を寝室へ誘う前に、伊左夫はこのラジカセをいじった。飾り棚にあったカセットテープを入れて、「録音」ボタンを押しておいたのだ。

ラジカセにはハンカチがかぶせられており、録音状態であることに、千香子はまったく気づかない。伊左夫に問われるまま、千香子は真奈の部屋の住所を応えた。さらに「今本真奈の……、死体」と言う。

のち、伊左夫は公衆電話から一一〇番通報し、受話器をラジカセのスピーカーに押しつけ、この千香子の言葉を流した。これで通報を受けた警察官は、女性からの一一〇番通報だと思い込む。

通報時の声が録音されており、千香子の声紋と一致することまで、伊左夫は予測していなかった。計算外の幸運というわけだ。

寝室で千香子との会話を終えた伊左夫は、彼女の目の前で、扇風機と旅行鞄の仕掛けを行った。これでアリバイを作れるから、とにかく逃げろと、伊左夫は千香子に持ちかける。

愚かな千香子は伊左夫の真意に気づかず、飛びついた。感謝の言葉さえ口にしたのだ。

「ほんとうにありがとう」

真心のこもった声で千香子が言う。

背を向けて、千香子が部屋を出ていった。

だが、伊左夫は千香子を追いかけたのだ。そして廊下で、背後から千香子を襲った。隠し持っていた紐で、千香子の首を思い切り締める。

やがて千香子は気を失った。伊左夫は千香子を居間へ運び、壁の近くにすわらせて、彼女が持参していた包丁を手に取る。

返り血を浴びないよう、伊左夫は壁と千香子の背の間に、うずくまった。そこから手を伸ばし、千香子の胃に包丁を突き立てる。

あまりにあっさり、すっと包丁が千香子の中に入っていくから、自分は夢を見ているのかと、伊左夫は思った。人を殺しつつあるという現実味が、まるでないのだ。

だが――。

包丁を引き抜くと、下手な口笛のような音とともに、千香子の腹から血が噴き出した。びしゃりびしゃりと、血しぶきが床に落ちていく。

伊左夫はわれに返った。返り血を避けながら、血の噴出が収まるのを待つ。

やがて出血が止まった。すでに絶命している千香子を部屋の隅へ動かし、そのあたりにあったタオルを伊左夫は手にする。

バケツは見当たらず、風呂場から洗面器を取ってきて、伊左夫は床の血を拭い始めた。タオルで洗面器に血を溜めては、台所の流しに捨てる。

伊左夫は丹念に、血を拭き取った。この作業こそ、計画の要なのだ。

それから伊左夫は車の荷台に、気を失っている真奈と、千香子の死体を積んだ。まっすぐに寺沢沼を目指す。

結婚前に千香子を連れて、あのあたりへ何度か行ったのはほんとうだ。けれど口づけを交わしたことはない。千香子にとって、大した思い出の場所ではないだろう。

寺沢沼の近くには鬱蒼《うっそう》と森が広がり、カラスがたくさんいたのを、伊左夫は覚えていた。

あの森の中の、人目につかない場所に千香子の死体を置けば、すぐには見つからないだろう。だが、白骨化するまで発見されないと考えるのは、虫がよすぎる。

だからカラスなのだ。

千香子の死体にカラスが群がり、争うように肉をついばむ。そうすれば、先ほど伊左夫がつけた胃の刺し傷は、カラスのくちばしの傷に紛れてしまう。

また死体の損傷が激しければ、他殺と自殺の区別はつきづらいだろう。

寺沢沼へ行き、伊左夫は死体を担いで森へ分け入った。よさそうな場所を見つけて、千香子を遺棄する。遺書でも用意できれば完璧だったが、さすがにそこまでは無理だ。

伊左夫はそれから、ようやく自宅に向かった。家に着いた時には、すでに朝になっていた。

疲れた体にむち打ち、蓄音機のホーンなどを浴室へ持ち込み、店を開けてから、伊左夫は真奈を殺した。それから真奈を「あの姿勢」にする。

伊左夫は真奈の部屋で、千香子を壁の近くにすわらせて刺し殺した。真奈の死体を、その時の千香子と同じ格好にしたのだ。

夜を待ち、伊左夫は真奈の死体を、大間々町まで運んだ。真奈の部屋に入り、伊左夫は死体を居間へ置く。その床には「千香子の血を拭き取った跡」がある。

千香子の血を使い、真奈を自室の居間で殺されたように見せかける——。

これが伊左夫の計画だ。

真奈の部屋の床に、千香子の血が流れ出た。血をそのままにしておき、そこへ真奈の死体を置けばどうなるか。

凝固した血だまりの上に死体が載っている格好になり、あとから「死体だけ」が運ばれたことに、警察は気づく。

だから伊左夫は、千香子の血を拭き取ったのだ。

美術館の勤務時代に知り合った医師に聞き、伊左夫はルミノール検査のことを知っていた。

たとえ血を拭き取っても、ルミノール検査によって、そこに血があったことは証明される。しかも真奈は、胃から血を噴出させた時の千香子とほぼ同じ場所で、同じ格好をして死んでいるのだ。

真奈はここで殺され、犯人は床の血を拭った。

警察はそう思うはずだ。

真奈の部屋で警察が、自発的にルミノール検査をしてくれれば、思う壺だった。けれど警察は、そこまでしなかった。

真奈の部屋でルミノール検査をさせるには、どうすればいいか。

自分に疑いの目を向けさせて、その無実を晴らすという名目で、ルミノール検査を持ち出すか。

だが、伊左夫がルミノール検査を口にすれば、いささか唐突に過ぎる。

伊左夫は悩み、すると刑事の夏木が、ルミノール反応を言い出してくれた。

あの不愛想な刑事は、犯人である伊左夫の役に立ってくれたのだ。それを知れば夏木は、地団駄を踏んで悔しがるだろう。

千香子の「血の残滓」を使って殺害現場を錯誤させ、完璧なアリバイを得る。

ここまで伊左夫はその計画を、ほぼ完璧に進めてきた。

扇風機の仕掛けが発覚したのも、伊左夫にとっては、どうということもなかった。なぜなら伊左夫は頃合いを見て、「あの日の午前十一時に、『真奈を殺した』という電話が千香子からあった」と、嘘をつくつもりだった。

伊左夫がそう言えば、実際には扇風機の仕掛けなどなかったと、警察は思い込む。

千美堂の店内に一人たたずみ、伊左夫は歪んだ笑いを頬に刻んだ。それから店の一角へ、視線を向ける。

様々な意匠の時計が並んでいた。その中にひとつ、電話機型の目覚まし時計がある。

ダイヤル式の電話機とそっくりに作られており、中央のダイヤル部分が、時計の文字盤になっていた。電話機のように0から9ではなく、1から12の数字が、文字盤に振られている。

浜中や夏木が初めてこの店へきた時、彼らを見て警察の関係者だと伊左夫は踏んだ。開店を待ちかねて入ってくる男性の二人客など、滅多にないし、真奈の死が報じられ、そろそろ警察がくる頃だと思っていたのだ。

そこで伊左夫は、店内にあった電話機型の目覚まし時計を、レジ台の裏に置いた。十五分後にベルが鳴るようセットする。

店の外にいた二人組は、やはり刑事だった。

やがて電話機型目覚まし時計のベルがなり、伊左夫は受話器を取った。さも千香子から電話があったかのように、刑事たちの前で偽の通話をする。

われながら、あれは名演技だった。

邪な笑みを浮かべて、伊左夫はうなずく。しかし伊左夫は、すぐに笑みを引っ込めた。店の駐車場に、見慣れたレオーネが入ってきたのだ。

車が停まり、夏木と浜中が降りてくる。

哀しみと懺悔。そういう表情の仮面をかぶり、愚かな刑事たちを出迎えるため、伊左夫は歩き出した。

32

浜中は夏木とともに、千美堂の入り口へ向かった。伊左夫が扉を開けてくれる。その表情には、憂慮と後悔の色ばかりが浮かんでいた。

「寺沢沼で、女性の遺体が見つかったとか」

不安げに夏木を見て、伊左夫が言う。険しい表情でうなずいてから、夏木が口を開いた。

「できれば落ち着いた場所で、お話ししたいのですが」

「解りました。では拙宅へどうぞ。ちょっと待ってくださいね」

と、伊左夫は店の奥へ姿を消した。アルバイトの津川を伴い、すぐに戻ってくる。

津川に店番を頼み、伊左夫は浜中と夏木を、店の奥へいざなった。裏口から店を出て、三人で諸井家に向かう。

家にあがり、浜中たちは応接室にとおされた。伊左夫と向かい合わせに、ソファへ腰をおろす。

しばし間を取ってから、夏木が口を開いた。

「寺沢沼で見つかった死体は腐乱と損傷が激しく、外見から、身元は特定できませんでした。しかし歯科医院のカルテと照合した結果、諸井千香子さんのご遺体だと判明しました」

双眸に哀しみの色を宿し、涙を溜めて、伊左夫は小さくうなずいた。

「千香子さんが自殺したのか、あるいは誰かに殺されたのか。その判断はつきません。だがいずれにしても、今本真奈殺害の容疑者たる千香子さんの死体が、見つかった。事件にひとつの区切りがついたのです」

夏木が言った。

浜中はうつむいて、テーブルに視線を落とす。

夏木は明言を避けたが、千香子が真奈を殺害して自殺したのだと、捜査本部はほぼ断定した。実際にそうなのだろう。事件を取り巻く状況を考えれば、それ以外にはない。

事件はすでに終わりつつあり、そんな時に浜中は、やりきれなさばかりを感じるのだ。

なぜ人は人を殺すのか。

どうして人は人を傷つけるのか。

それを自らへ問い続けてしまう。

しかし恐らく、その答えはない。あったとしても、それはどこかの彼方に隠れ、浜中には当分見つからないだろう。

「ともかくも伊左夫さん、あなたへの容疑は晴れました。これまでの御無礼を、お許しください」

夏木が言い、伊左夫は首を左右に振った。そして口を開く。

「千香子が真奈さんを殺害したのは、やはり私のせいです。そして私には、真奈さんに乱暴した罪がある。そのふたつの罪を、これから償っていくつもりです」

夏木が無言でうなずく。沈黙がおりてきた。

重い静寂に耐え切れず、浜中は腰をあげる。

応接室の壁際には、飾り棚がいくつか並んでいた。棚の上には西洋人形や花瓶、それに蓄音機などが載っている。

伊左夫に断り、浜中はそれらを見て歩いた。そこへ浜中のポケベルが振動する。

浜中は内ポケットへ手を入れた。ポケベルがあり、あともうひとつ、小さなものが指先に触れる。

いつか夏木が渡してくれた、ルミノール液の入った小瓶だ。

なんとなく、浜中は小瓶とポケベルの両方を取り出した。ポケベルの液晶を見て、思わずのけぞる。

大伯母である、神月一乃からだ。

直ちに電話をかけなければならない。

浜中は小瓶を、内ポケットに仕舞おうとした。

だが――。

浜中は慌てており、手を背広の襟に引っかけてしまう。

その拍子に浜中の手から、小瓶が飛んだ。それはくるくると宙を舞い、飾り棚の上に落ちていく。

そこには蓄音機があって、ホーンが口を開けている。

吸い込まれるようにして、ホーンの中に小瓶が落ちた。その衝撃で、小瓶の口が開いてしまう。ルミノール液が、ホーンの内側を濡らした。

「済みません」

伊左夫に顔を向け、浜中はあやまった。伊左夫の顔は蒼白だ。よほど高くて大切な蓄音機なのだろう。そこに浜中は、小瓶を落としてしまった。

浜中は再び伊左夫に詫びる。けれど伊左夫は、浜中を見ようともしない。相当怒っているらしい。

浜中の背後の蓄音機に、伊左夫はじっと視線を注いでいる。

浜中は振り返った。そして目を疑う。

ホーンの内側が、青白く光っているのだ。

「やはりあんただったのか」

押し殺した声で、夏木が言った。

33

前橋市内の立ち飲み屋に、浜中康平はいた。泊悠三捜査一課長、二係の係長である美田園恵、それに夏木大介とともに、少し背の高い丸机を囲んでいる。四人で店に入り、注文をしたばかりだ。

「課長の奢りだっていうから、料亭か、せめて高級割烹だと思ったのですがね」

苦笑混じりに夏木が言う。

ホーンのルミノール反応が決定打になって、諸井伊左夫はすっかり自供した。

事件解決の立役者として、浜中は心ならずも県警本部長賞をもらった。その褒美にと、泊課長が一席設けてくれたのだ。

「どうせお前さんたちは、舌が肥えてねえんだ。どこで食ったって、同じだろうよ」

泊が言う。夏木が肩をすくめた。

ビールのジョッキが運ばれてくる。それを手にして、泊が口を開いた。

「さて、乾杯といくか。よくやった、浜中」

「浜中君、おめでとう！」

「大手柄だな、相棒」

三人から祝福を受けて、仕方なく浜中はジョッキを合わせる。だが一口飲んで、浜中はジョッキを置いた。盛大にため息をつく。

「まったく。手柄を立てるたびに、しょげるんだから」

美田園が言う。

「いえ、違うんです」

浜中は美田園に、そう応えた。

「違う？」

「はい。犯人である伊左夫さんを、僕はすっかり信じていました。それがどうにも情けなくて」

「そうか……」

と、美田園がうつむく。小さな沈黙がきて、それから夏木が口を開いた。

「人を疑うのが、刑事の仕事だ。しかし浜中、お前は人を信じ込む。そして恐らく、それゆえに事件を解決する。

そういう刑事が一人ぐらい、いてもいいだろうよ。これからも、よろしく頼むぜ。相棒」

夏木が頬に、笑みを灯す。

少しだけ心が晴れた気がして、浜中はビールジョッキに手を伸ばした。

浜中刑事の悲運

1

昭和六十年七月。

床に男が倒れている。仰向けで、ぴくりとも動かない。工事現場でよく見かける、素っ気ないプレハブの中だ。

倒れているのは松浪剛《まつなみたけし》。五十過ぎで、痩せている。目を閉じて、表情はすでにない。

松浪の後頭部からは、血がどろりと流れ出ていた。「死」の染みが、赤黒く床を染めている。

川澄晶一《かわすみしょういち》は少し離れたところに立ち、黙って松浪を見おろしていた。屋内は暗く、晶一は小さな懐中電灯を手にしている。

ついにやった。憎き松浪を、おれはこの手で殺したのだ――。

心の中で晶一は、そんな言葉を繰り返していた。

松浪を殺す瞬間を、何度脳裏に描いたことか。そのために、どれほど準備をしてきただろう。

だが、達成感はなかった。虚しさもない。見知らぬ誰かの、夢の中に入り込んでしまったかのような、居心地のよくない不安に、晶一は駆られていた。

松浪から、何も聞き出せなかったためだろうか。

いや、違う。

死に怯えて震える松浪を、命乞いをする松浪を、見たかったのだ。

あまりにあっけなく、松浪は死体になった。もう一度やり直したい思いが、晶一の胸中に湧いている。

目を閉じて、晶一はひとつ息をついた。

夢ではなく、これは現実なのだ。自分は松浪を殺した。計画に沿って、手早く次の行動に移らなければならない。

そう思い、晶一は頬を引き締めた。改めて松浪に目を向ける。

揉み合いになって松浪は壁にぶつかり、その反動も手伝ってかなりの速度で、しかも無防備に背中から床へ倒れた。

プレハブの床は硬い。ごとりという嫌な音を立て、松浪は後頭部をしたたかに床へ打ちつけた。松浪の髪の毛と床の間から、様子を窺うように、血がそろりと這い出てくる。血はすぐに勢いを増し、やがて赤黒く床を染めた。そして松浪は死んだ。

松浪の死体のまわりには、大きく円状に半透明の液体が広がっている。やつが壁にぶつかった拍子に、棚から一斗缶が落ち、入っていた洗浄液がこぼれ出たのだ。

経年による変化なのか、あるいは元々そうなのか。それは解らないが、洗浄液はゲル状になっていた。松浪の死体とまわりの床に、広くゼリーをこぼした状態になっている。

これ以上松浪に近づけば、床の洗浄液に必ず足跡が残る。しかし洗浄液を拭き取っている時間はない。犯人である自分は、殺害現場から一刻も早く去らなければならないのだ。

晶一はそう思い、嚙みしめた歯の間から、細く息を吐き出した。

松浪を刃物でなぶり殺しにしようと、晶一は考えていた。無論ナイフも持参している。けれど松浪はもう死んだ。その死肉をナイフで抉るなど、やはりできない。

松浪には恨み骨髄だが、そこまですれば自分はきっと、人間の心を喪失してしまう。

復讐の神が洗浄液を使い、松浪の死体に結界を張ってくれたのだ。

もう踏み込むな、このまま立ち去れ——。

復讐の神が、そう言っている。

晶一は強くうなずき、懐中電灯をそっと動かした。薄暗いプレハブの中を見渡す。大丈夫、置き忘れたものはない。

何枚かある窓には、ほとんどブラインドがおりている。出入り口はひとつきりで、引き違いの戸は、上部が透明のガラスになっていた。けれど戸のすぐ前に衝立があり、中は見えないようになっている。

プレハブのまわりは広い更地で、通行人などは入ってこない。松浪殺しは、誰にも見られていないはずだ。

晶一は懐中電灯を消した。プレハブの中に、暗色が落ちてくる。だが、出入り口の戸にひさしがあり、そこに照明が灯っているから、漆黒にはならない。

薄闇の中、晶一は衝立の脇をとおって、戸の横に立った。わずかに顔を出し、ガラス越しに外を眺める。

プレハブの数十メートル先に、ぽつんと外灯が立っていた。その横に、車が一台停まっている。外灯の明かりが車内にさし込み、中の様子が窺えた。

男性が運転席にすわり、こちらに顔を向けている。さすがに表情までは解らない。

ここへくるようにと晶一が持ちかけて、松浪は応じた。松浪の旧悪についての話だから、彼は一人でくるものと、晶一は決めつけていた。

しかし松浪は、部下らしき男を連れてきたのだ。さすがにプレハブの中までは入れず、車の中で待機させている。

予想外の出来事が起きた。けれど自分には、完璧なアリバイがある。だから逆に、車の中の男を利用すべきなのだ。

晶一は深呼吸して、戸に手をかけた。一気に開けて外へ出る。

ことさらに慌てたふりをして、晶一は駆け出した。途端に左足が、激痛に見舞われる。顔をしかめ、それでもせいぜい急いで、晶一はプレハブから離れていった。

車の中の男が身を固くして、じっとこちらを見ている。晶一は一旦足を止め、わざと男に顔を向けた。男と一瞬目を合わせ、それからすぐに走り出す。左足の痛みには、もう構っていられない。

広々とした更地の彼方に、国道がある。晶一は駆け続けた。

国道まできて足を止め、晶一は振り返った。松浪が連れてきた男は、晶一を追ってきていない。

晶一は道を横断した。大きな倉庫が建っている。午後の九時を過ぎ、倉庫はひっそりとして、ひとけはない。

倉庫の裏の目立たぬ道に、車を停めてある。あたりに誰もいないことを確認し、晶一はそこへ行った。車の扉を開け、くずおれるようにして運転席に乗り込む。

晶一は登山とスキーが趣味だから、少し走った程度で息は乱れない。だが左足の痛みは耐え難く、知らず歯の間から、かすれ声が漏れてしまう。

晶一の様子に不審を覚え、あの男はプレハブに入ったはずだ。松浪の死体を見つけ、男は今頃警察へ通報しているかも知れない。

ぐずぐずしていられない。晶一は車のエンジンをかけた。幸いオートマチック車だから、左足はほとんど使わずに済む。

「瑤子《ようこ》」

アクセルを踏みながら、晶一は声に出して呟いた。亡き妻の美しい顔が、晶一の脳裏を占める。

「松浪はついに死んだ。おれたちは、お前の仇を討った。そんなことをしても、お前は喜ばないだろう。だが松浪だけは、絶対に許せなかった」

妻の幻影にそう話しかけ、晶一は過去へと思いを馳せた。

二年前の夏。あの電話から、すべてが始まった——。

2

東奉商事の群馬支社に、川澄晶一は勤めていた。東奉商事はいわゆる総合商社で、晶一は運動用具を扱う部署に勤務している。スポーツが趣味の晶一は、この仕事にやりがいを感じていた。

会社は前橋駅近くの、高層ビルに入っている。晶一は前橋市の出身であり、いつくかの支社や支店を転々としたあと、二年前にようやく故郷へ戻ってきたのだ。

前橋市の東南には、伊勢崎市を挟んで佐波郡の境町がある。昨年晶一は、そこに一戸建てを買った。ずっと賃貸マンションで暮らしてきたが、家賃や管理費が出ていくばかりで、一寸の土地も手元に残らない。家族のための永住の地が、いつか欲しいと思っていた。

今後も晶一には、転勤があるだろう。その時には、単身赴任すればよい。

無論まだ、月々の支払いは残っている。だがともかくも、晶一はわが家を得た。妻の瑤子と娘の沙《さ》紀《き》、それに晶一の三人で、まずは仲よく暮らしている。

沙紀は高校一年生で、容姿は瑤子に似ていた。すっきりと目鼻が整っており、けれど冷たい感じはなく、目元に優しさがある。

晶一はがっしりとした骨太の体格だが、沙紀と瑤子は華奢で、二人の背丈はほとんど変わらない。うしろ姿など、そっくりに見える。

沙紀は気立ても、瑤子から色濃く受け継いだらしい。二人とも正義感が強く、まっすぐな性格なのだ。よく晶一は、二人にやり込められる。時にきつい言葉の応酬もあるが、沙紀は晶一を決して嫌悪していない。毎日顔を合わせているから、そのぐらいは解る。難しい年頃なのに、沙紀は父親の晶一を避けず、真っ向からぶつかってくれるのだ。

だから散々言い合ったあとも、三人でけろりと食卓を囲み、そこへ笑声を落とす。

晶一は四十三歳で、妻の瑤子はひとつ下だ。二人とも患うこともなく、まずは元気に暮らしている。精一杯働いて家に帰り、ささやかな団らんのあとで、それぞれの寝息に守られながら、静かに休む。

休みの日には、時に三人で出かけ、思い出を積み重ねていく。

これ以上望めないほどの幸せな日々を、噛みしめるようにして、晶一は暮らしていた。

「課長、伊勢崎市の消防署からお電話です」

晶一の右手にすわる女性社員が、声をかけてきた。

「消防署？」

眉根を寄せて、晶一は呟く。仕事の電話とは思えない。女性社員も首をかしげている。晶一は受話器を取りあげ、外線のボタンを押した。

「お電話、代わりました」

「川澄晶一さんですね」

受話器の向こうで男性が言う。

ざわりと晶一の胸に、嫌な予感がさした。男性の声には、弛緩《しかん》の欠片もないのだ。

「はい、川澄ですが」

「ご自宅が火災に遭われました」

晶一は言葉をなくした。思考が止まる。今、起きつつある出来事が突飛に過ぎて、受け入れることができない。受話器の向こうで男性は、いったい何を言っているのか。

「火災……」

やがて晶一の口から、言葉がこぼれ落ちた。

さっと晶一のまわりだけ、時が止まる。晶一の部下たちが、揃ってこちらを凝視した。

「現在消火活動中です」

受話器の向こうで男性が言う。晶一はようやくわれに返った。

「瑤子は？　沙紀は？」

怒鳴るように、晶一は問うた。

「詳しくは解りません。ともかくもご連絡申しあげたのです」

「解りました。すぐ家に戻ります」

腰をあげながらそう応え、晶一は受話器を置いた。先ほどの女性社員は、固唾を呑む表情だ。

「自宅が火事らしい」

彼女にそれだけを言い、晶一は席を離れた。背に突き刺さる視線を感じながら、廊下に出る。

ここは十一階だ。晶一はエレベーターのボタンを押した。苛々しながら箱を待つ。

やがてきて、晶一は乗り込んだ。先客はいない。箱の中で一人になり、途端に不安が爆発した。

瑤子は？

沙紀は？

二の腕が粟立ち、膝から震えがあがってくる。

落ち着け——。

晶一は自らに言い聞かせた。

この時間なら、沙紀は学校のはずだ。瑤子も平日は、太田市内の会社に勤めている。

大丈夫、二人とも家にはいない。火事がどれほどなのか解らない。だが親子三人無事であれば、もう御の字だ。

一階につき、エレベーターの扉が開いた。ビルを出て、晶一は駅へと急ぐ。

次の瞬間、晶一は思わず足を止めた。目の前が昏くなる。

ちょっと調子が悪いので、今日は会社を休みます——。

今朝、晶一を玄関まで見送りながら、瑤子はそう言った。

太い蛇のように、たまらない絶望が、晶一の背を這いのぼってくる。

晶一は首を左右に振った。

まだ何も解らないのに、あれこれ考えても始まらない。ささやかなぼやかも知れないではないか。

震える足を励まして、晶一は再び歩き始めた。

3

昼さがりの境町駅は、ひっそりしていた。夏の陽ざしが照りつけるアスファルトに、人の姿はほとんどない。

右手にタクシーの営業所があって、車が二台停まっていた。運転手たちは外に出て、煙草を吸いながら談笑している。

晶一の自宅はここから徒歩で、七、八分だ。のんびりとタクシーの後部座席に揺られる気は起きず、晶一は足を速めた。まっすぐに自宅を目指す。

電車の中でも悪い予感が、群雲のように湧き続けた。胃のあたりが硬くなり、じっとりと、背中に嫌な汗をかいている。

ほどなく晶一は、息を呑んだ。自宅の方角から、煙があがっている。翼を広げた悪魔が飛翔するかのような、恐ろしい黒煙だ。

たまらず晶一は駆け出した。

消防車は、すでに集結し尽くしているのだろう。けたたましいサイレンは聞こえない。けれど家に近づくにつれ、騒然の気配がはっきりと伝わってくる。煤けたような嫌な臭いさえ、漂ってきた。

晶一は道を折れた。先の右手に晶一の家がある。家の前には消防車が何台も停まり、大勢の野次馬が出ていた。家の持ち主である晶一にとって、気おくれを覚えるほどの、絶望的な風景だ。

この現実から目を背け、回れ右をして逃げ出したい。

晶一はそんなことを思った。すぐに自分を叱り、足を速める。

家の前まできて、晶一は歩度をゆるめた。野次馬たちの間をすり抜け、「立入禁止」と記された黄色いテープのところへ行く。門扉があり、庭が広がり、その向こうに二階屋が建っている。

晶一は立ち尽くした。家は全体に黒く焼け焦げ、屋根の一部は崩落し、ごっそりと壁が剥がれている。露わになった室内も、見るからにひどい有様だ。

狭いながらもぬくもりに満ちた晶一の家は、もうない。黒く禍々しい奇怪な生き物に、すっかり姿を変えてしまった。地獄の生物の鼓動さながら、熾火《おきび》がぼうっと灯っては消える。

テープの向こうでは、消防士たちが容赦なく放水していた。ごうごうという水圧の音が、耳をろうする。

なにをするべきか、晶一にはもう解らない。ただ立っていた。

「……さん」

やがて背後から、なにか聞こえた。けれど振り返ろうとする気力さえ、晶一にはない。無残な現実を目の当たりにして、へたり込まずに立っているだけで、精一杯なのだ。

「お父さん」

呼びかけが、再び聞こえた。耳に馴染んだ声だ。

はっと息を呑み、晶一はうしろを向く。娘の沙紀が立っていた。

「沙紀！」

気が遠くなるほどの安堵に包まれながら、晶一は声をあげた。制服姿の沙紀に顔色はなく、目には涙が溜まっている。けれど見る限り、やけどや怪我の様子はない。学校にいて、無事だったのだ。

沙紀がむしゃぶりついてきた。受け止めて、晶一は沙紀を抱きしめる。体温を持った娘の体が愛おしく、晶一の双眸から涙が吹き零れた。

だがその時——。

家のほうから、ただならぬ気配と緊張が伝わってきた。

さっと晶一から離れ、沙紀が顔をあげる。怯えた沙紀を見つめてから、晶一は家へ視線を向けた。

まだ放水は続いているが、ほぼ鎮火したのだろう。何人かの消防士が、挑むように家の中へ入っていった。息さえ忘れて、晶一は彼らの背を見つめる。

ほどなく二階の窓のあった空間から、消防士が顔を出した。

「搬出準備！」

外の消防士に向かって、彼が怒鳴る。ぴたりと放水が止まり、担架を持った消防士たちが、家の中へ駆け込んでいった。

水を打ったかのように、あたりはしんと静まっている。

「ここにいなさい」

沙紀に言い、晶一は立ち入り禁止のテープをくぐった。

「私も行く」

と、沙紀がついてくる。

「入らない！」

途端に晶一たちは、近くの消防士に怒鳴られた。

「この家の者です。妻が中にいるのですか？」

消防士に向かって、嚙みつくように晶一は問う。

「まだ解りません。それよりも身分証かなにか、ありますか？」

問われ晶一は、財布から免許証を出した。それに目を落としてから、消防士が口を開く。

「自分が先導します。あちらへどうぞ」

消防士は歩き出した。

晶一の家は、二本の道路に接している。晶一がいままでいた道とは別に、隣家との間に路地があるのだ。そこに救急車が停まっていた。後部扉はすでに開き、別の消防士が待機している。

先導してくれた消防士は、そこで足を止めた。

「とにかく出てくるのを待ちましょう」

彼が言い、そこへ野次馬たちの間から、どよめきが起きた。担架を持って、消防士たちが出てきたのだ。担架には銀色の布がかぶせられ、人の形に膨らんでいる。

晶一の横で、沙紀が身を固くした。

消防士たちが、まっすぐこちらへくる。彼らは手早く、担架を救急車に乗せた。

「ご同乗、されますね？」

先ほどの消防士が問うてくる。

無言でうなずき、晶一は車内に乗り込んだ。沙紀もくる。ほかに消防士が二人乗り、後部扉が閉じられた。

彼らにうながされ、晶一は窓際の長椅子に、沙紀と並んで腰かけた。担架を挟んだ向かい側に、消防士たちが立つ。サイレン音を響かせて、すぐに救急車は発車した。

医療機器が多く置かれた狭い車内で、晶一たちは担架を囲んでいる。束の間の沈黙がおりてきた。

「初めに申しあげておきますが、すでに亡くなられています」

やがて年かさの消防士が、険しい表情で言った。晶一は黙ってうなずく。

布に隠れて見えないが、担架に乗っている「誰か」は、まるで動かない。それに担架を持つ消防士たちの様子にも、命を運んでいる気配はなかった。

救急車に乗ったあたりで、晶一は妻の死を半ば覚悟したのだ。

だが、一縷の望みはある。

妻以外の誰かが、晶一の自宅で災難に遭ったかも知れない。

「まずはご主人だけで、ご確認を」

消防士が言った。晶一は眉根を寄せる。遺体はひどい様子なのか。

「向こうを見ていなさい」

晶一は沙紀に声をかけた。黙って首肯し、沙紀が担架から視線をそむける。

腰をあげ、晶一は担架に顔を近づけた。消防士がそっと銀の布をめくる。頭部があらわになった。

思わず晶一は、顔をしかめる。炭を塗りたくったかの如く、顔全体が真っ黒に煤けていた。髪はほとんど焼け落ち、残っている毛も、ちりちりになっている。

業火の中で身を焼かれた痛みが、そのまま伝わってくるような、惨《むご》く、傷ましい有様だ。だが、なぜか表情は安らかで、静かに目を閉じている。

その死に顔を、晶一はよく知っていた。

妻の瑤子だ。

瑤子が死に、黒く焦げて、目の前に横たわっている。

瑤子の顔の上に、ふいに雫がぽとりと落ちた。

自分が泣いていることに、晶一は気づく。

瞬間、涙が溢れた。

止まらない。

晶一は両手を握り締めた。けれどそんなことぐらいでは、到底気持ちは収まらない。

果てしなく膨らんでいく悲しみが、体を突き破りそうなのだ。

晶一は声をあげた。

獣のように声を放って、慟哭した。

そのあとで晶一は、煤けた妻の顔に頬ずりをする。

悲鳴にも似た沙紀の泣き声が、聞こえてきた。

4

応接セットがあるだけの殺風景な部屋に、川澄晶一はいた。三人掛けのソファに腰をおろしている。ほかに人の姿はない。

境警察署の応接室だ。

自宅の火事から、二日が経っていた。焼死した瑤子の葬儀は、まだ段取りさえついていない。それどころか、遺体に会うことすらかなわない。

ノックの音がした。応接室の扉が開き、二人の男性が入ってくる。一人は四十代後半で、もう一人は三十前後か。二人とも背広姿で、目つきが鋭い。

晶一は腰をあげた。だがこういう時の、挨拶の言葉が解らない。晶一は黙って頭をさげた。男性たちも目礼で応える。

「まあ、どうぞ」

咳払いのあとで、年かさの男性が言った。ソファを手で示す。晶一は席に復した。男性たちも、向かいのソファにすわる。

晶一たちは、名刺交換をした。名刺によれば四十代の男性が漆田《うるしだ》、若いほうが駒井《こまい》という。二人とも、境警察署の刑事課に所属していた。

「お預かりしているご遺体は、明日にはお引き渡しできます」

漆田が言った。晶一は無言でうなずく。

晶一たちが乗った救急車は、あのあと近くの病院へ入った。瑤子は病室に運ばれて、医師による死亡確認が行われる。だが、それが終わらないうち、警察官が病室にきた。

瑤子は変死の可能性があり、遺体を前橋市内の大学病院へ搬送し、場合によっては司法解剖したいという。

警察官の説明を聞き、晶一と沙紀はがく然とした。

確かに瑤子は自然死ではない。だが、解剖とはどういうことか。焼けて無残な瑤子の亡骸に、これ以上まだなにかするのか。

今はまだ、瑤子の遺体にかろうじて尊厳はある。けれど切り裂かれてしまえば、それが失われる気がして、晶一は承諾する気になれなかった。

「大学病院へ搬送します。よろしいですね」

有無を言わせぬ口調で、警察官が繰り返す。

「奥様が何らかの犯罪に巻き込まれていた場合、捜査のためにも解剖が必要なのです。どうかご協力を」

別の警察官が口を開く。その時にはもう、ほかの警察官たちが搬送準備を始めていた。

抗いは無駄だ――。

彼らの背中が、そう言っている。

晶一と沙紀はすべなく、運び出される瑤子を見送った。

「さて、と」

言って漆田が、居住まいを正した。束の間の回想を終えて、晶一は二人の刑事に目を向ける。なぜか駒井は、挑むような視線を晶一に放っていた。

漆田が話し始める。

「奥様である川澄瑤子さんですが、死因はやけどによるものです。われわれ警察と消防で現場検証しましてね。結果瑤子さんは、二階東南の部屋で頭から灯油をかぶり、火をつけたと」

「待ってください！」

晶一は声をあげて、身を乗り出した。そんな晶一の反応を予想していたのか、漆田は眉ひとつ動かさない。

「まさか、瑤子が自殺したと？」

晶一は問うた。

「われわれはそう見ています」

漆田が応える。首を左右に振り、晶一はすぐに口を開いた。

「そんなはずありません。私たち家族三人、幸せに暮らしていた。瑤子が自殺など、考えられない」

「死の専門家であるわれわれと、多くの火災現場を見てきた消防士が、現場の様子をよく確認し、自殺と判断したのです」

「しかし私や沙紀を残して、瑤子が死を選ぶはずはない！」

断固として、晶一は言った。瑤子にも悩み苦しみはあっただろう。あるいは大きな困難を、抱えていたのかも知れない。しかし自分に一言の相談もなく、家族に打ち明けもせず、自殺などあり得ない。

「まあ落ち着いて」

諭す口調で漆田が言う。だが、とても平静になれない。

「瑤子は自殺などしていない」

晶一は繰り返した。すると漆田は、ほんの一瞬、鼻で笑う仕草を見せたのだ。

頭に血がのぼった。

「調べ直してくれ」

押し殺した声で、晶一は言った。駒井が口を開く。

「警察が自殺と判断すれば、自殺なんだよ」

晶一は駒井を睨みつけた。彼も目をそらさない。座の空気が緊張を帯びていく。

「まあまあ」

ほどなく漆田が言った。すぐに話を継ぐ。

「実際こいつの言うとおりでしてね。われわれが自殺と断定すれば、法律上はそのように処理されます。不服であれば、裁判所へでも行ってください」

取りつく島がなく、しかもどこか小馬鹿にした口調だ。

懸命に怒りを抑え、晶一は口を開いた。

「万が一、瑤子が自殺だとしても、自宅に火を放つなど絶対にない」

週末になれば瑤子と沙紀の三人で、いくつもの物件を見てまわり、何度も家族会議を開いた。ローンを組み、生命保険も含めて将来設計をすっかり整え、ようやく引っ越しの日を迎えた。引っ越し業者が去り、新居での最初の夜、家族三人で乾杯をした。

家を買うまでの道のりを思えば、その家に瑤子が火をつけるなど、考えられない。

「実はね、ご主人。問題は死因ではないのです」

漆田が言った。険しげに眉を寄せている。

「どういうことです?」

晶一は問うた。

「瑤子さんの血液から、覚せい剤の陽性反応が出ました」

晶一は言葉を失う。空白のただ中に、突き落とされた気がした。

この刑事は、何を言っているのか。なぜこんな時に、悪い冗談を口にするのだろう。

まじまじと、晶一は漆田を見つめた。

「あなたの奥さんは薬物に手を染めて、それを悔やみ、あるいは幻覚の果てに、灯油をかぶって自殺した。そういうことです」

厳しい表情で漆田が言う。晶一は左右に首を振った。

あり得ない――。

「こっちはな、もう情報を得てるんだよ。覚せい剤の件、あんたも知っていたんだろう」

駒井が言う。途端に漆田が、駒井を睨み据えた。はっとした表情になり、駒井が口をつぐむ。

「まあとにかくご主人。あなたと沙紀さんの、尿検査をさせてください」

にべなく、しかも断固とした口調で、漆田が言った。

底なしの地獄に落ちていく。

たまらない恐怖に包まれながら、晶一はそんなことを思っていた。

5

「二人とも陰性でした。とりあえず、あなた方への容疑は晴れたわけです」

漆田が言った。

晶一は再び、境警察署にきていた。二日前には応接室へとおされたが、今日は取調室だ。

机を挟んで漆田がすわり、うしろに駒井が立っている。ほかに書記係の警察官が、壁際の机の前にひっそりと着席していた。

勝手に容疑をかけて、強制的に尿まで調べ、なにが「晴れた」だ——。

そう思い、晶一は返事をしなかった。漆田がゆっくり立ちあがる。そして突然、彼は机を平手で叩いた。大きな音がして、空気が振動する。

晶一は唖然とした。ドラマなどではよく見るが、実際に刑事がこういう威圧をするとは思わなかった。

「知ってることは、正直に話せよ」

ぐいと顔を近づけて、晶一を睨みながら漆田が言う。

「正直に、とは？」

晶一は問うた。平時であれば、取調室へ連れてこられただけで、青くなっていただろう。しかしこ数日、あまりに色々とあり過ぎた。刑事の威圧程度では、もはや晶一の心は揺らがない。それに漆田と駒井には、不快と不信ばかりがある。

「瑤子のことだ。どこまで知っていた？」

漆田が問い返してくる。

「妻を呼び捨てにするのは、やめてくれ」

「なにぃ！」

と、漆田が両方の手のひらで、机を叩く。晶一は肩をすくめた。

「まったく」

そう吐き捨てて、漆田は席に復した。

「瑶子……、さんの勤め先を調べた。色々と出てきたぜ」

にやりと笑って漆田が言う。彼の言葉は気になったが、晶一はことさらに無関心を装った。

瑶子は太田市内の、群新産業という会社の経理部に勤めていた。群新産業は自動車部品の製造をしており、業界では中堅といったところだ。

太田市に富士重工の工場があって、群馬県内には自動車部品の会社が多い。

漆田が口を開く。

「群新産業の帳簿を洗ったところ、ここ何年かで二千万近くの金が消えていた。なかなか巧妙に隠されていてな。これまで社内で、誰一人気づかなかった」

「まさか」

思わず晶一は言った。

「その帳簿に細工できるのは、立場上、川澄瑶子しかいない。あんたの奥さんはな、覚せい剤欲しさに会社の金を横領し、挙句焼身自殺をしたんだよ」

蛇のように晶一へ視線を這わせて、漆田が応える。

「嘘だろう……」

思わず晶一は呟いた。

瑶子になにがあったのか。妻はほんとうに、そんなことをしたのか。

いや、違う——。

晶一は首を左右に振った。

自殺、覚せい剤、横領。

どれひとつとして、瑤子とあまりにかけ離れている。

ともかくも、瑤子を信じ抜くのだ。

晶一は強く自分に言い聞かせる。だが胸中に、小さな鬼が棲みついた。妻への疑心が膨らんでいく。

「とにかくわれわれは捜査を続ける。物証は出てるから、容疑者死亡のまま書類送検になるだろう。そうなれば、あんたもたいへんだぜ。覚悟しておくんだな」

なにが嬉しいのか、下卑た笑いを浮かべて漆田が言った。

6

開いた窓の向こうから、野球部の部員たちの、互いを励まし合う声が聞こえてくる。その声に、吹奏楽部の演奏の音がかすかに混ざり、ランニングをしている生徒のかけ声が、遠くから響く。

懐かしい音だ。

娘の沙紀がかよっている高校に、川澄晶一はきていた。瑤子の死から、すでに二週間経っている。

晶一は一階の応接室で、二人の教諭と向かい合わせにすわっていた。

一人は教頭で、五十代の男性だ。もう一人は四十前後の奥山《おくやま》という女性で、沙紀の担任をしている。

奥山とは面識があり、晶一は教頭にも見覚えがあった。恐らく入学式で会っている。

「私どもはなによりも、沙紀さんのことを考えています。だからこの席で、瑤子さんのことを、とやかく言うつもりはありません」

教頭が言った。晶一はわずかにうつむき、唇を噛む。

瑤子の葬儀はすでに終わり、遺体も茶毘に付されている。せめて安らかに眠ってほしいと願うばかりだが、天国へ昇ろうとする瑤子の足に、警察が枷をかけた。

四日前、覚せい剤取締法違反と業務上横領容疑で、瑤子は書類送検されたのだ。境警察署の漆田という刑事の言ったとおりになった。

警察から瑤子の罪状書類を受け取った検察は、晶一を呼び出した。先日晶一は、前橋地方検察庁へ出頭している。

「瑤子はすでに死亡しており、起訴はしない」

検察官はそう言った。瑤子は法律上、罪を負うことはない。

無論晶一は瑤子を信じている。沙紀もそのはずだ。瑤子は犯罪になど、手を染めていない。書類送検されたのは悔しいが、ともかくも検察官の言葉を聞いて、晶一は仄かに愁眉を開いた。

しかし法律上の咎はなくても、書類送検されただけで、世間は瑤子を罪人扱いする。ここ数日、晶一はそれを痛感していた。

あんたもたいへんだぜ。覚悟しておくんだな——。

嫌な耳鳴りさながら、漆田の言葉がそのたび耳朶《じだ》に甦った。

教頭が話を続ける。

「瑤子さんの件を、みだりに生徒に話さないよう、教員にも言ってあります。しかし生徒の間では、すっかり広まっているようです」

教頭が奥山に目を向けた。首肯して、奥山が言う。

「クラスの生徒たちの沙紀さんへ向ける目が、明らかに変わりました。『覚せい剤』や『シャブ』といったひどいあだ名を、沙紀さんにつけた生徒もいるようです。横領、覚せい剤、焼身自殺。どれも衝撃的なことばかりでしょう。けれど生徒にとって、衝撃的であればあるほど噂の広まりは早く、とめどがなくなるのです」

瑤子は無実だ――。

その言葉を晶一は呑み込んだ。今ここで、瑤子の罪について議論をしても、無意味だろう。教頭と奥山は、瑤子が罪を犯したと決めつけている。目つきや表情から、解るのだ。あるいは晶一の精神がささくれ立っており、そう見えてしまうのかも知れない。

教頭が口を開いた。

「そこで私どもとしましては、沙紀さんは転校されたほうがいいと、話し合ったわけです」

「転校?」

と、晶一は教頭に目を向ける。視線を逸らして、教頭が言う。

「はい。心機一転、新しい学校でですね……」

「沙紀に罪はない」

言葉をさえぎり、晶一は言った。沙紀が何をしたというのか。

「もちろんです、沙紀さんになんら罪はありません。しかし現実問題として、沙紀さんは好奇の目にさらされ、陰口を叩かれています。

また、一部の生徒に動揺が走ったらしく、何とかしてほしいという声が、保護者の方から出つつあります。万が一、覚せい剤などに興味を覚える生徒が出ては、たいへんなことになりますから」

ハンカチで額の汗を拭きながら、教頭が応える。

本音が出た。

晶一は教頭を凝視する。

教頭と奥山は、恐らく沙紀のことを慮《おもんぱか》ってくれている。だがそれよりも、厄介払いをしたいという思いが強いのだ。

しかし――。

晶一は視線を落とした。

沙紀の同級生の親が、覚せい剤取締法違反で逮捕されたら、自分はどうするだろう。

ふと、そんなことを思う。

その同級生とは距離を置けと、沙紀に言ったかも知れない。けれどそんなことを言えば、沙紀の性格だ。同級生に罪はないと応え、鮮やかに晶一を論破するだろう。

「娘と相談してみます」

晶一は応えた。ほっとした様子で、教頭と奥山がうなずく。

「ではご連絡、お待ちしています」

と、教頭が腰をあげた。二、三言葉を交わしてから、晶一は応接室を出る。教頭たちは、正面の出入り口まで見送ってくれた。

彼らと別れ、晶一は正門を目指す。右手に校庭が広がっており、夏の午後の強烈な陽ざしの中、運動部の生徒たちが、汗まみれになっていた。

沙紀はバレー部に所属している。数日前から部活に行き始めた。

この瞬間も、校庭の向こうの体育館で、部活に精を出しているだろう。天井から垂れた綱を登る練習などもあり、華奢ながらも沙紀は、なかなか力があった。

だが転校すれば、バレー部の仲間とも別れることになる。

ため息をひとつ落として、晶一は重い足取りで正門を抜けた。道を右へと歩き始めて、首をひねる。女生徒が一人、道の彼方に立っていた。校庭の柵に背を預けて、どこか寂しげにうつむいている。

晶一は足を速めた。

沙紀だ。彼女も気づき、こちらへ向かってくる。ほどなく二人は合流した。

「部活じゃないのか？」

晶一は問うた。

「お父さんがくる時間に合わせて、早退したの」

そう応えて沙紀は、歩き出す。晶一も隣に並んだ。二人でゆっくり道を行く。

「それで、先生なんて？　やっぱり転校を勧めてきた？」

晶一は黙ってうなずいた。

「そう……」

と、沙紀は晶一に視線を向けた。

「私、転校する。学校のみんなに迷惑かけたくないし」

沙紀の言葉を聞きながら、不覚にも晶一は落涙しそうになった。

転校しても、同じなのだ。瑤子のことはすぐに広まり、新しい学校でも沙紀はきっと苦労する。けれど沙紀は逃げないだろう。瑤子ゆずりの、まっすぐな強さが沙紀にはある。

その強さがしかし、晶一には哀しかった。晶一のために、沙紀はことさら弱さを見せない。晶一を励まそうとさえ、しているのだ。

声が震えそうな気がして、晶一は無言を守った。

「それよりお父さんはどうなの。会社とか、平気？」

歩きながら、やがて沙紀が言う。

どきりとした。沙紀の勘がいいのか、あるいは晶一の顔に出ていたのか。

「実は子会社へ、出向することになった。沙紀と同じで、転校だ」

無理に笑声を交えて、晶一は応えた。沙紀がぴたりと足を止める。

瑤子が書類送検されてから、晶一は会社の上司に依願退職を勧められた。けれどその場できっぱり断った。会社を辞めてしまえば、瑤子の罪を認めたことになる。そう思ったのだ。

そうしたら今日になって、出向を命ぜられた。

「東奉物流という会社だ。なに、心配はない。仕事が変わったほうが、逆に気分転換になるさ」

ことさらにさらりと、晶一は言った。こちらを見つめる沙紀の瞳が、潤んでいる。見るに忍びず、晶一は前を向いて歩き出した。沙紀もならう。

「東奉物流は、どこにあるの？」

ほどなく沙紀が問うてきた。

「前橋市の北の、工業団地の中だよ」

「それなら私、その近くの学校に転校する」

「気を使ってくれるのは嬉しいが、転校先は慎重に決めた方がいい」

「でもいつまでも、おじいちゃんのところにいるわけにはいかない」

「まあ、そうだが……」

と、晶一は言葉を濁す。

家を失った晶一と沙紀は、前橋市内の晶一の実家に泊り込んでいた。実家には両親のほかに、晶一の兄夫妻と二人の子供が住んでいる。

晶一と沙紀は、邪険になどされていない。しかし実家は狭く、沙紀の言うように、そういつまでもいられない。

「お父さんと私のダブル転校を、いい機会にしよう。家のことだって、仕方ないよ。諦めるしかない。もう、前に進もう」

きっぱりと沙紀が言った。

「私だって、悔しいけど……」

そのあとでうつむき、言葉を地面へ落とすようにして、沙紀は呟いた。

やるせなく、晶一は首肯する。

境町の家に、晶一は火災保険をかけていた。しかし瑤子は焼身自殺と断定された。故意による火災だから、保険はおりない。

瑤子は生命保険にも入っていた。たとえ自殺でも免責期間が過ぎていれば、保険金は支払われる。だが瑤子は、覚せい剤を使用したことになっている。犯罪行為に該当する自殺は、生命保険の支払い対象外だ。

晶一の自宅は全焼し、右隣の家にも延焼してしまった。幸いさほど燃え広がらず、右隣の家は部分焼で済んだ。

通常の失火であれば、失火法という法律によって、火を出した家は守られる。延焼した隣家などへの損害を、賠償しなくてよいのだ。

ところが瑤子は灯油をかぶって、自ら家に火を放ったとされている。この重大な過失によって、失火法は適用外になる。

晶一は火災保険と生命保険を一銭も受け取れず、しかし隣家が被った損害は、賠償しなければならない。

隣家にはすっかり迷惑をかけてしまった。一刻も早く境町の土地を売り、賠償金の支払いに当てるしかない。だが火事を出した家の土地に、果たしてすぐ買い手が現れるだろうか。

貯金は多少あるが、家のローンは今後も続く。出来れば貯金には、手をつけたくない。まさに晶一は、切羽詰まっていた。

また、それらとは別に、瑤子の勤めていた群新産業が、横領金の返還を求めてきた。だが晶一は、瑤子の相続を放棄するつもりだ。

晶一が放棄すれば、瑤子の両親が次の相続人になる。晶一は瑤子の両親と、腹を割って話し合った。群新産業には申し訳ないが、瑤子の無罪を信じている限り、相続を放棄して会社に金は支払わない。瑤子の両親も、そう決意してくれた。

晶一はそっと嘆息する。

わずか二週間前には、瑤子や沙紀と境町の自宅で、親子三人笑い合っていた。この暗転が、今も信じられない。

しかし沙紀の言うとおりだ。手探りで闇を進む心地ではあるが、とにかくひとつずつ、片づけていくしかない。

そして生活が落ち着いたら、瑤子の死の真相を、この手で必ず突き止める――。

吹きつけてくる夏の熱風を、真っ向から受けながら、晶一は誓った。

7

涼しい風が吹いている。暮れ落ちたばかりの空は曇りがちだが、雨は降っていない。川澄晶一は娘の沙紀とともに、さほど広くない県道を歩いていた。

沙紀は浴衣を着ている。朝顔の柄が、とてもよく似合っていた。昭和五十九年の、七月七日だ。瑤子の死から、一年が過ぎようとしている。

あれから晶一と沙紀は、境町を離れて群馬県東部の笠懸町に移り住んだ。阿左美駅近くの、二間のアパートを借りている。

笠懸町の北東には桐生市があって、沙紀はそこの高校にかよっていた。

転校してすぐに、瑤子のことは新しい学校に知れ渡った。浮かない顔をして、学校へ行くのを渋る日々を沙紀は送った。けれど今は友人もできたらしく、以前の元気を取り戻しつつある。

東奉物流へ出向になった晶一は、配送業務についた。十や二十も年下の先輩たちに怒鳴られながら、ひとつひとつ、仕事を覚えていく。

だが、元々晶一は体力に自信があり、トラックの運転にも、やがて慣れた。

いつ辞めるのか——。

そんな目で晶一を見ていた職場の人たちも、やがて受け入れてくれたらしい。今ではまずまずの人間関係を得ている。

瑶子を失った傷は、決して癒えない。だが晶一と沙紀は、新しい生活の中で心の弾みを取り戻しつつある。

左手に神社が見えてきた。石段の先の境内に、笹飾りがいくつか置かれている。

思いがけず、人の姿が多い。屋台もいくつか出ていた。顔よりも大きな綿飴を手にした女の子が、嬉しそうに両親を見あげている。

その姿に自分たちの過去を重ね、晶一は胸にうずきを覚えた。妻の瑶子は、七夕が好きだった。結婚してから毎年、家の近くに笹飾りの置いてある神社を探しては、晶一を誘って出かけた。

晶一さんが元気でいてくれますように——。

瑶子は決まって、短冊にそう書いた。

沙紀が生まれてからは、三人で七夕へ行くようになり、短冊に記す瑶子の文字も変わった。

晶一さんと沙紀が、元気でいてくれますように——。

短冊を捧げ、懸命に祈る瑶子の横顔は、今も晶一の心の中で、きらめいている。

「お母さん、きっと見てるよ」

天を見あげて、沙紀が言った。晶一は黙ってうなずく。

晶一たちは石段をのぼり、参道に出た。左右にいくつか、灯籠が立っている。橙色の小さなともしびたちが、境内を幻想めいた風景に変えていた。

参道の端を歩き、晶一と沙紀は社務所へ行った。いくばくかの初穂料を納め、短冊を二枚もらう。

社務所の横に台があり、筆記具が用意されている。

ペンを借り、台に短冊を置いて、はたと晶一は手を止めた。願い事を考えてこなかったのだ。

沙紀は少し離れたところに立ち、晶一に隠すようにして、なにやら短冊に記している。その姿を見て、晶一の手は自然に動いた。

沙紀が元気でいてくれますように――。

書き終えて、晶一はペンを戻した。沙紀もそうしている。

人々のざわめきを避けて、晶一たちは一番端の笹飾りへ向かった。足を止め、枝に短冊を結びつける。それから二人で祈った。

目を開けると小さな風がきて、沙紀が飾った短冊がひらりと揺れた。

お父さんが元気でいてくれますように――。

そう書かれている。

「ありがとう」

心から、晶一は言った。照れたふうに、沙紀がそっぽを向く。その横顔は、瑤子にそっくりだ。

再び風が吹き、笹の葉がさわさわと揺れた。どこからか、風鈴の涼しげな音が聞こえてくる。

昨年の夏、瑤子が亡くなる四日前に、親子三人で神社の七夕祭りへ行った。風鈴の露店が出ており、瑤子はそこで風鈴を買った。

そんなことを思い出し、晶一はあたりを窺う。沙紀もきょろきょろと、まわりを見ている。それから二人で顔を見合わせ、首をかしげ合った。この境内に風鈴の店はない。

「今、お母さんがきたね」

囁くように沙紀が言った。微笑混じりに、晶一は首肯する。

あの時瑤子が書いた短冊は、遺筆になった。

瑤子の死後、晶一は神社へ行って妻の死を告げ、まだ飾られていた瑤子の短冊を、引き取ってきた。

今も大切に取ってある。

短冊――。

晶一の頭の中で、なにかが閃いた。続いて戦慄にも似た震えが、晶一の裡に走る。

「済まん、家に戻る」

沙紀にそう言い、晶一は歩き出した。

「ちょっと、お父さん」

と、沙紀もついてくる。

人々の間を縫って境内を出て、晶一は石段をおりた。沙紀を気遣いつつ、歩度を速めて家へ向かう。

ほどなくアパートについた。階段をあがって、二階の端の部屋に入る。

「どうしたの？」

玄関扉を閉めて、沙紀が言う。曖昧に返答し、晶一は押入れを開けた。瑤子の品々が仕舞ってある衣装ケースを引き出す。

遺筆となった短冊を挟んだクリアファイルは、すぐに見つかった。薄紅色の中に、水色の朝顔があしらわれた短冊を引き抜き、晶一は蛍光灯に透かす。

思ったとおりだ。しかしまだ、はっきりしない。

束の間逡巡し、晶一は座卓に短冊を置いた。鉛筆を手にしてすわる。それから晶一は、斜めにした鉛筆の先端を短冊に当てた。

「やめて、お父さん！　お母さんの最後の願い事だよ」

悲鳴のように沙紀が言う。

「どうしても、確かめたいんだ。済まん」

沙紀に詫び、晶一は鉛筆で短冊をこすり始めた。沙紀はもう、言葉を発しない。膝をつき、晶一の横にすわった。

晶一さんと沙紀が、元気でいてくれますように――。

一文字、また一文字。

瑤子の祈りの言葉が、鉛筆の色の中に消えていく。

だが――。

逆に白く、浮き出てくる文字があった。そこだけ短冊が、凹んでいるのだ。

息を詰めたまま、沙紀が目で問うてきた。一旦手を止め、晶一は口を開く。

「七夕の数日前に、瑤子は短冊を用意していただろう」

無言で沙紀が首肯する。初穂料は納めるが、瑤子は神社が用意した短冊を使ったことはない。好きな柄の短冊を、いつも自前で用意していた。

一年前の七夕の夜、神社へ出かける少し前。

少し思いつめた表情で、瑤子は手帳になにかを綴った。瑤子はすぐにその頁を破いたが、うしろの頁との間に、短冊が挟んであったのだ。

破いた頁を捨てたあとで、瑤子は気を取り直したふうに、手帳から短冊を取り出して、願い事を書き始めた。

そんな瑤子の様子を、先ほど晶一はありありと思い出した。

それを沙紀に話してから、晶一は作業を再開する。

やがて短冊は、すっかり鉛筆の芯の色に染まった。

晶一と沙紀にはもう、言葉すらない。

「横領したのは松浪部長」

白く浮き出たその文字を、食い入るように見つめていた。

8

「今夜、おれはついに松浪を殺した」

川澄晶一はそう呟いた。プレハブを出て車に乗り、自宅へ戻る途中だ。

松浪の死に顔が、まざまざと脳裏に浮かぶ。

「人間の皮をかぶった悪魔を、この手で地獄へ送ったのだ」

裡で膨らむ異様な興奮を吐き出そうとして、なおも晶一はひとりごちた。前照灯に浮かびあがった道路を見つめ、車を走らせていく。

昨年の七夕の夜。

短冊から浮かびあがった文字を見た瞬間、復讐を司る鬼神が、晶一に乗り移ったのだ。

松浪は名を剛といい、当時、群新産業の経理部長を務めていた。瑤子は経理部にいたから、直属の上司にあたる。

会社の金を使い込んでいたのは松浪であり、瑤子はそれに気づき、思わず手帳に書き留めた。そして四日後に死んだ。

そういうことになる。

短冊の文字など、証拠にならないかも知れない。それに瑤子が死んだ際の、刑事たちの態度は許し難かった。

しかしそれでも晶一は、境警察署の漆田という刑事に連絡を取った。居ても立ってもいられなかったのだ。

漆田と電話が繋がり、言葉を浴びせるようにして、晶一は話し始めた。けれどすぐに、熱い思いは消沈する。受話器の向こうの漆田には、あきれるほどの温度差があった。

川澄瑤子は覚せい剤中毒者で、薬欲しさに会社の金を横領し、焼身自殺した——。

自らがそう断定した事件を、蒸し返したくないのだろう。

漆田はことさらに上の空を装っており、気のない相槌を繰り返すばかりだった。

腹に据えかねた。

受話器を叩きつけるようにして、晶一は電話を切った。その足で、境警察署へ向かう。

漆田は署にいて、けれどまったく取り合ってくれない。かっとして、晶一は漆田の胸ぐらを摑もうとした。すると漆田は、公務執行妨害になるぞと脅してきた。

あきれ果て、晶一は彼に捨て台詞を残し、境警察署をあとにした。

そして晶一は誓ったのだ。

警察は当てにならない。ならばこの手で、真相を摑む。

その瞬間、闘いの日々が幕を開けた。

まず晶一は興信所に依頼して、松浪のことを調べてもらった。直接松浪を訪ねようかと思ったが、警戒させてはまずいと考えたのだ。

学歴や出身地、これまでの住所や人となりなど、松浪について様々判明していく。

やがて晶一の目を惹く報告が、興信所からあがってきた。

昭和五十八年の五月あたりから、翌年の夏頃まで、松浪はカジノにかよっていたという。瑤子の事件が起きたのは、昭和五十九年の七月だ。

そのカジノについて、さらなる調査を晶一は依頼した。

埼玉県大宮市の歓楽街に、カジノはあった。金を賭けて、バカラやルーレットなどを客にやらせる。地下カジノ、あるいは闇カジノと呼ばれる類の店で、無論違法だ。

店を経営しているのは暴力団で、直接店内でやり取りこそしないが、店の常連には覚せい剤を売っているらしい。

カジノはまだ営業していた。その場所を聞き、晶一は興信所の調査を打ち切った。松浪の尻尾は摑めた。あとは自分の手で、真相への道を切り拓きたかったのだ。

境町の土地を売り、アパートで暮らすようになってからも、どうにか貯金を取り崩すことなく、住宅ローンを払っていた。

貯金の一部をおろし、カジノにかよう。

晶一は決めた。そうなれば、沙紀に黙っているわけにはいかない。

年頃の娘が洋服やアクセサリーをほとんど買わず、スーパーへ行けば「おつとめ品」ばかりを籠に入れる。そんな沙紀の倹約のお蔭で、貯金を温存できたのだ。

沙紀は承諾してくれた。

カジノは会員制であり、ほかの客の紹介がなければ店に入れない。晶一はカジノを張り込み、出てきた客の一人に目をつけた。その男がよく行くバーを突き止め、晶一はそこへかよって、うまく近づいたのだ。

ようやくカジノに入ることができ、晶一は店員や客たちから、さりげなく松浪のことを聞き出していく。

しかし慣れない探偵仕事であり、やがてぼろが出た。ある日晶一は、店の奥へ連れていかれた。集まっていたヤクザたちに、店を嗅ぎまわる理由を詰問されたのだ。

なんらかの目的で、晶一が店を調べている。ヤクザたちは、そこまでしか知らないらしい。ならば口が裂けても、松浪のことは話せない。

暴力の脅しにも、晶一は屈しなかった。結局袋叩きにされて、二度と店に近づかないことを誓い、文字どおり命からがら解放された。

幸いなことに、その頃にはもう晶一は、松浪のことをあらかた調べ終えていた。

学生時代の友人に誘われて、松浪はカジノへ足を踏み入れたのだ。

新規に客がきて、たっぷり搾り取れそうだと踏めば、最初は派手にわざと勝たせる。それがヤクザのやり口であり、そうやって常連客を作っていく。

地下カジノで客の相手をするディーラーたちは、それで飯を食っている専門家だ。一杯機嫌で勝負する客の目を盗んでのイカサマなど、彼らにとっては造作もない。

松浪はその日、三百万以上儲けた。

そういう勝利の快感は、なかなか忘れられるものではない。ほどなく松浪は一人でくるようになり、すぐに常連客の仲間入りをした。

五回来店すれば三回は勝たせ、残り二回でそれ以上の金を吐き出させる。

あのカジノは、そういう「経営方針」らしい。客にすれば勝つという印象があり、しかしじわじわ金を搾り取られる仕組みだ。

松浪と仲のよかった客たちによれば、松浪はカジノで二千万近く使っていた。群新産業から消えた横領金と、ほぼ同額になる。また松浪はカジノの店員に持ちかければ、いつでも覚せい剤を入手できた。

それらの情報を得たあとで、晶一はもう一度だけ、興信所へ調査を依頼した。ほどなく調査は終わり、報告書があがってくる。

昭和五十八年七月初旬。境町の川澄邸の近くで、松浪らしき男性を見たという目撃談が、二件出ました——。

そう記された報告書に目をとおし、晶一は確信した。そしてこれまでの出来事や調査報告を一冊のノートにまとめ、そのあとで自らの推理を綴ったのだ。

カジノの虜になった松浪は、経理部長の立場を利用して、群新産業の金を横領する。晶一の妻の瑤子は経理部員であり、やがて帳簿の改ざんに気づく。

だが、まさか松浪の仕業と思わず、帳簿に不審点があることを、松浪に報告したのだ。

このままでは使い込みが暴かれる。

そう思った松浪は、瑤子が横領したかのように、帳簿をすべて作り直した。瑤子が知恵を絞って、巧妙に会社の金を横領したかの如く、帳簿に細工をしたのだ。

七夕の日。瑤子はそのことに気づき、「横領したのは松浪部長」と手帳に記す。

物腰は嫋やかだが、瑤子は正義感が強く、物怖じしないところがある。恐らく瑤子は松浪本人に、横領のことを質した。

だが、松浪が悪魔の非情さと、鬼畜の冷酷さを併せ持っていることを、瑤子は知らなかった。

自殺に見せかけて瑤子を殺害する計画を、松浪は立てたのだ。

瑤子が松浪の罪に気づいてから、わずか四日後であり、あまりに早すぎる。つまり瑤子に真相を知られ、慌てて計画したのではない。恐らく松浪は帳簿を曲筆した頃から、いずれ瑤子に罪を押しつけ、殺害しようと目論んでいた。

しかし瑶子は慎ましく、高価な服や装飾品は身につけない。酒はたしなむ程度であり、賭け事にも手を出さない。二千万もの金を横領する動機が、瑶子にはないのだ。

そのことに警察が気づき、瑶子の自殺に疑問を持たれてはまずい。そう思い、松浪は覚せい剤に目をつける。

平凡な共働きの主婦が覚せい剤に走って横領し、自殺したという絵図を描くことにしたのだ。

そしてあの日がくる。

昭和五十八年、七月十一日。

瑶子は会社を休み、家に一人でいた。あるいは休むようにと、松浪が命じたのか。

いずれにしても松浪は、境町の晶一の家に瑶子を訪ねる。そして恐らくは暴力によって意識を奪い、松浪は瑶子に覚せい剤を注射したのだ。

瑶子に灯油をかけて火を放ち、松浪は晶一の家を出ていく。

なぜ焼身自殺に見せかけたのか。

覚せい剤中毒者であるはずの瑶子の腕に、注射痕がないのは不自然だからだ。ならば瑶子に火をつけて、腕の皮膚もろとも焼いてしまえばいい。そうすればもう、注射痕があったかどうか解らない。

また住宅街での焼死であれば、通報によって消防車がくるはずだから、血がすべて流れ出るほど、瑶子の体は焼き尽くされない。よって血液から覚せい剤反応が出る。

そこまでをノートに書き終え、読み返し、晶一はそそけ立った。松浪の振る舞いは、もはや人間のそれではない。悪魔の所業だ。いや、その悪辣さには、悪魔でさえ怯むかも知れない。

かなり迷ったが、沙紀はすでに途中まで知っている。晶一はノートを沙紀に見せた。ノートを手に取り、むさぼるように目を走らせて、しかし沙紀は突然トイレへ駆け込んだ。松浪の計画のあまりのおぞましさに、嘔吐したのだ。それから沙紀は、声を放って泣いた。

経理部長という立場、カジノでの大負け。瑤子の死の前後に、晶一の自宅近くで目撃された松浪。状況証拠はいくつか出たが、警察はもう動かないはずだ。

それに警察が事件を再捜査し、松浪が逮捕されても、死刑まではいかないだろう。無期懲役か、場合によっては有期刑だ。

あまりに不公平ではないか。松浪という悪魔のせいで瑤子は死に、残された晶一と沙紀は地獄を見た。一方松浪は、瑤子の事件のあとで監督不行き届きを理由に、自ら減給を願い出た。その振る舞いは逆に社内で評価され、結果として松浪は出世し、今や常務だ。

松浪には、死刑さえ生ぬるい。なぶり殺ししかない。

この手で松浪を裁く——。

晶一は決意し、計画を練り始めた。松浪を呼び出して殺す場所の選定を始め、ほどなく格好のプレハブを見つける。

それと並行して、晶一はアリバイ工作を考え続けた。

晶一が逮捕されれば、沙紀は一人になってしまうし、殺人者の娘という烙印を押される。沙紀のため、捕まるわけにはいかないのだ。

やがてすべては整った。晶一は計画をノートに記し、しかしそれを沙紀に見られてしまう。

沙紀にすべて打ち明け、殺人者になる決意に揺るぎがないことを話し、そのあとで晶一は、心から沙紀に詫びた。

人を殺す。取り返しのつかないことだろう。だが松浪という悪魔を倒すには、こちらも悪魔に身を委ねるしかない。

晶一は松浪に連絡を取った。

「私の妻を殺したのは、あなただ。証拠を見つけた。だが警察に届ける前に、話し合いたい」

そう言って晶一は、松浪をプレハブに呼び出したのだ。

松浪がプレハブにくれば、彼は自ら罪を認めたことになる。姿を見せなければ、松浪は犯人ではない可能性がある。ならばさらに調査を進めようと、晶一は思っていた。

「松浪はプレハブにきた。そしておれは、松浪を殺した」

長い回想を終えて、晶一はもう一度呟いた。自宅のアパートが見えてくる。晶一の部屋の電気は消えていた。沙紀はまだ、帰宅していないのだろう。

無事に戻ってくれればいいが——。

晶一は眉を曇らせた。

9

ざっと降った雨があがり、陽がさしてきた。紫陽花に注いだ雨の雫が、鮮やかにきらめいている。駐在所の前に立ち、浜中康平《はまなかこうへい》はその情景に目を奪われていた。どこにでも咲いているような紫陽花と、いつもの雨だが、田舎で見る景色はやはりいい。

ついに念願がかなったのだ。群馬県北西部の鄙《ひな》びた村の駐在所勤務を、浜中は拝命した。赴任して、三か月ほどが経つ。村の人たちとは、すっかり打ち解けた。

浜中は独身だから、孫娘を嫁にという話が、すでに三件舞い込んでいる。秤屋と枡屋、それに錠前屋の娘だ。みな気立てがよく、美しい。

「どの娘にしようかな」

浜中はひとりごちた。思わず顔が緩んでしまう。

だが、次の瞬間浜中は、頬を引き締めた。誰かがこちらへ駆けてくる。

ほどなく道の向こうに、中年の男性が現れた。川の向こうに田を持つ吾作さんだ。まっすぐ駐在所へ走ってくる。

「たいへんだ、駐在さん」

浜中の前で足を止め、ぜいぜいと息をつきながら、吾作が言った。その顔は青ざめている。

「どうしました？」

「枡屋の娘が殺された！」

吾作の言葉に浜中は息を呑む。この鄙びた村で、殺人が起きたというのか。

「どこで殺害されたのです？」

浜中は訊いた。

「村はずれの滝だ」

「解りました、すぐ行きます」

言って浜中は、走り出す。だが駆けながら、首をひねった。

枡屋の娘が滝で殺される――。

どこかで聞いた話ではないか。

「手毬唄だ！」

浜中は思わず声をあげた。

「手毬唄がどうしたって？」

浜中の隣で、夏木大介《なつきだいすけ》が言う。

「あれ？」

と、浜中はあたりを眺めた。鄙びた風景は蜃気楼の如く消え、代わりに事務机が現れた。書類が山積みになっている。

「またか？」

あきれた様子で、夏木が問うた。頭をかいて、浜中はうなずく。妄想が出たのだ。

群馬県警の本部庁舎の四階に、浜中はいた。午後の十時に近い。刑事部の窓にはブラインドがおりて、係ごとに分けられた机のシマに、人の姿はあまりない。

浜中の所属する二係の刑事たちも、ほとんど退庁している。浜中と夏木、係長の美田園恵《みたぞのめぐみ》だけが残っていた。

今、二係は事件を抱えていない。そういう時、刑事たちは早めに職場をあとにする。家族とともに夜を過ごし、あるいは趣味の時間に当てるのだ。昇進試験の勉強に勤しむ者も多い。

事件が起きて担当になれば、捜査本部に詰め切りで、いつ帰宅できるか解らない。メリハリをつけ、意識的に静と動を使い分けるのが、刑事という激務を続けるコツらしい。

だが、浜中はなかなか早く帰れない。

県警本部の刑事部捜査一課の中で、浜中はもっとも若い。色々と雑用を頼まれるし、書類もそれほど書き慣れておらず、しかも浜中は一文字一文字、丁寧に綴っていく。

事件には犯人がいて、被害者がいる。書き飛ばしてしまえば、犯人はともかくとして、被害者に失礼な気がするのだ。

だから今宵も、浜中は書類仕事に追われていた。

一方夏木は、事件がなければさっさとあがる。しかし夏木は書類の作成が、ことさらに早いわけではない。また決して浜中に、押しつけたりしない。

そもそも夏木は、書類を書かないのだ。ぎりぎりまで溜め込み、係長の美田園に注意を受けて、ようやく作成する。

今夜がそうだった。定時になり、夏木が席を立った瞬間、美田園の雷が落ちた。

華やかによく笑い、さっぱりとした気性の美田園だが、怒ると怖い。女性ながら、捜査一課の係をひとつ仕切っているのだ。その立場は伊達ではない。こわもての刑事たちにも啖呵を切るし、現場で無残な死体を見ても、眉ひとつ動かさない。

そんな美田園ではあるが、なぜか蝶と蛾をひどく怖がる。どうして苦手なのか、本人にも解らないという。

それさえなければ、無敵ですね——。

以前浜中は、美田園に言ったことがある。そうしたら、すぐに張り手が飛んできた。なかなか弱い女性に失礼だという。じんじんと痛む頬を押さえ、浜中は詫びた。

ともかくも今日の夕方、夏木は美田園に注意されて、渋々席に復した。それから今まで、ずっと書類と睨めっこだ。美田園も残り、夏木の手助けをしている。

うつむいて、書類にペンを走らす美田園の美しい顔を、ちらと浜中は盗み見た。それから夏木に目を向ける。もう、夏木は浜中を見ていない。気だるげに無精ひげを撫でながら、面白くもないといった顔つきで、書類に目を落としている。

美田園と夏木の関係も、浜中には謎だ。

美田園の同期の婦警と、夏木は結婚した。けれどその女性は、すでに亡くなっている。病死らしいがよく解らない。亡くなった女性について、美田園と夏木の口は重く、浜中も詮索しない。

美田園は夏木に、気があるのではないか。けれど亡き美田園の妻を思いやり、夏木への思いを忍んでいる。

そんなことを時折思うが、浜中の勝手な想像に過ぎない。

「浜中君、手が止まってる」

書類から目を離さずに、美田園が言う。

はっとして、浜中が顔を赤らめた時、一斉の無線が流れた。群馬県太田市内のプレハブで、死体が見つかったという。

夏木がさっと腰をあげた。気だるげな様子はすでにない。獲物を見つけた野獣さながら、隙のない優雅な身ごなしだ。

「係長」

夏木が言う。肩をすくめて、美田園が口を開いた。

「臨場したいんでしょう。この事件の捜査本部ができれば、私たち二係の担当になる。いいわ、行ってらっしゃい。書類はなんとかしておく」

「済みません」

と、頭をさげて、夏木が浜中を見る。

「行くぜ、相棒」

夏木の言葉にうなずいて、浜中は席を立った。

10

夏木と二人でレオーネに乗り込み、サイレンを鳴らして、浜中は太田市へ急行した。東武伊勢崎線の韮川駅近くで、死体は見つかっている。

富士重工の大きな工場を過ぎ、国道をしばらく行くと、広々とした更地が右手に見えてきた。その更地の奥で、パトカーの赤色灯がいくつもまわっている。

国道の路肩には車が多く停まり、運転手たちが道端に立っていた。ただならぬ様子の更地に、誰もが目を向けている。

そろそろ梅雨明けだ。更地には雑草が生い茂っていた。しかし奥へ向かって一筋だけ道状に、雑草が刈り取られている。そこに立哨《りっしょう》の警察官が何人かいた。道の左右には、立ち入り禁止のテープが張られている。

警察官の前で、浜中はレオーネを停めた。助手席の夏木が身分証を提示する。警察官がうなずき、浜中はレオーネを発進させた。速度をあげず、雑草の中の道を行く。

更地の奥には、プレハブが一棟建っていた。工事現場などでおなじみの、長方形の素っ気ない建物だ。それを遠巻きにして、パトカーが何台も停まっている。

車列の最後尾にレオーネを停めて、浜中と夏木は降りた。まずはざっとあたりを眺める。

サッカー場が楽に二面は取れそうな、広々とした更地だ。原っぱという言葉がぴったりで、一棟のプレハブと、わずかばかりの外灯のほか、なにもない。

プレハブの七、八メートル奥には崖が切り立ち、更地はそこで終わっている。崖の高さは、十メートルほどか。高低差があってよく見えないが、崖の上にはなにもなさそうだ。

プレハブの窓にはブラインドがおりて、その隙間から明かりが漏れていた。投光器で、建物の周囲も照らされている。そこへパトカーの赤色灯と、鑑識員の焚くカメラのフラッシュが、さらに光を放つ。

一種騒然とした明るさに、プレハブは包まれていた。無論光だけではなく、多くの警察官が取り巻いている。彼らの制服は暗色で、プレハブは白い長方形だから、角砂糖に群がる蟻を思わせた。

浜中をうながして、夏木が歩き出す。

「よう、夏さん。早々と臨場か」

プレハブへ足を向けると、県警本部鑑識課の鶴岡《つるおか》が、声をかけてきた。

「書類から逃げてきたんだ」

言って夏木が薄く笑う。

「なるほどね。死体はまだ、運び出されていない」

と、鶴岡がプレハブを目で示した。忙しげな彼と別れて、浜中たちはそちらへ歩く。

プレハブの、引き違いの入り口は開いていた。そこから男性が出てくる。地味な背広姿の中年で、一見会社員ふうだが、怖い光が双眸に宿っていた。硬い頰のあたりにも、凄みがある。

「常見《つねみ》さん」

浜中は言った。

「よう、久しぶり」

その男性、常見が応える。常見は太田警察署の、捜査一課の刑事だ。とある事件で、浜中は常見にとても世話になっている。

太田署の捜査一課にくる前、常見は高崎警察署の組織犯罪対策課に長くいた。

組織犯罪対策課は、暴力団の犯罪を専門に扱う部署だ。相手に舐められないためか、そこに在籍している刑事たちは、こわもてが多い。

常見も一見怖そうだが、実は面倒見のいい男だ。

「あの時はありがとうございました」

言って浜中は、頭をさげた。

「いいんだよ、そんなことは。それよりそちらは？」

と、常見が夏木に目を向ける。浜中は夏木を紹介した。

「あなたが夏木さんか」

わずかに目を細めて、常見が呟く。夏木の噂を耳にしたことがある。そんな表情だ。

「どうも」

不愛想に夏木が応える。

「ああ……。中、案内しようか？」

気を取り直した面持ちで、常見が言った。夏木が無言でうなずく。靴を包むビニール袋を、常見が渡してきた。

「入ってくれ」

常見の言葉に従い、浜中と夏木はプレハブの中へ踏み込んだ。靴脱ぎの類はなく、そのまま土足で入る格好だ。床は板敷だが、コンクリさながらに硬い。

入り口のすぐ先に、衝立があった。それを抜けて、浜中たちは足を止める。

二十坪ほどだろうか。仕切りの類はなく、四つの机でできたシマがふたつある。右手の奥に応接セットが置かれ、壁際には棚が並んでいた。簡単な流し台もある。

刑事や鑑識員が何人もいて、けれどプレハブの中は、どこかがらんとしてみえた。日々、誰かがここで仕事に精を出している。そういう様子やその残滓《ざんし》が、まるでないのだ。どこか打ち捨てられた感じがある。

奥の壁際に、人だかりがあった。太田警察署の刑事たちだろう。緩やかに輪を描き、みなでなにかを囲んでいる。

常見に先導されて、浜中たちはそこへ行った。

「ちょっと、いいか」

刑事たちの背に、常見が声をかける。振り返り、彼らは浜中たちのために、場所を開けてくれた。

床に男性が倒れている。五十代前半といったところで、綿のズボンを穿き、ポロシャツを着ている。

男性は仰向けで、後頭部のあたりから血を流していた。頭部のまわりにわずかばかり、血が飛散している。男性は目を閉じており、面容に痛みや苦しみの様子はない。

まだ名を知らぬ死体に向かって、浜中は合掌した。そのあとで首をひねる。

死体のまわりの床に、半透明の液体が広がっていた。やや緩いゲル状で、その粘性ゆえにそれ以上拡大しないらしい。

自然に広がった様子で、液体は円状に死体を囲んでいる。液体の端のどこに立って手を伸ばしても、まず死体には届かない。

けれど液体は一か所だけ、かき分けられていた。塵取りでも使い、そこにあった液体を左右へどかした痕跡があるのだ。

液体の端から死体の頭部に向かい、そこだけ床がむき出しになっていた。よってその通路を伝えば、液体に足跡を残さず、死体のすぐ脇まで行ける。

液体の端には、洗浄液の一斗缶が落ちていた。角がつぶれ、丸い蓋が取れている。

それを目で示し、常見が口を開いた。

「犯人と争いになり、ガイシャは壁にぶつかって倒れ、床に後頭部をぶつけた。その際棚から一斗缶が落ち、中の液剤が床に広がった。そんなところか。断定には早すぎるがな」

「ええ」

と、浜中は曖昧にうなずいた。夏木は無言を守り、液体がかき分けられたあたりに、じっと視線を注いでいる。

小さな沈黙がきて、だがすぐに常見がしじまを破った。

「第一発見者が外にいる。うちの署の連中は、そろそろ話を聞き終えただろう。会っておくかい?」

「ぜひ」

短く夏木が応えた。

11

「まず、お名前は？」

夏木が問うた。

浜中と夏木は常見と別れ、プレハブの奥のソファに浅く腰かけていた。ガラステーブルを挟んで、向かいの席に中年男性がすわっている。

なにも触らなければ応接セットを使って構わないと、鑑識の許可を得た。そこでソファにビニールを敷き、死体の発見者から話を聞くことにしたのだ。

「豊原《とよはら》といいます。先ほどすっかり、お話ししたのですが……」

その男性、豊原昌之《まさゆき》が応えた。目に怯えの色があり、しかし口調はわずかに抗議の色を含んでいる。

「私たちは同じことを、繰り返し聞きます。事件解決のため、ご協力を」

にべなく夏木が応える。豊原はため息を落とした。四十代後半だろうか。あるいはもう少し、若いかも知れない。

豊原は頭頂が薄くなり始めていた。地味な背広に身を包み、ネクタイもどこか野暮ったい。それらがない交ぜになり、老けて見えるのだ。

夏木は死体について、豊原に訊いた。

床に倒れていたのは松浪剛で、群新産業という会社の常務を務めていた。豊原も群新産業で、経理部長をしている。豊原の前の経理部長が松浪で、その頃豊原は経理課長だった。

時折靴の中で、足の指先をもぞもぞと動かしながら、豊原はそう語った。

続いて夏木が、この場所のことを問う。

「ここは群新産業の土地でして……」

と、豊原が説明を始めた。

群新産業の本社工場は、太田市の上田島町にある。直線距離にして、ここから八キロほど南西だ。数年前、第二工場を造る計画が浮上し、群新産業はこの土地を買った。だが、管理事務所のプレハブを建て、土地を更地にした段階で、計画が頓挫してしまう。

以来すっかり放ってあり、ごくたまに社員が見まわるだけだという。

プレハブに警報装置はなく、ちょっとした力があれば、入り口の引き違い戸など、戸ごと簡単に枠から外せる。また屋内には鍵箱があって、入り口の戸の鍵がさがっている。

力任せに一度侵入し、鍵箱から鍵を盗んで合鍵を作れば、それからの出入りは自由だ。

プレハブは国道から奥まったところにあり、人がとおりかかることはまずない。雑草の茂る更地にわざわざ入ってくる者も、そうはいないだろう。

犯人が松浪を、ここへ呼び出したとする。寂しい場所だが、松浪にとっては自分の会社の管理地だ。さほど身構えることなく、誘いに応じて、きてしまうのではないか。

変な言い方になってしまうが、このプレハブは松浪を殺害するには、うってつけの場所なのだ。

「なぜあなたは今日、この場所へきたのですか？」

夏木が訊く。

「昨日の夕方、松浪常務から指示があったのです」

豊原が応えた。

「指示？」

「はい。明日の夜に送迎を頼みたいと、常務に仰せつかりました。それで今日、私の自家用車で午後六時半過ぎに、常務のお宅へ伺いました」

ちらちらと上目づかいに夏木を見て、豊原が応える。そして彼はまた、足の指先をもぞもぞと動かした。テーブルはガラスだから、そういう様子が浜中から見えるのだ。

可哀相に、水虫なのか——。

そんなことを思い、浜中は内心で首を左右に振った。水虫よりも、今は殺人事件に集中しなくてはならない。

「群新産業の終業時刻は？」

豊原から目をそらさずに、夏木が訊いた。

「午後五時です」

「松浪さんのご自宅は？」

「大泉町にあります。会社から車で、二十分ほどでしょうか」

「では、松浪さんはわざわざ一度帰宅して、そこへあなたは会社の車ではなく、自家用車で迎えに行った。そういうことになりますね」

「はい。内密に送迎を、ということでして……」

「内密？　そういうことは、よくあったのですか？」

眉根を寄せて夏木が問う。

「まあ時々は」

豊原が応えた。額に汗が浮いている。

豊原は見るからに気が小さく、死体となった松浪は、押出しがよさそうだ。それに経理部時代からの上役でもある。公私の別なく、用を言いつけられていたのかも知れない。

「行先は、事前に聞いていましたか？」

「いえ」

豊原が応え、夏木が先をうながした。豊原が話を継ぐ。

「ご自宅へお伺いしましたら、この更地まで頼むと松浪常務が仰ったので、まっすぐここへ向かいました」

「松浪さんがここへきた理由は？」

「さあ……」

と、豊原が首を左右に振った。

「理由、訊かなかったのですか？」

「命ぜられれば、ただ従うだけですので」

ハンカチで汗を拭いつつ、小さな声で豊原が応えた。

「なるほど。で、ここへ着いたのは何時です？」

「七時二十分頃だと思います」

「車はどこへ停めたのです？」

「向こうの外灯の近くです」

「それからは？」

夏木が問う。浜中はわずかに身を乗り出した。話が核心へと向かいつつある。

「私が出てくるまで、ここで待っていなさいと言い残し、松浪常務は車を降りました。そしてプレハブへ入ったのです」

「その時プレハブに、人の姿は？」

「私は見ませんでした」

「具体的にプレハブは、どういう状況でした？」

「ええと……。プレハブ内に電気はついておらず、ブラインドも閉じていました。入り口のひさしには、照明がついていましたが、ぼうっと心細く灯る感じです。

入り口のすぐ向こうに衝立があって、ひさしの灯りは、とても屋内まで届きません。だからプレハブ全体が、闇の中でひっそりとしているような印象でした」

「中に誰かいても、身を潜めていれば、あなたには見えない？」

「はい。簡単に隠れられると思います」

「誰と会うとか、松浪さんはそういうことを、一切言わなかったのですか？」

「はい」

「車中の松浪さん、どんなふうでしたか？」

「いつもより言葉少なく、やや緊張気味といったご様子でした」

「そうですか。松浪さんが一人でプレハブに入り、そのあとは？」

矢継ぎ早に夏木が問う。

「特になにもありませんでした」

「誰もこなかった？」

「はい」

「明かりや音はどうです？」

「実は私、車の窓を閉めてエアコンをかけ、ラジオを聞いていたのです」

「プレハブで多少の音がしても、聞こえなかった？」

「はい。まさかこのようなことになるとは思わず、プレハブにあまり注意を払っていなかったのです。でも、たとえばプレハブの中で蛍光灯がつけば、ブラインドと窓の隙間から光が漏れるはずであり、すぐに気づいたと思います」

「つまりプレハブに入った松浪さんは、電気をつけなかったわけだ」

「だと思います。ブレーカーは切っていませんので、入り口脇のスイッチを押せば、つくのですが」

と、豊原は視線を天井へ向けた。蛍光灯がいくつも灯り、室内は充分な明るさだ。

「それで？」

夏木が問う。

「午後の九時二十分頃、ふいにプレハブの戸が開いて、男が出てきたのです。突然でしたので、とても驚きました」

「ちょっと待ってください。九時二十分といえば、あなた方がここへ着いてから、およそ二時間だ。あなたはその間、ずっと車中で待機していたのですか？」

「はい」

わずかにうなだれて、豊原が応える。その様子を見て、浜中は理解した。豊原はこれまでも、運転手よろしく松浪に使われてきたのだ。

自宅までこい。どこそこへ行け。

松浪がそう命じ、何も問わずに豊原は従う。

二人がそういう関係ならば、うしろ暗い用件の時、松浪は豊原を同道させていたのではないか。

そこまで考えて、浜中はそっと首を左右に振る。

うがち過ぎだ。

「そうですか」

と、夏木が豊原に水を向けた。豊原が口を開く。

「プレハブから出てきた男は、たいへんな慌てようで、ゆっくりこちらへ走ってきました」

ていました。

「ゆっくり走る?」

「男は左足を引きずっていたのです。痛みを堪え、無理して駆けてくる。そんなふうでした」

「なるほど」

「突然男が出てきて、それが向かってくるのですから、怖いというよりただ驚いて、私は身を固くしていました。

男はいよいよこちらへ近づき、やがて立ち止まったのです。男と目が合い、私は初めて恐怖を感じました。二の腕がぞっと粟立ったのを、まだはっきりと覚えています。

それほどに男の形相は凄まじく、全身から殺気が立ち昇っているかのようでした。

車がロックされているのを、視線の隅で確認し、このまま逃げようかと思った矢先、男は再び駆け出しました。こちらへはこず、国道のほうへ行ったのです。半ば呆然と、私は男を見送りました」

「追いかけなかったのですね」

「とてもそんな」

やや青ざめて、豊原が言う。

「どんな男でした?」

「かなり屈強で、四十代半ばぐらいに見えました」

「間違いなく男性ですか?」

「はい」

豊原が断言した。

「そうですか」

と、夏木が先をうながす。

「男がすっかり立ち去るのを待って、私は車を降りました。それから怖々、プレハブへ入ったのです」

豊原の声が震えた。だが容赦なく、夏木が続きを訊く。

「屋内に踏み込み、まずは洗浄液の臭いに気づきました。薄暗い中、臭いのする方へ行くと、壁際に人が倒れているのです。松浪常務でした。頭から怖いほどに血が流れ、呼びかけても、まるで反応しません」

と、豊原はおぞましげに顔を歪めた。束の間の沈黙のあとで、ごくりと唾を飲み込んで話を続ける。

先ほど浜中たちが見た死体の様子を、豊原は語った。

「死体に触りましたか？」

夏木が問う。

「洗浄液の一部が、左右にかき分けてありましたので、それをとおって松浪常務のすぐそばまで行きました。口のあたりに手を伸ばし、私は呼吸を確認したのです。でも、すでに事切れていました。よく覚えていませんが、その際常務の顔や首筋などに触れたと思います。それからそこの電話で、一一〇番へ通報しました」

なおも声を震わせながら、豊原は応えた。

12

浜中と夏木はプレハブを出て、豊原の自家用車に乗り込んでいた。運転席に豊原がすわり、助手席に夏木がいる。浜中は後部座席から、身を乗り出していた。車はプレハブの近くに、停まっている。

「ここからあなたは、プレハブを見ていた」

夏木が言った。豊原が無言で首肯する。

豊原は自家用車に松浪を乗せて、ここへきた。その時に停めた場所から、車を動かしていないという。国道の端から、更地が広がっている。最奥には崖が切り立ち、更地はそこで行き止まりだ。崖の七、八メートル手前にプレハブが建ち、その、さらに二十メートルほど手前に、豊原の車が停まっている。

そういう構図だ。

車の脇には外灯がぽつんとあり、あたりの草も、払われている。ちょっとした駐車場になっているらしい。

「まず松浪さんが入り、およそ二時間後に男が出てきた。ほかに人の出入りはない。そうですね？」

「はい」

夏木の問いに、豊原が応えた。

「誰かがこっそりプレハブに近づき、脇の窓から入ったとすればどうです？」

「気づいたはずです」

「断言できますか?」

「そう言われてしまうと……。でも更地の中をプレハブまでくるのに、身を隠す物はありません。それに私、ラジオは聞いていましたが、目を閉じていたり、眠ったりはしていないのです。松浪常務が出てくれれば、すぐに車を降りて、常務のために後部座席の扉を開けなくてはならない。常務にとって私など、運転手のようなものですからね」

自嘲気味に苦笑して、豊原は話を継いだ。

「だからちょっとした緊張感を持って、私は車中で待機していました。もちろんプレハブから目をそらしたことは、何度もあります。けれどせいぜい、二、三分です。そのわずかな間にプレハブへ忍び込むのは、無理だと思います」

浜中は前方へ視線を向けた。プレハブの正面がまっすぐ望める。また、多少離れているため、逆にプレハブの両側面が見渡せた。

つまり豊原は、プレハブの三方を見ていたのだ。残り一方は裏手に当たり、ここからは見えない。だが背後には崖が切り立っている。

「突拍子もない話だが、崖の上に立って、ロープで崖面をおりる。そのあとで裏手から、プレハブに入ったとすればどうです?」

夏木が問う。

「崖……」

そう呟き、束の間沈思《ちんし》したあとで、豊原は口を開いた。

「ロープで伝いおりたとすれば、私は必ず気づいたでしょう。暗いとはいえ崖面は白っぽいので、人がいれば目立つでしょうし。

まあ一瞬で飛び降りれば、気づかないと思いますが……。え？　もしかして刑事さん」

「プレハブから出ていった男は、足を引きずっていた。そうですね？」

夏木が問う。やはりそこから、夏木は崖に着目したのだ。

しかし――。

浜中は崖を見あげた。十メートルはある。崖の上から飛び降りれば、足を引きずるぐらいでは、とても済まない。四階建てのビルの、屋上ほどの高さなのだ。

「やはり無理か……」

あごの無精ひげをさすりながら、夏木が言った。そのあとで浜中に目を向ける。質問はないかという合図だ。

浜中が首を左右に振ると、夏木は助手席の扉に手をかけた。

長い質問が終わり、ほっとした表情の豊原に見送られ、浜中と夏木は車を降りた。そんな浜中たちを見て、常見がこちらへ歩いてくる。残念ながら豊原は、まだ解放されないだろう。

車から少し離れて、夏木と浜中は足を止めた。崖を見て車を振り返り、夏木が口を開く。

「豊原によって、プレハブは見張られていた。唯一の死角は裏手だが、崖を経由しての侵入はできない。つまり豊原が見たという、プレハブから出てきた男が犯人か。単純な構図になってきたな。おれ好みの事件だぜ」

にやりと笑い、夏木は話を続けた。

「だがそれは豊原が、嘘をついていなければの話だ。浜中、お前は豊原のこと、どう見た？」

「しらじらと嘘をつくようには、見えませんでした。実直で小心というか、そんな感じを受けました」

「うん、ほかには？」

「ええと……。あ、あの人たぶん水虫です」

思わずそう言い、浜中は頭をかいた。

「この際水虫の件は、置いておこうか。な、浜中」

あきれた口調で、夏木が言った。

13

仙台駅の上階に立ち、川澄晶一は窓から外を眺めていた。数えきれない人々が、行き来している。平日の午前八時過ぎだから、背広姿の男性が多い。

忙しげな人々から目をそらし、晶一は視線をあげて、彼方へ目を向けた。街はまだ、七夕まつりの準備を始めていない。

晶一の記憶が、瞬時に過去へと遡る。

あの日は祭りの真っ最中で、色とりどりの七夕飾りが、駅や商店街にいくつも並んでいた。人出もすごく、商店街などは満員電車並みであり、はぐれないよう晶一は、娶ったばかりの瑤子の手を、しっかり掴んでいた。

ふた昔も前のことだ。その頃にはまだ、今、晶一が立っている駅舎はなかった。

昭和四十年。数年の交際を経て、晶一は瑤子と結婚した。結婚したからこそなのかも知れないが、友人を介して瑤子と初めて会った時、予感めくものがあった。いや、はっきりいえば、晶一のひとめ惚れだった。

瑤子もまんざらではなさそうで、色々とあったが、やがて晶一は求婚する。瑤子は即座に承諾し、それからふいにぽろぽろと涙をこぼし、遅かったわねと言ってくれた。

新婚旅行先の希望を訊くと、仙台市がいいと瑤子は言う。

仙台はいつでも行ける。せっかくの新婚旅行なのだから、海外にしようと晶一は提案した。距離ではなく、お金でもなく、あなたと一番行きたいところがいい――。

瑤子は応えた。

夏の夜の夢幻のような七夕祭りが、瑤子は子供の頃から大好きなのだという。けれど日本一とも称される仙台七夕まつりは、見たことがない。だから晶一との仙台行きを、瑤子は望んだ。

晶一も、仙台七夕まつりは初めてだった。見るというより、祭りという熱気のただ中に放り込まれた気がして、晶一はただ圧倒された。瑤子も瞳をきらめかせ、高揚に頬を染め、珍しくはしゃいでいる。

最初は晶一が瑤子の手を掴んでいたが、気がつけば瑤子が晶一の手を握っていた。彼女は群衆をかき分けて、あちこちの笹飾りへと、晶一を引っ張っていく。

見あげるばかりの笹飾りの、華やかさと美しさ。たくさんの屋台。瑤子と食べたかき氷。夜を幻想へと染める無数の灯籠――。

二十年前の情景を、そこで晶一は封じ込めた。

瑤子はもういない。二人で仙台七夕まつりを見ることは、二度とないのだ。思い出は大切にして、少しずつ回想しなければならない。

あれから瑤子と、仙台へは何度もきている。けれど瑤子の提案で、あえて仙台七夕まつりの時期を避けた。

仙台七夕まつりは、ただの一度きりでいい。そのほうが、宝石のようなきらめきを持つ思い出になる――。

瑤子の言葉が、耳朶にはっきり甦る。

ひとつ息を落とし、晶一は歩き出した。アリバイ工作の仕あげが待っている。

14

浜中康平は、太田警察署の五階の大会議室にいた。上座に幹部席が設けられ、向かい合う格好で、長机が整然と並んでいる。

松浪剛の死体が、昨夜プレハブで見つかった。浜中たち県警本部の捜査一課二係と、太田警察署の署員たちが、その捜査に当たることになったのだ。ここに捜査本部が設置され、第一回目の捜査会議が開かれている。

大会議室のエアコンはあいにく故障中で、窓が開け放たれていた。風はそよとも吹かず、窓辺には午後の熱気が溜まっている。ワイシャツ姿の刑事たちは、うちわや扇子を使っていた。

夏木大介とともに、浜中は一番うしろの席にいた。美田園恵は、最前列にすわっている。

幹部席の中央にはいつものように、県警本部の刑事部捜査一課長、泊悠三《とまりゆうぞう》の姿があった。同じ刑事部の理事官と管理官、それに太田署の署長や副署長などが、泊の左右に居並んでいる。

あれから松浪の死体は、前橋市内の大学病院に運ばれた。今日の午前中に、解剖が終わっている。

死体検案書はまだだが、検視と解剖の結果を、先ほど検視官が口頭で報告した。

頭蓋骨の陥没骨折による脳挫傷。

それが松浪の死因だ。刃物や鈍器によるものではなく、床や壁といった、板状のなにかに打ちつけた大きな傷が、後頭部にあった。

打ちつけた回数などは、解らない。

受け身を取らずに転倒し、後頭部をしたたかに打って、瞬間的に絶命した。あるいは中程度の力で、後頭部を何度か硬い板に打ちつけられた。

その、どちらかだろうという。

自ら壁に後頭部を打ちつけての自殺や、高所からの飛び降りによる陥没骨折の可能性はないと、検視官は断言した。

いまさらの感はあるが、松浪が他殺体であることが、はっきりしたのだ。

松浪の死亡推定時刻は昨日、すなわち七月十五日の、午後七時半から九時半とされた。

豊原の証言によれば、豊原と松浪がプレハブに着いたのは、午後七時二十分前後。慌てふためいた様子で、屈強な男がプレハブから出てきたのが、午後九時二十分頃だ。

解剖結果と豊原の話に、齟齬はない。また松浪の妻が、昨夜豊原が迎えにきたと証言した。ちなみに松浪の妻はそのあと友人宅へ行っており、すでにアリバイが成立している。

検視官のあとで、刑事たちがこれまでのことを報告した。だが、死体は昨日見つかったばかりだ。さしたる情報はない。

ほどなく報告は終わり、幹部席の泊が腕組みを解いて、立ちあがった。うちわや扇子を、そっと捜査員たちが机に置く。柔和な顔つきで座を見渡して、泊が口を開いた。

「豊原が見たという『屈強な男』を捜すのが、まずは最優先だろう。だが、お前さんたちも知ってのとおり、第一発見者が犯人だという例は、枚挙にいとまがない」

蚊でもいたのか、泊はぴしゃりと自らの首筋を叩いた。そのあとで手のひらを見て、わずかに首をひねってから、話を続ける。

「プレハブから逃げ去った『屈強な男』と豊原。このふたつの筋を同時に洗う。具体的な班分けを頼む」

と、泊は管理官に目を向けた。

すでに幹部間で、打ち合わせが済んでいたのだろう。管理官が席を立ち、刑事たち一人ひとりを名指しして、淀みなく班分けをしていく。

けれどいつまで経っても、浜中と夏木は呼ばれない。

どうせまた、遊撃班なのだ。

そう思い、浜中はげんなりした。横で夏木がにやりと笑う。

上からの指示をあまり受けず、ある程度思いどおりに捜査できる。それが遊撃班だ。

自由に動かしておくほうが、浜中は強運を発動しやすい。

そのことに気づいた美田園恵の「奸計」により、いつからか浜中は、遊撃班に任命されることが多くなった。腕っぷしの強い夏木は、いわば浜中の守役だ。

夏木は群れるのが嫌いらしく、遊撃班という立場を明らかに喜んでいた。

夏木は生き生きと捜査に精を出し、浜中はことさら強運に見舞われる。結果として夏木と浜中の遊撃班は、恐ろしいばかりの犯人逮捕率を誇っていた。

「夏木大介、浜中康平。遊撃班を命ずる」

そう結び、管理官は着席した。美田園がこちらを向いて、にんまりとする。

「暑い中ご苦労だが、よろしくな」

誰にともなく泊が言い、散会になった。任務を与えられた刑事たちが席を立ち、出口へ向かう。

「さて、どうする相棒?」

ざわめきの中で、夏木が問うてきた。

「たまには先輩が決めてくださいよ」

浜中は言った。命ぜられて、それをしっかりこなしていく。そういうほうが、浜中の性に合っているのだ。

「遊撃班の班長は、お前だぜ」

笑声混じりに夏木が応える。

ため息をつき、けれどそのあとで浜中は口を開いた。実はひとつ、気になっている。

「松浪剛さんが勤めていた会社なんですけど」

「群新産業か」

「はい。ちょっと聞き覚えがあって……」

「聞き覚え？」

と、夏木が心持ち眉根を寄せる。うなずいて、浜中は言った。

「あの、先輩。これから図書館へ行きませんか？」

15

太田市立図書館で新聞の縮刷版を調べ、浜中と夏木はすぐに太田警察署へ戻った。署内へ入り、奥のエレベーターに乗り込む。箱の中には、浜中たち二人だけだ。

「それにしても、よく覚えていたな」

感嘆の面持ちで、夏木が言った。照れながら、浜中は曖昧にうなずく。目当ての記事は見つかった。

新聞の複写を、浜中は手にしている。

エレベーターが五階についた。箱からおりて、浜中たちは大会議室へ向かう。中に入ると、幹部席には泊たちの姿があった。美田園もいる。

「ちょうどよかった」

と、夏木が美田園に声をかけた。彼女を誘い、幹部席からもっとも離れた机まで行く。浜中たちは、その机を囲んだ。

「もう犯人が解ったとか？」

声を潜めて美田園が問う。

「まさか」

と、夏木が肩をすくめた。

「ミスター刑事の浜中君でも、さすがにまだか」

「やめてくださいよ、ミスター刑事とか言うの」

浜中は反駁《はんばく》する。さらりと笑って逃げ、それから美田園は真顔になった。

「どうしたの？」

「実はこれなのですが」

と、浜中は新聞の複写を、美田園に渡した。手にして活字を目で追う美田園の頬が、みるみる上気していく。

「すごいじゃない」

読み終えて、浜中を見て美田園が言う。

美田園に渡したのは、二年前の群馬新聞の複写だ。

横領の上、自殺——。

そういう見出しの、さほど大きくない記事が載っている。群新産業に勤める川澄瑤子という女性について、記されていた。

ここ数年、国内の年間自殺者は二万人を超えている。一日に五十人から六十人が、自殺している計算であり、紙面にまったく載らない自殺が多い。

地方紙とはいえ、川澄瑤子の自殺が取りあげられたのは、覚せい剤乱用、横領、焼身自殺という、読者の関心を呼びやすい要素があったためだろう。

「当時僕は、高崎警察署の刑事課にいました。境町で起きたこの自殺は管轄外だったのですが、新聞を読み、すごく哀しくなったのです」

浜中は応えた。

記事によれば、瑤子には夫と娘がいたという。

じわじわと確実に、人格を破壊していくのが覚せい剤だ。禁断症状と幻覚の狭間にあって、川澄瑤子はなにを思ったのか。

地獄の縁を覗いたような、後悔に苛まれたのか。

だからその罪を悔い、自らを業火で焼いたのか。

焼け爛れた瑤子の亡骸を見て、夫と娘はどれほどの衝撃を受けただろう。

勝手にそんなことを考えて、暗澹たる思いに包まれたのを、浜中は覚えている。

「だから覚えていたのか……。浜中君らしいね」

声を落として、美田園が言った。小さな沈黙が降りてくる。

やがて夏木がしじまを破った。

「誰かが松浪の会社を調べ、いずれ川澄瑤子のことは判明しただろう。しかし昨日の今日でたどり着くとは、さすが相棒だ」

「やめてくださいよ」

「いや、浜中。見知らぬ死者への悼みを忘れないお前の心が、この記事を拾ってきたんだ」

そう言って、夏木は照れたふうに、そっぽを向いた。

「そのとおりだわ。浜中君ならではのお手柄」

美田園が続く。どう応えていいのか解らず、浜中はただ頭をかいた。

「さて、課長に報告よ！」

声を励まして、美田園が言った。うなずいて、夏木と浜中は歩き出す。三人で、幹部席の前に立った。

「課長、ちょっとよろしいですか？」

美田園が声をかける。

「うん、どうした？」

顔をあげ、気さくに応えて、泊は浜中たちを見渡した。記事の複写を泊に手渡し、美田園が事情を話す。

「捜査本部は、さっき立ちあがったばかりだぜ。なのにもう、これに気づいたのかい？」

聞き終えて、泊が言った。浜中に向けた双眸に、賞賛の色がある。

いやだなあ──。

心の中で、浜中は呟いた。上司に褒められるたび、駐在所勤務の夢が遠退いていくのだ。

泊が言葉を続ける。

「さすが浜中だ。やっぱりお前さんは、刑事が天職なんだろう。美田園君、いい部下を持ったな」

「ええ。浜中君と夏木君は、二係のエースです。絶対に離しませんよ」

「離してほしいな……」

思わずそう言い、浜中は慌てて口をつぐんだ。怖い顔で、美田園が睨んでくる。

「それでですね、課長」

夏木が話題を転じた。

「なんだい？」

「さっき浜中とも話したのですが、出来れば二人で、まずは川澄瑤子の件を洗ってみたいのですが」

夏木が言う。幹部を前に、相変わらず物怖じしない。

「構わねえよ。これはお前さんたちの手柄だからな。好きに動いてくれ」

と、泊が記事の複写を掲げた。

16

赤堀町を挟んで、前橋市の東に笠懸町がある。平地の広がるのどかな町だ。町を北に抜ければすぐ先に、わたらせ渓谷鉄道が走っている。

浜中康平は夏木大介とともに、笠懸町にきていた。午前七時半を過ぎたばかりだが、鮮やかに晴れた空から、熱を含んだ陽光が降り注いでいる。

もう梅雨は明けたのだろうか——。

そんなことを思いながら、浜中は道端にレオーネを停めた。夏木とともに降りる。

昨日あれから浜中たちは、境警察署へ行った。川澄瑤子の事件を担当したのは漆田という刑事で、まだ境署に在籍している。

あいにく漆田は出かけていた。浜中と夏木は事件の資料を見せてもらい、それを目で追いながら、境署で彼を待った。

午後十時過ぎに、ようやく漆田は戻ってきた。疲れていると渋る彼に頼み込み、浜中と夏木は話を訊くことができたのだ。

瑤子の夫は川澄晶一といい、娘の沙紀とともに、笠懸町のアパートに住んでいるという。

それで今朝、ここへきた。浜中たちの目の前に、そのアパートが建っている。二階建ての木造で、一階と二階にそれぞれ四部屋あるらしい。

鉄製の外階段をのぼり、浜中たちは二階へあがった。狭い外廊下を奥まで行く。四を飛ばした二〇五号室の玄関前で、浜中たちは足を止めた。「川澄」という、素っ気ない表札が出ている。

玄関扉の脇には、縦面格子《たてめん》のついた小窓があって、半分ほど開いていた。食器を洗う音が、漏れ聞こえてくる。住人はすでに起きているらしい。

いささか早すぎる訪問だが、日中に晶一の勤務先へ押しかけるよりはいいだろう。刑事がきたとなれば、晶一は職場であれこれ詮索される。

それに昨日、刑事の漆田に話を聞いて、なによりもまず晶一に会わなければと、浜中たちは思ったのだ。境署を出たのが午後十一時半で、その足でここへ行きたそうなそぶりさえ、夏木は見せた。

浜中を見て軽くうなずき、夏木が呼び鈴を押した。小窓からの音が、さっと途絶える。

小窓と玄関は、ほとんど離れていない。住人が今までいたはずの流し台から、ほんの二、三歩で玄関だろう。

だが、玄関扉は開かない。息を潜めて、こちらの様子を窺っている。音の消えた小窓から、そういう気配が漂ってくるのだ。

気だるげな仮面を、夏木が捨て去った。精悍な面持ちになり、玄関扉のドアノブに手を伸ばしていく。

しかし夏木がノブに触れる寸前、開錠音がした。そろりと小さく扉が開く。鎖式の補助錠は下りたままだ。その隙間から、女性が顔を覗かせる。

高校二年か、三年生だろう。前髪は眉のところで切り揃えられ、その下の黒い瞳は、澄み切っていた。小さな口元を引き締めて、挑むように浜中たちを見あげる。

華奢で小柄ながら、女性には凜々しさが漲っていた。

夏木が無言で、警察手帳を女性に見せる。刑事の来訪を予期していたのか、彼女に驚きの色はない。

「川澄沙紀さんですね」

夏木が問い、その女性、川澄沙紀が首肯した。

外敵から懸命に巣を守る小動物のように、沙紀は退く気配をみせず、夏木から目をそらさない。

「まいったな」

沙紀の気勢を殺ぐためだろう。微苦笑とともに、夏木が言った。表情をわずかに弛ませ、無精ひげをさする。

思いつくまま、浜中も口を開いた。

「あの、怪しい者ではありませんよ。警察手帳も本物ですし……」

われながら、なんて間の抜けた言葉だろう。そう思い、浜中は頭をかく。

だが、微かな変化が沙紀に生じた。たぎっていた緊張をわずかに抜いた。そんな表情を、一瞬彼女が見せたのだ。

「実はですね」

穏やかな声で夏木が言い、その時沙紀のうしろに、ぬっと人影がさした。見るからに屈強な、四十半ばの男性だ。

「お前は奥へ行っていなさい」

男性が沙紀に言う。扉の隙間から沙紀が消え、代わりに男性が立ちふさがった。太い腕を組み、夏木と浜中に強い威圧をかけてくる。

大きな岩が、玄関扉の向こうに出現した。そんな思いを浜中は抱く。

「川澄晶一さんですね」

夏木が問う。男性は無言でうなずいた。

「ちょっとお話を、伺いたいのですが」

「これから仕事だ」

晶一が言う。実際彼は、「東奉物流」と胸に記された作業服を着ていた。この姿のまま、自家用車で会社へ向かうのだろう。瑤子の事件の余波により、晶一は子会社へ出向になったらしいと、境署の漆田が言っていた。

「一緒に職場へ行ってもいいのですがね」

冷たい口調で夏木が言う。わざとらしくため息をつき、晶一が口を開いた。

「松浪剛のことだろう」

「よくご存じで」

「やつが殺されたと、新聞やテレビが報じている」

「松浪さんは、瑤子さんが群新産業に勤めていた頃の上司ですよね」

「ああ」

「だが、それだけじゃない」

夏木が言った。晶一はなにも応えない。夏木がすぐに言葉を継いだ。

「一年ほど前、あなたは境署で漆田刑事に会い、瑶子さんの事件について、松浪のことをよく調べてほしいと頼んだ」

「ああ。漆田はにべもなかったがな」

と、晶一が言葉を投げ捨てた。彼の表情には、漆田への不信感が色濃くある。

「それであなたは、『警察がやらないなら、おれが松浪を裁いてやる』と言い残し、境署を去った」

浜中たちは昨夜、境署で漆田に話を聞いた。そのあと夏木の知り合いの刑事が、晶一の捨て台詞のことを、耳打ちしてくれたのだ。

「だからおれが、松浪を殺したと？」

口の端を歪めて、晶一が言った。じわりと空気が硬くなり、沈黙がくる。

ほどなく夏木が、しじまを破った。

「短冊に文字が残されていたと、あなたは漆田刑事に言った。その短冊、今もありますか？」

「ある。だがもう、短冊は警察に見せないと決めている。どうしても見たければ、『捜索差押許可状』を持って、出直してこい」

と、晶一が夏木を睨みつける。

「捜査令状のことを、『捜索差押許可状』と、正式名称で呼ぶ人は珍しい」

「瑶子が亡くなった時、警察へ何度も行った。様々な書類の正式名称を、その時知ったんだ。ついでにあんたら刑事の本性も知った」

口元を歪めて、晶一が応えた。

「本性？」

「ああ。刑事の性根は腐っている」

心中の怨毒《えんどく》を吐き出すような、晶一の口調だ。すっと夏木が目を細める。

じわり、
と、空気が緊張を孕んでいく。

「とにかく今のあんたらは、この家に立ち入ることはできず、おれを拘束することもできない。もういいだろう、帰ってくれ」

「解りました」

あっさりと夏木が引きさがる。けれどそのあとで、あるかなしかの微笑を浮かべ、夏木はすぐに口を開いた。

「また、必ずきますがね」

「勝手にしてくれ。だが話をするかどうかは、おれが決める」

晶一が言う。浜中たちの鼻先で、玄関扉が閉ざされた。

17

晶一のアパートを出た浜中たちは、夏木の提案で東奉商事の群馬支社へ向かった。前橋駅近くの高層ビルにある。

少し早目に着いたので、午前九時の始業時間を待って、浜中たちはビルへ入った。八階から十五階までが東奉商事だ。

八階でエレベーターを下りると、そこは広間になっていた。受付があり、ソファやテーブルが点在している。窓も大きく取られ、開放的な打ち合わせ空間といったところだ。

受付で身分証を示して来意を告げると、しかし浜中たちは上階の、応接室にとおされた。刑事とのやり取りを、ほかの客に聞かれたくないのだろう。

案内してくれた女性が去り、ほどなく中年の男性が、応接室に入ってきた。名刺交換のあとで、浜中たちは席につく。浜中と夏木の向かいにすわった男性は、佐藤という名で、名刺によれば総務課長だ。

「川澄晶一のことで話があるとか……」

面容に緊張の色を浮かべて、佐藤が言った。

「二年前、彼の奥さんが自殺をした。そのあたりについてです」

夏木が切り出す。やはりという表情で、佐藤は小さくうなずいた。夏木が質問していく。

瑤子の自殺のあと、会社は晶一に退職を勧めた。だが彼は応じず、ほどなく東奉物流へ出向になったという。

「体よく放り出したわけですね」

佐藤の話を聞き終えて、皮肉な笑みとともに夏木が言った。

「どう受け取られても構いません。ですが、弊社が川澄晶一に対して行った退職勧奨と出向命令に、違法性はありません」

きっぱりと応え、だがそのあとで声を落として、佐藤が話を続ける。

「瑤子さんの事件によって、商社マンとしての川澄君の前途は、閉ざされてしまったも同然でした。東奉物流に確認したところ、川澄君は仕事にも慣れ、職場の人間関係も悪くないとのことです。結果として出向命令は正しかったと、私は思っています」

佐藤の言葉に、矜持が滲んだ。川澄晶一の件を処断したのは、佐藤かも知れない。

少し腹を割った様子の佐藤に対し、斜に構えたような表情を、夏木も消した。当時の晶一の様子を訊いていく。

同じ部署ではないから、あくまでも仄聞《そくぶん》だと前置きして佐藤は応えた。

瑤子の無実を信じ、それゆえ晶一は、頑として退職の勧めに応じなかったらしい。

そのあと出向を命ぜられ、さすがにしょげた様子を見せたが、やがて晶一はさばさばとした。

瑤子が死んで日が浅く、吹っ切れたとは思えない。だが、晶一は精力的に残務をこなし、当時抱えていた仕事上の難問を、すべて片づけた。

それから取引先や社内の人々にしっかり挨拶をし、立つ鳥跡を濁さずの言葉どおり、きれいに東奉商事を去ったという。

「群馬支社へきて課長になり、川澄君は部下にたいそう慕われていたそうです。課員のためにと、上司に具申することも多く、時に矢面に立って部下を守った。

だから上からの評価は、分かれています。イエスマンを好む上司は川澄君をよく思わず、逆に骨のある社員だと、誉めそやす部長もいる。川澄君はそういう男です」

佐藤は話を結んだ。

聞き終えて、境警察署への再訪を浜中は決意した。

取調室で平然と警察に盾突く無礼者だと、漆田は晶一のことを吐き捨てた。その言葉を鵜呑みにしたわけではないが、予断を持ってしまったことは否めない。だがたった今、晶一の別の顔を知った。

続いて夏木が、晶一の家庭について訊く。

学校に居づらかったのかどうか、娘の沙紀も転校したと佐藤は応えた。

家を失い、父は出向となり、娘は転校を余儀なくされた。

朝もやの中で、葉の露が消えていくかの如く、住み慣れた街を、晶一と沙紀がそっと出ていく。

そういう情景を思い、浜中の胸が痛んだ。

「話を聞けてよかった。どうもありがとうございます」

真摯な口調で夏木が言った。

「いえ」

と、佐藤が笑みを開く。

「ところで川澄晶一さんの写真、ありますか？」

夏木が問うた。

18

三人掛けのソファに、浜中と夏木はすわっていた。向かいの席に豊原がいる。

太田市にある群新産業の応接室だ。東奉商事をあとにした浜中たちは、美田園の許可を得たのち、ここへきた。

浜中たちが囲むガラステーブルには、写真が三枚載っていた。いかめしく、晶一がこちらを見つめる身分証用の写真。部下らしき人たちと、ビアガーデンでジョッキを掲げる晶一。それに展示会場での、晶一の立ち姿。

いずれも東奉商事で借りてきた写真だ。

豊原は身じろぎもせず、三枚の写真に目を落としている。応接室には先ほどから、沈黙の帳がおりていた。

水虫は収まったのかな——。

ふいに浜中は、そんなことを思う。今日の豊原は、足をむずむずしていない。

浜中は小さく首を左右に振った。

緊張や静寂が続くと、浜中は愚にもつかないことを考えてしまう。これを放っておけば、そこから妄想へ移行するのだ。

浜中は自らを叱って、気を引き締めた。このあとの豊原の証言次第で、一気に事件が動くかも知れない。

やがて——。

豊原が顔をあげた。窺うように夏木を見て、口を開く。

「もしも私が断言すれば、こちらの川澄さんは、どうなってしまうのでしょうか。逮捕とか、そうなりますか?」

「あなたの証言ひとつで、即逮捕にはなりませんよ。だが、取調室へきてもらうことはあり得ます」

夏木が応える。逡巡の様子を見せて、豊原は口をつぐんだ。それから写真に目を落とす。

一昨日の夜、松浪が入っていったプレハブを、豊原は車内から見張る格好になった。豊原によれば、プレハブから慌てた様子で、男性が出てきたという。

その男性が川澄晶一なのか、その確認のため、浜中たちはここへきた。

豊原の協力により、プレハブから出てきた男の似顔絵は完成している。だが、目つきの鋭い男性という以外、なんら特徴はなかった。かえって捜査に混乱をきたす恐れがあり、似顔絵は捜査に用いられていない。

ほどなく豊原が、顔をあげた。

「一昨日プレハブから出てきたのは、この男性のような気がします。薄暗く、しかも一瞬でしたから、無論断言はできませんけれど……」

ひとつひとつ、慎重に言葉をテーブルへ置くようにして、豊原が言う。

「この人に会えば、もっとはっきりしますか？　もちろん相手に気づかれないよう、密かに見てもらいますが」

夏木が言う。

「それでも断言まではできないと思います」

かぶりを振りつつ、豊原が応えた。自分の証言により、一人の男性が容疑者になる。それを恐れているらしい。

「そうですか。うん、解りました」

と、夏木が写真に手を伸ばす。

写真を仕舞い、豊原に礼を述べて、浜中たちは応接室をあとにした。事務所棟を出て、駐車場へ歩いていく。強烈な陽ざしが照りつけ、浜中たちの影は濃く、小さい。

夏木が口を開いた。

「まずは捜査本部へ戻って、報告だな」

「ええ。実はそのあと……」

「堺警察署へ行きたいんだろう」

言って夏木が、にやりと笑う。すぐに彼は言葉を継いだ。

「一人の刑事に話を聞き、ざっと資料に目をとおしただけでは、だめなんだ。川澄瑤子の事件をもっとよく知ることが、松浪の事件解決に繋がる」

「はい！」

と、浜中は大きくうなずく。

「おれもそう思っていたところだぜ、相棒」

夏木が言った。

19

ようやく陽が傾き、涼風が吹き始めていた。

浜中はレオーネのハンドルを握っている。助手席にはいつものように、夏木の姿があった。

浜中と夏木は、車の窓を開け放っている。風のいたずら小僧が、次々車内に飛び込んできては去っていく。そんな、少しばかり乱暴な風が、かえって心地よい。

だが浜中は、暗澹とした思いの中に沈んでいた。

あれから捜査本部に戻ると、折悪しく泊課長がいたのだ。あるいは捜査本部に詰めている美田園が、呼び寄せたのかも知れない。

いずれにしても浜中と夏木は、美田園と泊の前で、川澄晶一の写真を見た豊原の反応を報告するはめになった。

大いに褒められた。

泊は席を立ち、浜中の肩を叩いてさえきたのだ。

続いて泊は嬉しげにうなずき、このまま事件が解決を見れば、浜中たちは本部長賞ものだと、恐ろしいことを言う。

おんぼろアパートで、浜中は一人住まいをしている。独身の男性警察官は、半ば強制的に警察寮へ入るというしきたりは、もう薄れているのだ。

浜中の部屋の押入れには、本部長賞をはじめとして、たくさんの賞状が入っている。集めて燃やせば、美味しい焼き芋が何十個も作れるほどだ。

だが、賞状がひとつ増えるたび、駐在所勤務が遠退いていく。犯罪を憎む気持ちはあるし、被害者や遺族を思えば、事件解決を急ぎたい。けれど褒められたくはない。

普通の警察官であれば、絶対生じない悩みに、浜中は日々苛まれていた。

苛まれる——。

その村には、心に闇をまとった女性がいた。駐在所に赴任した浜中は、その女性の家に、すでに何度もかよっている。

彼女は二十代前半で、ちょっと怖いほどに美しい。だが浜中に、下心はない。彼女の負った傷をいやそうと、ただそれだけを考えていた。

もちろん彼女だけではない。村人たちの悩みのすべてをなんとかしたいと、浜中は常々思っている。

「なあ、ミスター」

天から声が降っている。浜中は強くうなずいた。そう、自分こそまさしく「ミスター駐在」なのだ。

「ミスターけ・い・じさんよ」

夏木の声だ。浜中ははっとわれに返った。

「妄想に浸るのは勝手だが、運転中は勘弁だぜ」

と、夏木がにやにやする。浜中は頭をかいた。

「それにしても、取りつく島がなかったな」

笑みを消して、夏木が言った。浜中は首肯する。

捜査本部をあとにした浜中たちは、境警察署を再訪して、漆田に会った。当時漆田と組んでいた駒井という刑事も、同席してくれた。

だが漆田と駒井は、けんもほろろの対応なのだ。

境警察署が自殺と判断した川澄瑤子の件を、松浪の事件にかこつけて、浜中たちがほじくり返そうとしている。

彼らはどうやら、そう決めつけていた。

松浪殺害事件の捜査のために、瑤子の件を詳しく知りたいだけだと、浜中と夏木がいくら説明しても、漆田たちは聞く耳を持たない。

特に漆田など、浜中たちへの反感がむき出しだった。彼は県警本部刑事課のことをくさし、一方で境警察署の刑事たちの優秀さを誇り、瑤子の捜査は適正だったと胸を張る。

「漆田刑事は、夜郎自大《やろうじだい》の見本みたいな男だな」

苦い声で、夏木が言う。

「同じ警察官なのだから、仲よくやりたいですよね」

浜中は応えた。

「まあな」

県警本部の刑事課へ配属されるには、所轄署の刑事課で実績をあげて、まわりに認められなければならない。本人が県警本部行きを希望しても、おいそれとはかなわないのだ。

漆田はかつて、県警本部刑事課への異動を望み、しかし果たせなかったのかも知れない。

そこへ自分よりもはるかに年下で、見るからに頼りなさそうな浜中が、県警本部刑事課の刑事として訪ねてきた。

もしもそうだとすれば、漆田の頑なさも解る気がする。

「僕がもっとしっかりしていれば、漆田さんの態度も変わったはずです」

浜中は言った。

「まったくお前ってやつは……」

と、夏木が微苦笑を浮かべた。小さな沈黙がおりてくる。

「見えてきたな」

やがて夏木が言った。粗末な二階建てのアパートが、彼方で夕暮れに染まっている。今朝、訪ねたばかりのアパートだ。

20

外階段でアパートの二階へあがり、浜中と夏木は二〇五号室の前に立った。夏木が呼び鈴を押す。扉がわずかばかり開き、川澄沙紀が顔を覗かせた。

「今朝ほどはどうも」

夏木が言う。沙紀はなにも応えない。身を固くして、じっと夏木を窺っている。無精ひげに手を当てて、夏木も無言で沙紀を見おろす。居たたまれない沈黙が、浜中たちを包み始めた。

「ご苦労されたのでしょうね」

ごく自然に、浜中の口からそんな言葉がこぼれ落ちた。

「え?」

戸惑いの表情で、沙紀が首をかしげる。

「その服に慣れるまで、たいへんだったろうと思いまして」

沙紀は制服を着ていた。今、かよっている高校のものだろう。

二年前、瑤子の死に伴って転校せざるを得なくなり、この制服に初めて袖をとおした時、沙紀はなにを思ったのか。そしてそれからの日々、時に烈風や冷雨が彼女を襲ったはずだ。

「済みません。突然変なこと言って」

と、浜中は沙紀に頭をさげた。

顔をあげると、沙紀から戸惑いが消えていた。面容が仄かに和らいでいる。

「どうぞ、お入りください。残業がなければ、父もそろそろ帰宅するはずです」

沙紀が言った。鎖式の補助錠を外し、玄関扉を大きく開ける。夏木がちらと浜中を見て、感嘆の表情を浮かべた。

「ごめんなさい、お客様用のスリッパがなくて」

恥ずかしそうに沙紀が言う。

「こちらこそ突然押しかけてしまい、済みません」

そう応え、浜中は夏木とともに、中へ入った。

まず台所があり、先が六畳間になっている。そこへとおされて、浜中たちは座卓を囲んだ。調度こそ少ないが、清潔感と温かみのある部屋だ。

沙紀が台所へ取って返し、茶を淹れて戻ってくる。それからしばし、無言の時が流れた。

こわもてにはめっぽう強い夏木も、十代の女性は苦手らしい。口火を切れと、目で浜中に言ってくる。

困りながらも、浜中は口を開いた。こういう時はなにも考えず、思いをそのまま言葉にすればいい。

瑤子の自殺の件を調べたが、まだ表面上の事柄しか解っていない。まず、浜中は正直にそう述べた。

沙紀は黙って耳を傾けている。浜中は話を続けた。

「私は生前の瑤子さんの、お人柄を存じあげません。でも、なぜか違うと思いました」

「違う？」

沙紀が問う。

「はい。覚せい剤乱用と焼身自殺。それがどうにも、瑤子さんにそぐわない気がするのです。根拠はなく、直感に過ぎませんが、瑤子さんの自殺の裏で、なにかあったのではないでしょうか。

もしも沙紀さんがそれをご存じなら、教えてください」

浜中は言った。束の間浜中を見つめ、それから沙紀がうつむく。その肩に、仄かな逡巡が見て取れた。浜中は黙って待つ。夏木も身じろぎをしない。

やがて沙紀が顔をあげた。

「実は……」

思いつめた表情で沙紀が言う。浜中は無言で続きをうながした。沙紀が口を開きかける。

だが——。

玄関扉が開いた。川澄晶一が帰宅したのだ。

足音を荒らげて、晶一はこちらへきた。六畳間の戸口に立ち、腕を組み、浜中と夏木を睨みつける。

「なにをしている?」

押し殺した声で、晶一が言う。

「あがってもらったの」

沙紀が応えた。

「そうか。だがもう刑事さんたちは、お帰りだ」

「待って、お父さん。この刑事さんたちは信用できると思う」

「容易に警察官を信じるな」

にべなく晶一が応えた。すがりつく表情で晶一を見あげて、沙紀が口を開く。

「お母さんのこと、話してみようよ。浜中さんたちなら、きっと親身に聞いてくれる」

「無駄だ」

鉈で会話を断ち切るような、晶一の口調だ。沙紀が押し黙り、そのしじまを夏木が破る。

「手ぶらで帰ると、署でどやされる。今日は晶一さん、あなたにアリバイを訊きにきたのですよ」

挑戦的な表情を、夏木が浮かべた。沙紀がはっと夏木に目を向け、晶一が口を開く。

「ほら見ろ、沙紀。これが刑事だ。気を許すな」

「人を疑うのが、刑事の仕事でしてね」

晶一を険しく見つめて、夏木が返す。

だが、浜中は夏木の本心に気づいていた。沙紀と晶一の諍《いさか》いを、夏木は見るに忍びなかったのだ。だからことさらに突っかかり、晶一の気持ちを自分へ向けさせた。

もちろんアリバイの確認は必要だ。けれど普段の夏木ならば、さすがにもう少し穏やかに訊く。

「一昨日の夜、具体的には午後七時半から午後九時半にかけて、あなたはどこにいました？」

腰をあげ、晶一の真っ向に立ち、夏木が問うた。晶一は無言を守り、夏木を睨み据える。

二人を見あげ、それから沙紀が浜中に目を向けた。嘆きとも怨みともつかない色が、その瞳に宿っている。

くどくどと、夏木の思いを述べる状況ではない。

信じてほしい——。

心からの思いをまなざしに込めて、浜中は沙紀を見つめた。

「一昨日か？」

晶一が問うた。夏木が無言でうなずく。

「泊りがけで仙台へ行っていた。存分に調べてくれて構わない」

と、晶一は自信に満ちた表情を浮かべた。

21

列車の扉が開いた。浜中康平は夏木大介とともに、ホームに降り立つ。仙山線の北仙台駅だ。仙台駅から三駅しか離れていないが、ホームは閑散としている。

先ほど乗り換えた仙台駅の人いきれが、夢幻のように思えてくる。そういう静かな駅であり、数年前には無人化が検討されたという。

鄙を愛する浜中には、たまらない駅だ。浜中は深呼吸した。東北の梅雨明けはまだらしく、空はどんより曇っている。だが蒸し暑くなく、涼風が吹いていた。

「冷麺はあとまわしだな、相棒」

夏木が言う。小さく笑って、浜中はうなずいた。

川澄晶一のアリバイ捜査のため、仙台市へ出張したい。

昨夜捜査本部へ戻り、浜中たちが告げると、泊悠三捜査一課長は、ふたつ返事で許可してくれた。写真を見た豊原の証言により、晶一が犯人だという流れに、捜査本部は向かいつつある。だが晶一は松浪が殺された夜、仙台に泊っていたという。

仙台にいながらにして、群馬県内の殺人現場に出現できるはずはない。晶一が犯人ならば、なんらかのアリバイ工作をしたのだろう。

浜中と夏木が晶一のアリバイを崩し、作為の証拠を摑む。すると犯人だからこそ、晶一はアリバイ工作をしたという、裏づけが得られることになる。

アリバイ工作を見抜き、冷麺と牛タンを腹いっぱい食ってこい——。

泊はそう言い、浜中と夏木を送り出してくれた。

晶一が犯人かどうか、浜中にはまだ解らない。沙紀のことを思えば、晶一が犯人でなければいいと、切に願っている。

母親の瑤子は、覚せい剤使用の果ての焼身自殺とされている。そのうえ父親の晶一が殺人犯となれば、あまりに沙紀が救われない。

だが、ともかくも私情を挟まず、晶一のアリバイをしっかり確認しなければならない。

夏木とともに、浜中は歩き出した。改札を抜けて駅舎を出る。

午前十一時を過ぎているが、駅前から続く商店街に、人の姿はそれほどない。かつて市電が走っていたという道は広く、しかしがらんとして見える。

その道をしばらく歩いて右に折れると、彼方にホテルが望めた。

「あれだな」

夏木が言う。浜中たちは足を速めた。

近づくにつれて、ホテルの様子がはっきりしてくる。八階建ての立派な建物で、厳めしい様子ながら、洗練された優美さも感じられた。「ホテル・エクセレント仙台」と看板が出ている。

浜中たちは、正面入り口の前に立った。格式張った入りづらさはない。

自動ドアを抜け、浜中たちは館内へ入った。落ち着いた雰囲気の広間があり、その奥が受付になっている。

受付へ行って身分証を掲げると、すぐに奥から中年男性が出てきた。彼が支配人の服部だという。

「昨夜は突然、済みませんでした」

夏木が言って、頭をさげる。浜中たちは昨夜、このホテルへ連絡を取った。その際対応してくれたのが服部だ。

「いえ、お電話をありがとうございました」

と、服部が会釈を返す。にこやかで礼儀正しく、いかにも熟練のホテルマンという印象があった。

「川澄様からも、あのあとご連絡を頂戴しております」

服部が言う。

二十年前、新婚旅行で仙台を訪れた際、晶一と瑤子はこの「ホテル・エクセレント仙台」に、初めてきた。

以来年に一度、八月初旬の仙台七夕まつりを避け、夏のどこかで晶一たちは、「ホテル・エクセレント仙台」に宿泊している。その習慣は、二年前に瑤子が死ぬまで続いた。昨夏、晶一は一人でここへ泊った。そして今年は三日前の七月十五日に、やはり一人で一泊したという。


つまり晶一は二十年間、毎年ここに泊っている。

そのあたりも含めて、色々と訊ねたい。昨夜電話で、夏木が服部にそう言った。だが、客のプライバシーに関することだからと、やんわりした口調ながら、服部は渋った。

そこで晶一に連絡を取り、彼から「ホテル・エクセレント仙台」へ電話してもらったのだ。

「当ホテルにおけることはすべて、話して構わない。川澄様はそう仰いました」

服部が言った。昨日の別れ際の、自信に溢れた晶一の表情を浜中は思い出す。

松浪を殺していないから、ここでのすべてをさらけ出すのを厭わないのか。

それともアリバイ工作が完璧という自信ゆえ、「ホテル・エクセレント仙台」という手札を切ってきたのか。

「ではまず、お部屋へご案内しましょう」

と、服部が浜中たちを、エレベーターへいざなう。

「ホテル・エクセレント仙台」は、東西に長い矩形をしていた。受付は北側奥の中央にあり、その脇に二基、エレベーターが並んでいる。

浜中たちは五階へあがった。エレベーターをおり、廊下の真ん中あたりに出る。

廊下の向こうに、扉がずらりと並んでいた。そのほとんどが開いており、従業員たちが、シーツ交換や室内清掃に勤しんでいる。

服部に導かれ、浜中たちは廊下を左へ歩き出した。突き当り近くまで行き、服部が足を止める。

「二十年前、初めておいでになられて以来、川澄様は必ずこの部屋にお泊りになります」

目の前の、五一五号室と記された扉を示して、服部が言った。五階の東端の部屋だ。

「中を見ても？」

夏木が言う。

「もちろんでございます」

と、服部が五一五号室の扉を開けた。ちょっとした廊下があり、その先が部屋になっている。服部の指示なのか、室内に従業員の姿はない。

部屋は白を基調にしており、とても清潔そうで、広さも申し分なかった。白い部屋は時に寒々しさを誘うが、鏡台やソファの色合いが、うまくそれを消している。

中央にはダブルベッドがあり、見るからにふかふかとして、心地よい眠りを約束するかのようだ。

「川澄晶一は三日前、この部屋に一人で泊った。そうですね？」

夏木が問う。

「はい」

「間違いなく、晶一本人でしたか？　たとえば別人が、川澄晶一名義で部屋を予約して泊った。そういう可能性は、ありませんか？」

「いつの頃からでございましょうか。川澄様がおいでになれば、私がお部屋までご案内することになりました」

　わずかに遠い目をして、服部が応えた。夏木にうながされ、話を続ける。

「三日前も、私が受付からこの部屋まで、川澄様をお連れしました。川澄晶一様ご本人に、間違いございません。

　ほかの従業員も、川澄様のことはよく知っております。当日受付にいた者たちにも、どうぞご確認ください」

　浜中はさりげなく、服部を窺った。嘘をついている様子はない。彼が晶一と口裏を合わせ、偽の宿泊工作をした。それはまずないと考えてよい。

　ことは殺人なのだ。そんなことをして露見すれば、服部は逮捕されるし、ホテルの名にもたいへんな傷がつく。

　それに晶一は二十年来の客だ。服部と晶一の企てにより、誰かが晶一に成りすましたところで、すべての従業員の目をごまかすのは不可能だろう。ましてやホテルをあげて、晶一の偽泊に手を貸すはずもない。

「三日前に案内した時の様子を、もう少し詳しくお聞きします。晶一がこのホテルへきたのは、何時頃です？」

「午後の三時半でございます」

　服部が応え、夏木が先をうながした。

「受付で入室手続きをして頂き、それから私が荷物をお持ちして、こちらへご案内しました。私が部屋の扉を開け、川澄様が入られました」

「荷物はどれほどでしたか？」

「ちょっとした手提げ鞄が、ひとつきりでございました」

「うん、それで？」

「荷物を置き、私はすぐに退室致しました」

「すぐに？」

「はい。一人で静かに休みたいと、川澄様が仰ったものですから」

「一人になりたがっていた？」

「というよりも、ややご気分がすぐれないご様子でした。『もしかしたら、部屋から出ないかも知れない。だが体調が悪ければ、すぐフロントに連絡するので、心配は無用だ』と……」

「晶一がそう言ったのですか？」

双眸に鋭さを湛えて、夏木が訊いた。

「はい。それで心配ではございましたが、川澄様を残して、すぐに私は部屋を出ました」

「実際彼は、それから部屋を出なかったのですか？」

「はい。翌日の午前九時に退室されるまで、外出の記録は一切残っておりません」

眉根を寄せて、夏木が黙り込む。浜中も首をひねった。

それなりの旅費をかけて仙台へきて、いささか妙な気がする。

二人で何度も泊まっているとはいえ、単なるホテルの一室だ。瑤子との思い出を噛みしめるには、あまりに素っ気なさ過ぎる。それともほんとうに体調を崩していたのか。

「この五階の廊下や一階に、防犯カメラがありましたよね」

夏木が言った。浜中は気づかなかったが、さすがに夏木はよく見ている。

「はい、ございます」

「三日前の映像、残っていますか？」

「ええ」

「見せてください」

服部は迷うそぶりをみせた。

「正式な手続きを踏み、書類を揃えて再訪してもいい。それまで映像、消さないでください」

夏木が言う。

「いえ、せっかくご足労くださったのです。どうぞごらんください」

束の間の沈思のあとで、服部は応えた。

22

「まいったな」

夏木が言った。「ホテル・エクセレント仙台」の五一五号室だ。三日前に晶一が泊まったという部屋に、浜中と夏木はいた。ほかに人の姿はない。

浜中たちは、窓辺のソファにすわっていた。テーブルにはふたつの珈琲カップと、珈琲のたっぷり入ったポットが載っている。支配人の服部が、振る舞ってくれたのだ。

すでに午後の四時を過ぎている。入室手続きは始まっているが、今日、五一五号室に客はないという。あるいは服部の配慮で、部屋を空けてくれたのかも知れない。

あれから浜中たちは、長い時間をかけて、防犯カメラの映像を見た。カメラは各階の廊下に複数設置され、すべての客室の扉を死角なく映している。それとは別に一階の受付と正面入り口、さらに従業員用の裏口にも、カメラはあった。

各階の廊下の西端には非常口があり、扉を開ければ外階段に出られる。だが非常口の上にもカメラがついており、映らずに出入りすることはできない。

服部の言葉どおり、三日前の午後三時半過ぎに、まず晶一が一階のカメラに映った。映像は白黒で、斜め上からのものだが、それでも晶一だとはっきり解る。誰かの成りすましではない。

そのあと五階のカメラが、晶一の姿を捉えている。服部とともに、彼は五一五号室に入った。直後、服部だけが五一五号室から出てくる。

服部の脇に隠れて、カメラに映らず廊下へ出るなど、絶対にできない。つまりこの時点で確実に、晶一は五一五号室の中にいた。

だが、それから翌日の午前九時まで、五一五号室の扉は、ただの一度も開かなかったのだ。早送りで見た映像だが、五一五号室に動きがあれば、見逃すはずはない。

見る限り映像に、不自然な加工の様子はない。また脚立を借りて、浜中と夏木は五階のカメラをすべて調べた。ここ最近、触った様子は一切ない。埃の付着具合などで、それが解った。場合によっては今後、カメラと映像は専門の捜査員の手に委ねられる。けれど細工の痕跡は、見つからないだろう。

それに映像は、ホテルの管理室に集約されている。管理室には二十四時間、複数の従業員が在室しており、そもそも晶一が管理室に忍び込むこと自体、まずできない。

五一五号室の扉は、翌日の午前九時過ぎにようやく開く。鞄を手に、晶一が部屋を出てきたのだ。廊下を歩いてエレベーターに乗り込むまでの、彼の姿が映像に残っている。

午後三時半から翌日の午前九時まで、晶一は部屋を一歩も出ていない。カメラを掠めて、抜け出すことは不可能だ。つまりその日、晶一が群馬県に戻って松浪を殺すことはできない。

「だが、逆に臭うぜ」

珈琲カップを手にして、夏木が言う。やや曖昧に浜中はうなずいた。夏木が話を継ぐ。

「晶一がこのホテルに泊まり、しかし体調を崩して部屋に籠った。その日に群馬県内で、晶一と因縁浅からぬ松浪が殺された。

これを偶然だと思うほど、おれは夢想家じゃない。まして刑事は、人を疑うのが仕事だ。泊まり慣れた部屋を使って、晶一はなんらかのアリバイ工作をした。そう見る方が、むしろ自然だろう。浜中、お前はどう思う？」

「晶一さんが一歩も部屋を出なかったのは、確かに不自然です。でも僕たちがどう考えようと、カメラの映像とホテル関係者の証言がある限り、晶一さんは犯人足り得ません」

「だからよ、相棒」

言って夏木が、にやりと笑った。カップを置いて、部屋を見渡す。それから夏木は口を開いた。

「晶一がどうやって、この部屋から抜け出たのか。それを今から調べてみようぜ」

悪戯《いたずら》を持ちかける少年のような、夏木の表情だ。浜中は思わず苦笑する。しかしすぐに笑みを引っ込め、うなずいた。

徹底的に調べて作為の跡が見つからなければ、晶一の潔白が証明される。沙紀のためにもそれは急ぐべきだし、逆にアリバイが崩れれば、きっちり晶一に話を聞かなければならない。浜中も刑事の端くれなのだ。

だが——。

刑事たちに連行される晶一と、それを見送る沙紀の姿が脳裏に浮かび、浜中の胸はうずいた。

「理由はどうあれ、殺人は大罪だ。おれたち刑事は、それを忘れてはならない」

浜中の思いを見透かしたように、声を落として夏木が言った。そのあとで、弾みをつけて立ちあがる。浜中も席を立った。

「この部屋に、扉はひとつしかない。しかし晶一が滞在中、ただの一度も開いていない。扉を使わずに、部屋の外へ出るのであれば、まずはこの窓だが」

と、夏木は部屋の南に目を向けた。大きく窓が取られ、北仙台の街並みが彼方まで見渡せる。

「無理だな」

言って夏木が肩をすくめた。窓は一枚もので、嵌め殺しになっている。見た感じ、新幹線の窓と同じほどの強度がありそうだ。工具などで、簡単に外せる代物ではないし、そういう痕跡も一切ない。

支配人の服部によれば、「ホテル・エクセレント仙台」は、二階から八階までが客室になっている。各階の造りはまったく同じだ。

北に廊下があり、東西に伸びている。廊下に窓は一切ない。西端の客室が一号室で、そこから東へ部屋が並び、東端に十五号室がある。つまり五一五号室は、五階の東端の角部屋だ。

浜中たちが見ているのと同じ大きさの窓が、すべての客室の南面にある。どれも嵌め殺しだ。晶一が泊まった三日前はおろか、ここ数年、窓に割れや破損は一切ないという。

二号室から十四号室まで、窓は南面にしかない。だが西南の角にあたる一号室と、東南角の十五号室には、もうひとつ窓がある。一号室の西側と、十五号室の東側だ。

浜中と夏木はソファを離れて、部屋の東端へ行った。白い壁に、小さな窓が穿たれている。

「問題はこいつだな」

窓の前に立ち、夏木が言った。窓の大きさは縦が九十センチほどで、横は四十五センチ強だろう。真ん中に縦棒があって、それが窓枠の上下まで貫いている。その縦棒を中心に、窓はわずかばかり垂直に回転して開く。

夏木が窓に手を伸ばした。端の取っ手をあげてから、一杯に押す。窓が開き、思いのほか強い風が入ってきた。

窓に向かって体を横にすれば、屈強な晶一であっても、ぎりぎり外へ出られるかどうか。それぐらいの隙間が開いた。

「実はな、相棒」

浜中を見て夏木が言う。

「なんです、先輩?」

思いつめた表情で、夏木が口を開く。

「おれは高所恐怖症なんだ」

「明日に向かって撃て」という映画の、とても印象深い場面を思い出し、浜中はくすりと笑った。

「笑うな」

と、夏木が苦い顔で、無精ひげをさする。

「解りましたよ」

言って浜中は、窓の前に立った。半身になって、まずは頭を窓の外に出す。

「気をつけろよ」

蚊の鳴くような夏木の声だ。夏木の弱点を初めて見つけ、なぜか浜中は嬉しくなる。けれどすぐに顔を引き締めた。視線をさげれば真下は道路で、人や車がかなり小さく見える。

高所には割と平気な浜中だが、それでも二の腕に、わずかな粟立ちを覚えた。落ちればまずは即死だろう。

浜中が顔を出している窓は、地上から十数メートルの高みにある。晶一は登山が趣味らしいが、ここからロープを垂らして地上までおりるのは、文字どおり命がけの作業になる。

それだけではない。

浜中はホテルの壁面に目を移した。四一五号室と三一五号室、それに二一五号室の小窓が、真下に点々と穿たれている。一階部分は大きな窓だ。一階の東端は喫茶室になっており、あの窓辺にも席がある。

三日前、各階の十五号室には、客が入っていたという。

五階のこの窓から地上へおりるとすれば、それなりに時間がかかる。小さな街とはいえ、道にも行き来はあろう。

四一五号室、三一五号室、二一五号室、さらに一階の喫茶室。そこにいた客たちに気づかれず、また道行く人や車に目撃されずに地上までおりるのは、不可能ではないにせよ、かなりの運頼みになる。

そんな、僥倖《ぎょうこう》にすがる計画を立て、実行するとは考えづらい。

壁面から人がおりていたという目撃情報が、ひとつかふたつ出れば、せっかくのアリバイ工作が、たちまち無に帰すのだ。

ならば――。

浜中は顔をあげた。

すぐ東に、六階建ての建物がある。そちらもホテルで「宮城東照ホテル」という。

浜中のいる「ホテル・エクセレント仙台」と、東隣の「宮城東照ホテル」は、道を挟んで数メートルしか離れていない。並び立っているようなものだ。

浜中がいるのは五階だから、数メートル先の斜め上に、向こうのホテルの屋上がある。錆びかけた鉄柵が見えた。

たとえばロープの先に鉤をつけて、ここから「宮城東照ホテル」の屋上へ向かって投げる。何度かやれば、鉤は柵に引っかかる。

そうして張ったロープを伝い、「宮城東照ホテル」の屋上へ、移動したのではないか。

浜中はあたりを見渡した。ぽつりぽつりと背の高いビルが建っている。ビルの数は少なく、密集していない。またふたつのホテルの壁や屋上に、電飾の類は一切ない。

高層ビルの照明や電飾が、このあたりの夜空を焦がすことなどないのだ。よって暗色の服に身を包めば、空中の闇に溶け込める。

道行く人や車に乗っている人も、意味なく空を見あげないだろう。

そしてここが肝心なのだが、「宮城東照ホテル」の西側の壁、つまり今、浜中と向き合う格好のあちらの壁に、窓はひとつもないのだ。

「宮城東照ホテル」も東西に長い矩形だから、客室のほとんどは南向きだろう。そして恐らく、客室の窓は南側に取られている。

嵌め殺しでなければの話だが、向こうのホテルの、もっともこちら側の部屋の南窓を開け、上体を窓枠に預けて、ぐいと大きく身を乗り出す。

そうすれば、浜中のいる小窓がぎりぎり見えるはずだ。だが、そういうことをする客は、いないとはいえないが、考慮しなくともよい。

だから「宮城東照ホテル」の屋上と、「ホテル・エクセレント仙台」の六一五号室、七一五号室、それに八一五号室の小窓の近くに、人が立っていなければよい。そうすれば誰にも目撃されず、向こうの屋上へ移動できる。

浜中は左右に視線を配った。「宮城東照ホテル」のほか、空中移動できそうな高い建物は、まわりにない。

晶一の荷物は、手提げ鞄がひとつきりだ。パラグライダーや気球は部屋に持ち込めないし、それらは小窓から外へ出せない。

晶一が用意できたのは、せいぜいロープと着替えぐらいだろう。だが、ロープで地面へおりるのは、手段として下策に過ぎる。晶一がこの窓から脱出したのであれば、「宮城東照ホテル」の屋上へ行ったはずだ。

そう思い、自らにうなずいて、浜中は窓に目を転じた。窓の外面や窓枠に、服などの擦過痕が残っていれば、重要な証拠になる。

しかしそれらしき痕はない。梅雨のただ中だから、昨日か一昨日に雨が降り、すべてを流し去ったのか。

23

服部に礼を述べて、浜中と夏木は「ホテル・エクセレント仙台」をあとにした。道を渡り、「宮城東照ホテル」の前に立つ。「ホテル・エクセレント仙台」よりも格がさがる印象の、いわゆるビジネスホテルだ。

玄関扉を抜けて、浜中たちは館内へ入った。受付にいた男性と女性が、にこやかに頭をさげてくる。受付へ行って夏木が身分証を示すと、彼らの顔がややこわばった。

「責任者の方、おられますか？」

愛想をみせずに夏木が言う。問いかけの面持ちを一瞬浮かべ、けれど無言でうなずいて、男性が奥へ消えた。太った中年男性を伴って、ほどなく戻ってくる。

「どういったご用件で？」

窺うように夏木を見て、中年男性が問うた。

「ちょっとここでは」

と、夏木が背後に目をやる。客らしき男性が、続けて二人入ってきた。

「ではあちらへ」

言って中年男性が、隅のソファを手で示す。

そちらへ行き、名刺交換したのち、浜中たちはソファを占めた。男性は五十嵐《いがらし》といい、このホテルの支配人だ。

三日前に「ホテル・エクセレント仙台」に泊まった客の、アリバイ確認にきたことだけを、夏木が告げた。

「お隣のお客様のことでしたか……。解りました。できる限りご協力しましょう。それで、具体的にはどうすれば？」

　ほっとした表情で、五十嵐が問う。

「まずは屋上を、見せて頂きたいのです」

　夏木が言った。「ホテル・エクセレント仙台」の小窓から見た情景や浜中の憶測は、すべて夏木に告げてある。

「屋上？」

　と、五十嵐が首をひねった。

「詳しくは屋上で」

「解りました」

　五十嵐が応える。浜中たちをそのままにして、彼は一旦、受付の奥へ引っ込んだ。

　五十嵐が戻るのを待って、浜中たちはエレベーターで六階へ行った。箱からおりると、廊下が東西にまっすぐ伸びて、南面に客室扉が並んでいる。

　その場で足を止め、浜中と夏木は館内の様子を五十嵐に訊いた。

「宮城東照ホテル」は、二階から六階までが、ほぼ同じ造りになっているという。

　北端に廊下があり、客室はすべて南向きで、各階に十室ある。七室がシングルで、二室がツイン、残りの一部屋がダブルだ。

　全客室の南面に腰高窓があり、嵌め殺しではなく引き違いに開く。客室に窓は一か所だけで、ベランダの類は一切ない。入り口扉は、オートロックになっている。

それらの話を聞き終え、浜中たちは歩き出した。

エレベーターのすぐ隣が階段室だ。五十嵐を先頭に、浜中たちは階段を上る。踊り場で折り返してさらに行くと、鉄扉があった。

「失礼」

言って五十嵐が鍵を取り出す。

「待ってください」

夏木が五十嵐を制して、鉄扉の前に立った。

「鍵穴式ですか」

ドアノブを見おろして、夏木が言う。うなずいて、五十嵐が口を開いた。

「以前はサムターン式でした。しかしそれだと、ドアノブの突起をひねれば、誰でも屋上に出られます。実は十年ほど前、当ホテルの屋上で、投身自殺騒ぎがあったのです。そのあとドアノブを、両側とも鍵穴式に交換しました」

「鍵はどこにあるのです？」

「受付の奥の、鍵箱の中です」

「ホテルの方に気づかれず、鍵を持ち出すことは可能ですか？」

「受付には、常時複数のフロント係を置いていますし、奥にも大抵、従業員がいます。まず無理でしょう」

「そうですか。解りました、開けてください」

「はい」

鍵を使い、五十嵐が鉄扉を開けた。曇天が目の前に広がり、涼風が吹きつけてくる。浜中たちは、そのまま屋上に出た。

出てきたばかりの階段室を振り返ると、五十嵐の言葉どおり、ドアノブは鍵穴式だった。鍵を持っていなければ、屋上から館内へ入れないし、館内から屋上へ出ることもできない。

「扉の施錠状況は？」

夏木が五十嵐に問うた。

「常時、必ず鍵をかけています。十年前のあの騒ぎは、二度とごめんですので」

「これも自殺防止の用心ですか？」

と、夏木が顔をあげた。鉄扉の上にはひさしがあって、そこに防犯カメラがさがっている。鉄扉とその周囲を、すっかり捉える角度だ。

五十嵐が首肯した。

「そうですか……」

言って夏木は、屋上を見渡した。それから浜中を見て、口を開く。

「まあとにかく、説明してやってくれ。あと、外階段の確認も頼む」

僕がですか——？

浜中は夏木に目で問うた。

「ああ。おれはここで待っている」

夏木が応えた。その顔は心なしか青ざめて、仄かな含羞《がんしゅう》の色がある。

「ああ、そうか」

呟いて、浜中は小さく笑った。高所恐怖症が発動したらしい。

「仕事中に笑うな」

ぶっきらぼうに夏木が言う。ふんわりと笑みを収めて、浜中は五十嵐に目を向けた。

「まずは外階段を、見せてください」

言って浜中は、五十嵐とともに歩き出す。

外階段は、屋上の東端にあった。だが屋内階段同様、外階段へつうじる鉄扉は両側が鍵穴式で、防犯カメラもついている。

鳥籠さながら、外階段は鉄網で全体を檻状に囲まれており、鉄扉を乗り越えて、外階段へ着地することはできない。

鉄網は見るからに滑りやすそうで、網目は細かく、つま先を引っかけるのに苦労するだろう。よって外階段を覆う鉄網を伝い、延々一階まで下りるのも、無理とみてよい。

軽業師ならば、あるいは可能かも知れない。けれど「ホテル・エクセレント仙台」の五一五号室の小窓から、直接ロープでおりるよりも、さらに時間がかかる。まず、道行く人に見られるはずだ。

それらを確認し、浜中は五十嵐をうながした。まっすぐ西まで屋上を歩き、端で立ち止まる。

そこから西へと、浜中は視線を向けた。道を挟んだ数メートル先に、「ホテル・エクセント仙台」が建っている。正面の、二メートルほど見おろす位置に、五一五号室の小窓がある。

浜中は確信した。ロープを使えば、五一五号室からこちらへ移動できる。ほんの数メートルなのだ。

恐怖に打ち勝てば、浜中にも可能だろう。

だが――。

浜中は屋上を見渡した。「宮城東照ホテル」の北側は道路で、東と南には二階建ての建物が隣接している。

こちらの屋上へ移動しても、そこからさらに別のビルへ行くことは、できないのだ。

ならば「宮城東照ホテル」の館内へ入り、エレベーターか階段を使って下層階へおり、どこかの窓から脱出する。あるいは堂々、正面扉から出ていく。それしかない。

ところが屋上の鉄扉は二か所とも施錠され、防犯カメラまで設置されている。

「屋上へあがるには、二枚の扉のどちらかをとおるしかないですよね」

念のため、浜中は問うた。きっぱりとうなずき、だがそのあとで、五十嵐が問いたげな視線を向けてくる。

ふたつのホテル間の移動について、浜中は説明した。五十嵐が目を丸くする。

「空中移動ですか……。私には、とても思いつきませんよ」

感心半分、あきれ半分といった五十嵐の口調だ。返事に代えて、浜中は照れ笑いを浮かべる。

屋上の端にはぐるりと、鉄柵が張られている。浜中の胸あたりの高さだ。西の端から端まで歩き、浜中は鉄柵をじっくり眺めた。

「ホテル・エクセレント仙台」から、鉤状のなにかを投げて、鉄柵に引っかけたのであれば、痕跡が残っているかも知れない。

見る限り、そういう跡はなかった。

それを確認し、浜中は五十嵐とともに夏木のところへ戻った。仔細を彼に報告する。

「三日前の夜から翌日の朝にかけて、屋上で異変などありましたか？」

話を聞き終え、夏木が問うた。五十嵐が首を左右に振る。

「防犯カメラの映像、残ってますか？」

「ええ。ごらんになりますか」

五十嵐の言葉に、浜中と夏木はうなずいた。

「屋上以外にも、防犯カメラはありますか？」

夏木が訊いた。

「一階フロントの天井に、一台あります」

「各階にはない？」

「はい。屋上に二台と一階に一台の計三台だけです」

五十嵐が応えた。

24

午前九時を過ぎたばかりだが、空に雲は少なくて、かなり気温が上昇している。

太田警察署の大会議室の窓は、開け放たれていた。風が少しあり、わずかに暑さを和らげてくれる。

松浪剛殺害事件の捜査本部だ。浜中康平は、幹部席の前に立っていた。隣に夏木大介がいる。

幹部席には泊悠三捜査一課長がすわり、浜中たち二係の係長である美田園恵が、その脇に起立していた。

幹部席のまわりには、ほかに人の姿はない。

「アリバイ、成立かい」

扇子を使いながら、うなるように泊が言った。

七月十五日の夜、川澄晶一は「ホテル・エクセレント仙台」に宿泊したという。同夜、太田市内のプレハブで、松浪剛が殺害された。

昨日あれから浜中と夏木は、「宮城東照ホテル」の事務室で、屋上の防犯カメラの映像を見た。念のため、七月十五日の正午から、七月十六日の午後三時まで、早送りで確認したのだ。

だが晶一はおろか、人の姿は一切写っていなかった。静止画の如く、画面にまるで変化がない。

映像が集約された事務室に客が立ち入れば、まず従業員が気づくという。よって晶一が「宮城東照ホテル」の事務室に入って、映像に細工することはできない。

十五日の午後三時半頃、晶一は「ホテル・エクセレント仙台」にきた。その直後、支配人の服部に案内されて、間違いなく五一五号室に入っている。

以降翌日の午前九時まで、五一五号室の扉は一度も開いていない。だとすれば、晶一は室内の窓から外へ出たのか。

だが目撃されずに、ロープで地上へおりるのは不可能であり、隣の「宮城東照ホテル」へ空中移動した痕跡はない。たとえ移動できたとしても、「宮城東照ホテル」の屋上からおりられないのだ。

午後三時半から翌午前九時まで、晶一は五一五号室から一切出なかったと考えるしかない。

「まあ、仕方ねえやな。でもそうすると、川澄晶一はシロってことになる。それでいいのかい？」

と、泊が夏木を見あげた。

「晶一が犯人だと、私は思っています」

松浪が殺された夜、偶々晶一は仙台に行き、図らずも体調を崩して部屋から一歩も出なかった。そういう偶然の連鎖を信じるほど、甘くありませんので」

揺るぎない、夏木の言葉だ。浜中も微かにうなずく。

晶一のアリバイが成立すれば、娘の沙紀のためにもいい。昨日まで浜中は、そう思っていた。だが実際に仙台へ行き、晶一のアリバイを調べてみれば、やはり不自然だ。

できれば晶一を、疑いたくない。けれど彼の仙台行きは、アリバイ確保のためとみたほうがいいのではないか。いや、刑事であれば、そう考えるべきかも知れない。

太田警察署の道場に敷かれた布団の中で、昨夜浜中は輾転反側、揺れる想いに囚われた。

「だがよ、夏木。アリバイが成立しちまったんだ。逮捕状はおろか、容疑者として、晶一を引っ張ることはできねえぜ。今のところ、手も足も出ない」

泊が言った。悔しそうに夏木がうつむく。そんな二人を見て、ことさらに明るく笑って、美田園が口を開いた。

「でも課長。私たちには、浜中君がいますよ」

「え？」

浜中は思わず声をあげる。まさか振られるとは思わなかった。

「そうか。二係には浜中という切り札があったな」

泊が言う。

「ええ。『ミスター刑事』、『強運大王』の浜中君がいます」

調子に乗って、美田園が応えた。

「やめてください」

と、浜中は頭をかく。だがそのあとで、ふっと気づいた。

早朝に群馬を出て仙台へ行き、夜更けに戻ってきた。何時間も防犯カメラの映像を見て、目も疲れている。けれどなにひとつ、捜査の進展をきたす土産は、持ち帰れなかった。

申し訳ない思いと、疲れが入り交っている。そんな浜中や夏木の様子を見て取り、美田園は明るく軽口を叩いたのだろう。彼女なりの、励ましなのだ。

「浜中君が今、考えているであろうことは、たぶんはずれよ。ちょっとからかっただけ」

しかし美田園は、そう言って笑う。それから表情を引き締めて、彼女は口を開いた。

「昨夜の捜査会議、間に合わなかったでしょう。ざっと要点を話すから、聞いて頂戴」

浜中と夏木はうなずいた。美田園が言葉を継ぐ。

群新産業の豊原昌之が、死体の第一発見者だ。発見者をまず疑えの言葉どおり、豊原を洗っている班から、報告があがったという。

かつて松浪は経理部長をしており、豊原はその頃から松浪の部下だ。やがて松浪が常務になり、空いた経理部長の椅子に、豊原はすわった。

だが、刑事たちが群新産業の社員に聞き込みをした結果、豊原の評判は芳しくない。

豊原にさほど人望はなく、抜きん出た優秀さもない。その彼が経理部長になれたのは、松浪の引き立てによるものだという。

陰で豊原のことを、松浪の腰ぎんちゃくと呼ぶ社員も多い。実際経理部時代から、公私を問わず子分のように、豊原は松浪にあごで使われていたらしい。

美田園の説明が終わり、泊が口を開いた。

「今現在、川澄晶一と豊原昌之のほか、松浪に殺意を抱く人物は浮かんでいない。場所が場所だから、道で行き合って喧嘩して、衝動的に殺したわけではない。物取りでもないだろうよ。

捜査員たちが朝から晩まで、足を棒にしているんだ。それでもほかに容疑者が出ないんだから、川澄と豊原、このふたつの線しかないと見ていいだろう。

で、川澄のアリバイはとりあえず成立した。ならば豊原を、本線に据えなきゃならねえ」

「しかし課長」

不服そうに夏木が言う。とがめる視線を、美田園が夏木に向けた。

「構わねえよ。なんだい、夏木？」

「豊原は自家用車で、松浪の家へ迎えに行きました。松浪の妻に会い、それから松浪を車に乗せて、彼は会社の管理地へ行った。

その後豊原が、ひとけのないプレハブで松浪を殺し、第一発見者のふりをしたのであれば、あまりにずさんすぎます。自分が疑われることなど、子供でも解る。

豊原が松浪を殺すのであれば、もっとマシな計画を立てると思います。腰ぎんちゃくならば、松浪の行動の把握もたやすいでしょうし」

「ご説、ごもっともだ。しかし豊原はここにきてるぜ」

泊が言う。

「引っ張ったんですか？」

夏木が訊いた。

「ああ。被疑者扱いではなく、任意での捜査協力って格好だがな。馳《はせ》さんに話を聞いてもらっている」

泊が応えた。馳というのは、捜査一課四係の刑事だ。現場一筋の熟練で、特に被疑者への取り調べにおいて、県警一と称されている。

「そろそろ終わる頃だが……。お、おいでなすった」

と、泊が浜中のうしろへ目を向ける。振り返れば、出入り口に馳の姿があった。

一見風采のあがらない、くたびれた初老の男性に見える。けれど目の力が強い。裡にたぎる胆力が、吹き零れそうな双眸をしているのだ。

「どうだった？」

泊が声をかけた。こちらへきて、浜中と夏木を一瞥したのち、馳が口を開く。

「松浪が殺された夜、この男がプレハブから出てきた。少なくともその点について、豊原の証言は信用できるでしょうね」

手にしていた写真を、馳は机の上に置いた。浜中たちが借りてきた、川澄晶一の写真だ。

眉根を寄せ、泊が腕を組む。それから口を開いた。

「だが馳さんよ。その夜川澄晶一は、仙台市にいたんだ。アリバイが完璧に成立している」

「そこまで私は、知りませんよ。しかし豊原の表情に、嘘はないように見えました。あの夜豊原は、こいつを見ていると思います」

と、馳が晶一の写真を人さし指で叩く。

「ほかの豊原の証言については、どうだい？」

「少し引っかかりは覚えますが、おおむね嘘はついていないでしょう」

断定を避けて、馳が応えた。熟練の刑事とはいえ、取り調べた人物の言葉の真偽を、すべて見抜けるわけではない。

しかし馳の口ぶりから、少なくとも豊原は、あの夜晶一を見ているのだ。それは間違いない。

浜中の目の前が、ほんの一瞬昏くなる。

群馬と仙台。

直線距離にして二百五十キロのアリバイが、浜中たちに立ちはだかった。

25

「まったく今回は、ひどい場所ばっかりだ」

夏木が毒づく。その表情は青ざめていた。

「大丈夫ですか？」

本心から、浜中は訊いた。

「大丈夫じゃねえけど、仕方ないだろう」

ぶっきらぼうに夏木が応える。

浜中と夏木は、崖の上にきていた。数十メートル先に、崖の端がある。そこに立てば、松浪が殺されたプレハブが、見おろせるはずだ。

太田市の国道沿いに、群新産業の管理地がある。更地にしてから手をつけてなく、一面が原っぱだ。原っぱは国道の南側に広がっている。国道から見て原っぱのもっとも奥に、高さ十メートルほどの崖がそびえていた。崖は東西に、一キロほどの長さがある。

崖の上は広々とした林で、調べたところ県の土地だった。公園や遊歩道として整備されているわけではなく、いわゆる遊休地だ。

この土地に柵などはなく、誰でも立ち入ることができる。木々が邪魔して車は無理だが、バイクや自転車ならば入れる。だが、無造作に林が広がっているだけだから、人の姿はほとんどない。特に夜間は誰にも見られず易々と、この崖までこられるだろう。

行き詰った時は現場百回。犬も歩けばなんとやらだ――。

夏木が言い、馳の話を聞いたあとで、浜中たちはここへきた。まずはプレハブ内をひととおり調べたが、発見はなかった。そこで崖へ行ってみようと、夏木が言い出したのだ。

高所恐怖症の夏木にすれば、思い切った提案だろう。

崖の上は殺害現場のプレハブから、七、八メートルしか離れていない。しかし高低差があり、土地の所有者も違うから、浜中たちはこれまで重要視していなかった。

崖の上を見て歩けば、なにか解るかも知れない。また違う角度から現場を眺めれば、これまでにない着想を得られる可能性もある。

「仙台のホテルよりは、低いからな」

言って夏木が、そろそろと崖の端へ向かう。浜中は彼のすぐ脇についた。

このあたりまでくると、木々はあまり生えていない。地面は相当硬いから、植物たちにとって、生きづらい場所なのだろう。しかしそれでも、雑草がわずかばかり茂っていた。

崖の方からふいに強い風がきて、雑草がゆらめく。怯える仔猫さながら、夏木が足を止めた。

「あの先輩、無理して崖の端まで行かなくても……」

「いや、行く」

頑なに、夏木が応える。

そこまで意地にならなくてもいいと思うが、夏木なりに克服したいのかも知れない。

そう思い、浜中は肩を貸すほど、夏木に寄り添った。崖の端へと歩いていく。ほどなく視界の先に、プレハブが見えてきた。平らで素っ気ない屋根に、小枝や葉が多く落ち、広くうっすらと泥が付着している。

あの状態ならば、誰かが屋根に登れば必ず痕跡が残る。無論鑑識は屋根を調べており、痕跡を見逃すはずはない。しかしそういう報告はなく、つまり屋根に登った者はいない。

浜中たちは、なおもゆっくり歩いていく。ついに崖の端にきた。

「どうってこと、ないじゃねえか」

足を止めて、夏木が言う。だが腰はすっかり引けており、声も震えている。

「しかし簡単には、行き来できませんね」

足下を見おろし、浜中は応えた。十メートルを超える崖の上だ。こうして端に立てば、高低差がより鮮明になる。

崖はほぼ垂直に切り立ち、てっぺんのあたりは、ぐいと張り出してさえいる。ややオーバーハングになっているのだ。崖面に木などは生えておらず、摑める突起や足がかりは、ほとんどない。

車の中でこちらを見張る豊原が、プレハブから目を離したのは、せいぜい二、三分だという。その間にプレハブを出て、この崖の上まで登る。あるいは崖からおりて、プレハブへ入る。

浜中は首を左右に振った。

とてもできそうにない。

ロープを使ったとしても、簡単に昇降できる高さではないのだ。崖の下まで飛び降りれば一瞬だが、命を落とす危険さえある。

豊原が目撃した晶一は、足を引きずっていたという。晶一が崖から飛び降りたとすれば、その程度の怪我ではとても済まない。

晶一は事前に足に傷を負っていた。あるいは松浪と揉み合って、足に怪我をした。まず、そのどちらかだろう。

「これではっきりしたな」

かすれた声で、夏木が言う。浜中は首肯した。

車の中から見張る格好の豊原の目を盗んで、プレハブへは出入りできない。崖の上からプレハブを見おろして、それがよく解った。

夏木が言葉を継ぐ。

「松浪という被害者が一人でプレハブに入り、やがて犯人の晶一が出てきた。それだけの、簡単な構図の事件だ。だが……」

「アリバイですね」

「ああ」

悔しげに夏木が応える。

そっと首を左右に振り、遠く仙台へ思いを馳せつつ、浜中は崖際を歩き出した。しかしすぐに声をあげる。なにかにつま先を取られ、つまずいたのだ。

「殺す気か！」

夏木が怒鳴る。

よろけた拍子に浜中は、夏木の背を押していた。

「済みません」

心から、浜中は詫びた。二人で崖から、落ちる寸前だったのだ。夏木の顔面は蒼白で、浜中の心臓も痛いほどに鳴っている。

「まあ、いいけどよ。それより一体、どうしたんだ?」

「実はこのあたりに……」

と、浜中はしゃがみ込む。まばらに生えた雑草と小石に隠れていたが、地面に小さな穴があった。直径は数センチで、割に深い。

「これにつま先を、引っかけたんです」

浜中は言った。横にきて穴を見おろし、夏木が口を開く。

「昆虫か動物が掘ったものじゃない」

「自然にできた窪みでも、なさそうですね」

浜中は応えた。穴は見るからに人工的なのだ。

「これ、ハーケンの跡じゃないか?」

険しげな表情で、夏木が言った。

ハーケンは登山道具で、柄に環のついた小刀を思えばよい。崖面や斜面に打ち込んで足場にし、あるいは環にザイルをとおして、身の安全を確保する。

夏木が話を続ける。

「登山者を巻き込んだ殺人が、以前あってな。その時ハーケンのことを、色々と調べた。まず間違いない。しかもこれ、最近できた跡だ」

「鑑識の報告にはなかったですよね」

「仕方ないさ」

夏木の言葉に、浜中はうなずいた。

プレハブのまわりは原っぱで、崖の上は広大な林だ。それらすべての地面をしらみつぶしに調べるなど、到底できない。鑑識課の人員は限られており、事件はひとつきりではないのだ。

「まだあるかも知れないな」

声を励まして、夏木が言った。浜中たちは地面に這いつくばる。

ハーケンの跡は、もうひとつ見つかった。浜中がつまずいたハーケン跡の、一メートルほど西だ。そちらも小石と雑草によって、隠されていた。

「一メートルの距離を置き、崖際に二か所、誰かがハーケンを打ち込んだ。その下のプレハブで、人が殺されている。そして唯一の容疑者と思しき川澄晶一は、登山が趣味だ。これらが無関係だと思うか?」

「いえ」

浜中を見て、夏木がにやりと笑う。その表情に、高所への怖さはない。事件解決の糸口を見つけた刑事の面貌だ。

頬を引き締めて、浜中は応えた。

「お前の運、いや、うっかりのつまずきで、目の前が開けてきたな。礼を言うぜ」

夏木が言う。しかしすぐに、彼は険しく眉を寄せた。人さし指を唇に当て、林のほうを目で示す。

かすかだが、草を踏む音がした。やがて木々の間に、人の姿がさす。

浜中は目を瞠った。

川澄晶一だ。

晶一も浜中たちに気づいたらしい。彼は一瞬躊躇して、けれど不敵な面持ちになり、まっすぐこちらへ歩いてくる。

浜中たちの前で、晶一は足を止めた。何も言わない。裡にたぎる闘志を双眸に込めて、射るように夏木を見ている。夏木も晶一から、目をそらさない。

二人の視線がぶつかり、きな臭いにおいさえ漂ってきそうだ。

「まさかこんなところで、お会いするとはね」

夏木が言った。

「仕事の途中で、とおりかかった。ずっとトラックを運転していたからな。気分転換にここまで歩いてきた」

「ほう……。私はてっきり、なにかの痕跡を消しにきたのかと思いましたよ。そう、たとえばハーケンの跡だ」

挑発気味に、夏木が言った。

「ハーケン？　なんのことだ。それよりも私のアリバイはどうなった？　昨日仙台へ行ったんだろう」

「ものの見事に、アリバイ成立です」

「ならば私は犯人ではない。そうだな？」

「いや、逆にあなたが犯人だと、確信しましたよ。ホテルへ行き、ただの一度も部屋から出ない。食事にすら出かけない。

アリバイ確保に汲々とするあまり、あなたの振る舞いは、いささか不自然になり過ぎた」

刃物をそろりと包んだような、夏木の口調だ。

「アリバイがなければ疑い、アリバイがあっても疑う。それが刑事の仕事か。救いようがないな」

晶一が吐き捨てた。

「あいにくだが、そういう仕事に私は誇りを持っている。その矜持にかけて、いずれあなたに手錠をかけます」

「一刑事の矜持が、私のアリバイを崩せるとは思えないがな。これ以上話したくない。失礼する」

言って晶一は、去っていく。やるせなさと哀しみをその背に見た気がして、浜中の胸が痛んだ。

26

ハーケンの跡を報告するため、浜中と夏木は太田警察署へ戻った。駐車場に車を停めて、署の建物へと向かう。

太陽はほぼ真上にあり、浜中たちの影は濃く、小さかった。それを踏むように、浜中たちは無言で歩く。

事件を追うほどに、晶一が犯人だという印象が強まっていく。だが晶一には、鉄壁のアリバイがあるのだ。

また晶一は、たまらない哀しみを背負っている。原因は恐らく瑤子の死にあり、ならば娘の川澄沙紀も、同じ哀しみを抱えているだろう。

たとえ晶一のアリバイを崩せたとしても、事件解決のその先には、闇しかないのではないか。

暗澹とした思いが、浜中の口を閉ざしている。夏木も無言を守り、ここへくるまでの車中はずっと、沈黙に包まれていた。

浜中の胸ポケットで、ポケットベルが鳴った。取り出して番号を見て、浜中は思わず走り出す。

大伯母の一乃《いちの》からの呼び出しだ。ともかくも連絡を取らなければならない。

太田署に入り、浜中は階段を駆けあがった。二階の廊下の奥に自動販売機があり、長椅子も置かれ、署員のための休憩所になっている。そこに公衆電話があったはずだ。

思ったとおり、公衆電話があった。幸い人の姿はない。受話器を取りあげ硬貨を入れて、浜中は一乃に電話をかけた。

「遅い!」

開口一番、一乃が言う。

「ポケベルが鳴って、一分経ってないよ」

浜中は応えた。

「口ごたえするな。それより元気か？」

「うん」

「それはよかった」

一乃の声が和む。

浜中の両親はとうに離婚し、父親とは音信不通になっている。母はもう、亡くなった。この世の中で浜中のことを、一番心配してくれるのが一乃なのだ。

「ところで康平」

「なあに、一乃ばあ」

「ヒューイがくるな」

「ヒューイ？」

「うん、報道とかいう楽団を連れて、ヒューイがくる」

「もしかして、ヒューイ・ルイス＆ザ・ニュースのこと⁉」

「うん、それだ。ぴったしカンカン」

「あの一乃ばあ、僕ちょっと今、忙しいんだけど……」

一乃の口から、ヒューイ・ルイスの名が出たことは驚異だし、気にもなるが、これから捜査本部へ行かねばならない。

「まあ聞け、康平」

と、一乃が説明を始めた。

ヒューイ・ルイス&ザ・ニュースの日本公演が、この十二月に予定されている。

昨日、一乃が知り合いの女性宅へ行くと、そのチケットが取れないことを、孫娘が嘆いていた。そこで一乃はチケットの入手を、請け負ったのだという。

「無理だよ、一乃ばあ」

浜中は言った。

アメリカでは公開されたばかりの『バック・トゥ・ザ・フューチャー』が大ヒットしており、ヒューイ・ルイス&ザ・ニュースが、主題歌を歌っている。

映画の日本公開はまだだが、元々人気グループだ。主題歌のヒットもあって、十二月の日本公演のチケットは、たいへんな争奪戦だろう。

「康平、お前は警察官だ」

「そうだけど……」

嫌な予感が浜中の背を走る。

「国家権力に物を言わせて、ヒューイのチケットを取るのだ。日本武道館の、アリーナとかいう席を三枚頼む」

そばの出前を頼むような、気軽な一乃の声だ。

「ヒューイ・ルイス&ザ・ニュースのアリーナ席なんて、絶対無理だよ」

ため息混じりに浜中は言う。そこへうしろから、指先で肩を叩かれた。振り返れば、若い婦警が立っている。電話を使いたいのだろう。

いつの間にか夏木もきており、少し離れて缶コーヒーを手にしていた。

「ごめん、一乃ばあ。一旦切るね」

「逃げるか、康平！」

一乃の声が、耳から遠ざかっていく。浜中は受話器を置いた。うしろを向いて、婦警に詫びる。

「違うんです、浜中さん」

慌てた様子で、婦警が言った。

違うとは？　それになぜ、自分の名を知っているのだろう——。

浜中は首をひねった。

「覚えてませんよね」

はにかみを浮かべて、婦警が言う。浜中よりもひとつかふたつ、年下だろう。潑剌として、元気そうな二十代だ。

「ええと」

「私以前、高崎警察署の交通課にいました。それでその、警察手帳をなくしてしまって……」

「あの時の！」

鮮やかに記憶が甦ってきた。浜中は改めて、婦警に目を向ける。恥ずかしそうに、彼女はうつむいた。確か白原《しらはら》という名だ。会ったのは、二年ほど前か。

当時浜中は、高崎警察署の刑事課にいて、事件と書類に追われていた。

その日も浜中は遅くまで居残っており、気分転換に缶コーヒーでも飲もうと階下へおりると、白原がいた。

白原は自販機の脇に隠れるように立ち、一人で呆然として、すっかり顔色がない。訊けば警察手帳を落としたという。

警官にとって、警察手帳の紛失はたいへんなことだ。誰かに拾われて、万が一悪用されれば、本人への懲戒だけでは到底済まない。直属の上司は無論、場合によっては所属長への処分まである。

白原はただおろおろとし、涙さえこぼしていた。

とにかく捜そう。

浜中は白原を励ました。彼女と二人で、その日、白原が歩いた署内の各所を見てまわる。ほかの署員たちに怪しまれぬよう、さりげなく捜した。

だが、見当たらない。

白原は自宅から、自転車で高崎署へかよっているという。

浜中は白原とともに、彼女の通勤路を歩いた。そして二往復目で、ようやく見つけたのだ。その時にはもう、日付が変わっていたかも知れない。

「あの時は、ほんとうにありがとうございました」

言って白原が頭をさげる。

「いや、そんな」

と、浜中は顔の前で、手を左右に振った。

「浜中さんのご親切、身に沁みました」

「いいんですよ、もう」

顔が赤らむのを覚えながら、浜中は応えた。

「ところで今、ヒューイ・ルイスのこと、話してましたよね」

白原が問う。浜中はざっと事情を話した。

「ありますよ！」

そう言って、白原が目を輝かせる。

「え？　あるの？」

浜中は思わず身を乗り出した。

「ヒューイ・ルイスの武道館に行きたいって、何人かの友だちと話してたんです。それでチケットの予約開始の日、それぞれの家から特電に電話しました。そうでもしないと、取れないんです」

浜中はうなずいた。

人気歌手のコンサートでは、チケットの予約用に、専用の電話番号が告知されることが多い。大抵は午前中から予約受付が開始され、けれど電話が殺到するらしく、なかなか繋がらない。電話がたいへん混み合っているという、素っ気ない女性の録音の声が、流れるばかりだ。場合によっては、一時間や二時間はかけ続ける長期戦を、覚悟しなければならない。

「私も電話しました。そうしたら、運よく早めに繋がったのです！」

「よかったね」

白原に笑みを向けて、浜中は応えた。

「はい。しかもアリーナ席が取れました。それで友だちに知らせようとしたのですけど、誰もが通話中なんです」

「みんな一生懸命、特電に電話してた」

「はい。やがて連絡がついて、そうしたら友だちもアリーナ席が取れていたんです。まだキャンセルしていませんので、よろしければその席、お譲りしますよ」

「ほんとうに！」

浜中は声をあげた。嬉しそうな一乃の顔が、脳裏に浮かぶ。

「はい。アリーナの二重予約なんて、ラッキーすぎるって友だちと話していたのですけど、浜中さんにご恩返しができてよかったです」

「恩返しだなんてそんな……」

そう応え、けれどそのあとで浜中は自失した。

何かが閃いたのだ。

きらめきは刹那に過ぎて、すでに去りつつある。

逃してはいけない。

閃光が走るきっかけは、白原の言葉にある。

「二重予約……」

浜中は呟いた。じわりと体が熱を帯び、高揚に包まれていく。

もしかして――。

浜中は夏木に目を向けた。

「どうした、相棒？」

夏木が問う。

「まだ、はっきりしません。でも、もう一度現地へ行けば、解る気がします」

浜中は応えた。

27

浜中康平は夏木大介とともに、東北の街を歩いていた。今日の仙台市はよく晴れており、爽やかな風が、時折さわりと吹き抜けていく。

昨日あれから浜中たちは捜査本部へ戻り、再度の東北出張を願い出た。泊はやや渋ったが、美田園の後押しもあり、やがて承諾してくれた。

「とにかく行く。それでいいんだな？」

彼方にホテルが見え始めていた。そちらに視線を向けて、夏木が問う。浜中は黙って首肯した。

閃きの正体は、まだ解らない。だがともかくも、その焔を脳裏から消さないために、ローソクを両手で覆い、小さな炎を守るようにして、浜中は昨夜過ごした。

浜中たちは「ホテル・エクセレント仙台」の建物にさしかかった。松浪剛が殺された夜、川澄晶一が泊まったはずのホテルだ。

ホテルを右手に見て、浜中は歩いていく。

「おい、ここじゃないのか?」

横で夏木が問う。

「まずは向こうのホテルへ行きたいのです」

浜中は応えた。ひとりでに足がそちらへ向くのだ。

浜中はすでに天啓を得ており、だが、それをこの手に摑んでいない。そんな時は、自然にこぼれ出てくる言葉や、勝手に動く体に従えばいい。

数年に及ぶ刑事生活の中で、浜中が得たささやかな経験が、そう言っている。

道を挟んで「ホテル・エクセレント仙台」のすぐ東に、「宮城東照ホテル」があった。夏木をうながし、浜中は館内へ足を踏み入れる。

午前十時を、少し過ぎている。客のあらかたは退室済みらしく、どこかのんびりとした空気に、ホテルは包まれていた。

しかし浜中と夏木の姿を見て、受付にいた女性が、さっと面持ちを引き締める。先日もこの女性は、受付にいた。浜中と夏木の正体を知っているのだ。

彼女に訊けば、支配人の五十嵐は在館しているという。呼び出してもらうと、すぐに五十嵐は受付にきた。

「またなにかお調べでも？」

挨拶のあとで、五十嵐が問うてくる。

「実は客室を、見せて頂きたいのです。この時間なら、空いているかなと思いまして……」

胸に浮かんだ言葉を、浜中はそのまま口にした。

「何号室ですか？」

「五階の西端の部屋です」

「では、五〇一号室になります」

と、五十嵐は受付の女性に目を向けた。無言で彼女が首肯する。

「空いています。ご案内しましょう」

そう言って、五十嵐はマスターキーを手にした。浜中たちをうながして、歩き出す。

エレベーターで五階にあがると、廊下はなかなか賑やかだった。従業員が忙しげにシーツを集め、部屋からは掃除機の音が聞こえてくる。

そんな廊下を右手へ歩き、浜中たちは五〇一号室の前で足を止めた。五十嵐が扉を開けると、室内に人の姿はない。すでに清掃は終わったらしく、部屋には気持ちのよい清潔さがあった。

「しばらくいても、いいでしょうか？　掃除が終わったばかりの部屋を、使う格好になりますけど……」

申し訳ない思いを込めて、浜中は言った。笑みを開いて五十嵐がうなずく。何も訊かず、彼は部屋をあとにした。

夏木と二人になり、改めて浜中は部屋を見渡す。入り口扉の先にちょっとした廊下があり、風呂やトイレが並んでいる。

その先が六坪ほどの洋室だ。右手にシングルベッドが置かれ、左手の壁際に机と鏡台がある。窓は正面に一か所しかない。遮光カーテンは左右に寄せられ、レースのカーテンが閉じている。

足の向くまま、浜中は窓辺へ行った。レースのカーテンを開ける。曇りガラスの、引き違いの腰高窓だ。一枚の窓幅は、九十センチほどだろう。

ありふれたクレセント錠がかかっている。それをまわして、浜中は窓を開けた。気持ちよい風が、部屋に入ってくる。

夏木は部屋の入り口に立ち、無言を守っていた。浜中の邪魔をしないよう、気を使ってくれているのだ。

とにかく仙台へ行きたいという浜中の願いを、泊課長と美田園は聞いてくれた。支配人の五十嵐は、迷惑そうなそぶりを見せなかったし、こうして夏木が見守ってくれる。

今、この時を大切にしなければならない——。

そう思い、浜中はみなに感謝した。自然に心が静まってくる。

窓枠に両手をつき、浜中は上体を少しだけ外へ出してみた。ありふれつつも、どこか古式ゆかしい北仙台の街並みが、一望できる。

浜中はゆっくりと、右手へ視線を向けた。この部屋は西端にある。すぐ西に、「ホテル・エクセレント仙台」が建っていた。

この場所からだと、「ホテル・エクセレント仙台」の南面だけが見える。各客室の南向きの窓が、整然と並んでいた。

もっとも近くに見えるのが、五一五号室の窓だ。わずか七、八メートルしか、離れていない。登山が趣味の晶一であれば、ロープを使って彼我を移動できるだろう。

しかし浜中は、首を左右に振った。

「ホテル・エクセレント仙台」の南面窓は、すべて嵌め殺しになっている。出入りできるはずもない。

浜中は再び首を振った。

このままでは、だめなのだ。見たことのない景色を見て、発想を変える必要がある。

そう思い、浜中は意を決して、上体をぐいと前へ突き出した。うしろから押されれば、窓の向こうへ落下するほどだ。そして右手に目をやる。

浜中のいる「宮城東照ホテル」自体の壁に邪魔され、それまで見えなかった「ホテル・エクセレント仙台」の、東面が目に映った。東の壁に、五一五号室の小窓がある。あれは回転式だから、ぎりぎり人が出られるほどに開く。

「あ！」

浜中は声をあげた。電流に似た震えが、浜中の背をかけのぼる。

間違いなく、天啓をこの手に摑んだ。

28

「どうした、相棒？」

そっと夏木が声をかけてくる。振り返り、浜中は口を開いた。

「この窓の七、八メートル右手に、『ホテル・エクセレント仙台』五一五号室の小窓があります。あの夜、晶一さんが泊まっていた部屋です。

たとえば今、僕が身を乗り出したみたいに、太くて丈夫な棒を、この窓から外へ一メートルほど、突き出せばどうでしょうか。棒は窓枠にしっかり固定し、先端に直径十センチ程度の、環状のロープをつけておくのです」

「『宮城東照ホテル』の五階西端の南の窓から、棒が突き出ている格好だな」

「はい。西隣に建つ『ホテル・エクセレント仙台』五一五号室の小窓からは、こちらのホテルの西壁しか見えません。角度的に南面は、目に入らないのです。けれど南の窓から出された棒は、見えるはずです」

浜中にはもう、言い淀みも迷いもない。すらすらと、言葉が出てくる。

「向こうの五一五号室から、この部屋の窓は見えない。だが、突き出た棒だけは見えるわけだな」

「はい。ならば棒の先端の環に向けて、あちらの窓から鉤のついたロープを投げることができます。一度や二度失敗しても、いずれ鉤は環に引っかかるでしょう。

そのあと五一五号室のどこかに、ロープを結びつける。これで五一五号室の小窓とこの部屋の窓は、一本のロープでしっかり繋がった」

「繋がる!?」

がく然とした面持ちで、夏木が言った。

「はい。そうすればロープを伝って空中移動し、こちらの部屋までくることができます」

「入り口扉を開けることなく『ホテル・エクセレント仙台』の五一五号室から、脱出できるってことか!」

と、夏木が双眸を輝かした。

「はい」

「晶一の動きを、より具体的に話してくれ。頼む」

言って夏木が頭をさげる。

「そんな、やめてくださいよ、先輩」

と、浜中は顔の前で、手を左右に振った。

それからしばらく沈思して、浜中は口を開く。

「まだ、推測と想像の段階ですから、間違っているかも知れません。それに僕はここまできてもなお、晶一さん自身が認めるまで、彼を犯人だと決めつけたくないのです。

だからあくまでも、アリバイを確保しつつ群馬へ行けるひとつの方法として、話しますね」

夏木が無言でうなずく。浜中は話し始めた。

「松浪剛さんが殺害されたのは、七月十五日です。まず川澄晶一さんは事前に変名で『宮城東照ホテル』の五〇一号室を、七月十五日の一泊分予約する。もちろん『ホテル・エクセレント仙台』の五一五号室も、同日分を取っておく。つまり二重予約したわけです」

白原という婦警の声が、耳朶に甦る。

アリーナの二重予約なんて、ラッキーすぎるって友だちと話していた——。

彼女のあの言葉が手掛かりになって、東北の街へきた。そして天啓を引き寄せたのだ。

浜中は話を継ぐ。

「七月十五日当日。晶一さんはこの『宮城東照ホテル』へきて、受付で手続きをしたのち、予約しておいた五〇一号室に入室します。窓を開けて棒を突き出し、しっかり固定しておく。

それから晶一さんは部屋を出て、『宮城東照ホテル』の受付へ行き、一旦鍵を返して外出します。

多少の変装を、晶一さんはしていたでしょう。どこかでそれを解き、普段の自分に戻った晶一さんは、その足で『ホテル・エクセレント仙台』へ行く。

支配人さんに案内されて、晶一さんは向こうのホテルの五一五号室に入ります。そしてさっき話した方法で、ロープを伝ってこちらの部屋へ空中移動する。

窓からこの部屋へ入り、晶一さんは廊下へ出る。部屋の扉はオートロックなので、鍵がなくても閉めれば施錠されます。

またこのホテルは、屋上とフロントにしか防犯カメラがありません。人目を避けて二階か一階までおりて、廊下かトイレ、それとも使われていない部屋のどこかの窓から、外へ脱出するのは容易でしょう。

こうして晶一さんは、『宮城東照ホテル』の外へ出ました。

ところが向こうのホテルの、五一五号室の入り口扉は、ただの一度も開いていません。晶一さんは、部屋から出ていないとしか思えない。一方こちらのホテルの受付では、五〇一号室の客が、正式な手続きによって外出したと思っている」

そこで浜中は口をつぐんだ。夏木が言う。

「断定はいやだから、その先は話したくないんだろう。代わりに言う。外へ出た晶一は群馬にとって返した。

このホテルを密かに抜け出たのが、午後四時前後だとして、東北新幹線を使えば充分間に合う。夜、松浪を殺すことができるんだ。

ただしそのあと、夜の間に新幹線で仙台まで戻るのは、難しいだろう。

『ざおう』や『いわて』といった、急行の夜行列車に乗って仙台へ舞い戻ってもいいが、乗車時間は長く、客同士が互いに顔を覚え合う可能性がある。つまりのちに、目撃情報が出やすい。

ならば翌朝の東北新幹線で、一気に仙台まで戻ったほうがいい。晶一はそう考えただろう。つまり七月十六日の午前八時頃、新幹線で仙台へ戻ってきた。さてここからだ」

と、夏木が水を向けてきた。浜中は口を開く。

「晶一さんは変装し、この『宮城東照ホテル』に入って受付へ行きます。客が外出から戻ってきたので、受付の人は部屋の鍵を渡す。

受け取って晶一さんは、五〇一号室へ入ります。部屋の窓は開き、棒が突き出ている。棒の先端には鉤が引っかかり、そこから『ホテル・エクセレント仙台』五一五号室の小窓まで、ロープが繋がっている。

晶一さんはロープを伝って空中移動し、向こうの小窓から五一五号室へ入ります。

部屋に降り立ち、晶一さんはどこかに結んでいたロープを解く。小窓から外へ、ロープを投げ出す。けれどロープの先端には鉤が結ばれ、それはこちらの棒の環に引っかかっています。よってロープは、この窓から垂れさがる。

向こうの部屋で変装を解き、晶一さんは入り口扉から、五一五号室を出ます。受付へ行き、退室手続きをして、『ホテル・エクセレント仙台』をあとにする。

前夜晶一さんはこちらのホテルの、どこかの窓から脱出しています。『ホテル・エクセレント仙台』を出た晶一さんは、その窓を使って『宮城東照ホテル』に侵入し、五〇一号室に入る。

あとは棒とロープを回収して部屋を出て、受付で精算するだけです」

「これでアリバイ成立というわけか。だがそのアリバイを、お前が破った」

夏木が言う。浜中は無言でうつむいた。沙紀の顔が浮かび、浜中の心が哀しみに染まっていく。

小さな沈黙がきた。

「沙紀さんのことか……」

やがてぽつりと夏木が呟く。

「はい」

「真実を知れば辛いだろうさ。だが偽りの中にいても、幸せとは限らない。真相を知るべきか否か、そのどちらがいいのか、おれたちには解らないんだ。それを勝手に判断するのは、あるいは傲慢かも知れない。浜中よ」

「はい」

「お前は優しい。人を思いやるのが、お前のよさだ。けれど躊躇してはいけない。おれたちは全力で、職務を全うするしかない。事件に関係したすべての人々に対する、それが礼儀だとおれは思う。

さて、お前のお蔭でアリバイ工作は判明した。白原という婦警への親切が、はるばると二年後に『二重予約』という言葉を連れて、お前のところへ返ってきたんだ。打算や計算のないお前の親切に、おれは敬意を表する」

「いや、そんな」

と、浜中は頭をかいた。

「あとは裏づけだな」

声を励まして、夏木が言う。浜中はことさらに、強くうなずいた。

29

丸いテーブルがいくつかあった。浜中は夏木や支配人の五十嵐とともに、そのひとつを囲んでいる。「宮城東照ホテル」の、従業員休憩室だ。高橋《たかはし》という、三十代の男性従業員も一緒にいる。彼が受付の責任者だという。

五十嵐が気を利かせたとみえ、ほかに人の姿はない。壁際に飲料と煙草の自動販売機が並び、その振動音が低く微かに響いている。

「まずは七月十五日なのですが、こちらのホテルの五〇一号室に、宿泊客はありましたか？」

夏木が口火を切った。五十嵐に目でうながされ、高橋がファイルをめくる。

「ええ、ございました。男性のお一人様です。午後三時過ぎに入室手続きをしています」

やや緊張の面持ちで、高橋が応える。

「その時あなたは、受付にいましたか？」

夏木の問いに、高橋が首肯する。

「そうですか」

と、夏木が写真を三枚取り出した。以前に東奉商事で入手したものだ。いずれも川澄晶一が写っている。

ディーラーがトランプを並べる手つきで、夏木は写真をテーブルに置いた。五十嵐と高橋が覗き込む。

「五〇一号室の客は、この人ですか？　焦らなくていい、ゆっくり思い出してください」

夏木が言う。高橋は視線を写真に置いた。腕を組み、沈思する。

「当ホテルにお見えになった時、五〇一号室のお客様は、確かサングラスをしておられました」

やがて高橋が応えた。夏木が無言でうなずく。

自らの言葉が、記憶への呼び水になったらしい。はっきり思い出したという表情で、すぐに高橋は口を開いた。

「夏用の背広を着ており、けれど服越しに、がっしりした体軀がはっきり解る。そんな感じの男性でした。中折れ帽をかぶり、ご立派な体格の割には、うつむきがちに入ってこられたのを覚えています」

「年齢はどのぐらいに見えました？」

夏木が高橋に問う。

「四十代の半ばでしょうか……。四十代であることは、間違いないと思います」

サングラスや帽子で目元と髪を隠せば、人の印象はかなり変わる。けれど大まかな年齢や体型は、ごまかせない。晶一は四十五歳で、屈強だ。

偶然そういう別人が、五〇一号室に泊まったとは思えない。浜中の推測が、現実味を帯びていく。

だがそれに伴い、浜中の気持ちは重くなる。

だが、夏木の言うとおりなのだ。ことさらに冷徹になる必要はないが、刑事としてしっかり事件に向き合わねばならない。感傷は、時に仕事の目を曇らせる。それは浜中にも解っている。

なのに——。

沙紀の顔がちらついて、浜中の心はたゆたう。

「さて」

と、夏木が写真に目を落とす。つられて写真に視線を向けて、高橋は腕組みをした。

しばらく黙考し、やがて高橋は顔をあげた。言いづらそうに口を開く。

「あの日、当ホテルの五〇一号室にお泊まりになったのは、この方だと思います。けれど断言まではできません。済みません……」

「いえ、思い出していただいただけで、充分です。五〇一号室の客について、ほかに何か気づいたことは？」

「当ホテルでは、部屋までのご案内はしておりません。受付で私どもから鍵を受け取られ、五〇一号室のお客様は、エレベーターに向かわれました。

お荷物は確か……。ああ、そうです。手提げ鞄のほかに、三脚をお持ちでした」

「三脚？」

「はい。カメラ用の、割と長めの三脚です。けれどカメラは首からさげておらず、鞄の中に仕舞われているのかなと、思った覚えがあります」

高橋が言い、あるかなしかの笑みを一瞬、夏木が浮かべた。三脚の足を伸ばせば、さぞかし丈夫な棒になる。

「ほかにはどうです？」

夏木が高橋に水を向けた。

「ほどなく五〇一号室のお客様が受付にこられ、一時外出の手続きをなさいました。といいましても私どもが室内の鍵を、お預かりするだけですが。

その時にお客様は、『何時頃帰ってくるか解らない。用事が長引けば朝まで戻らないかも知れないが、心配はいらない』と、仰いました。『清掃などは不要だから、私が出かけている間、部屋に入らないでほしい』、そうも言っておられたと記憶しています」

「ほう」

と、夏木が目を細めた。もはや疑うべくもない。五〇一号室の客は晶一だ。

揺れる気持ちを抱えながら、浜中は思考を巡らせる。

恐らく晶一は、このホテルをかなり調べている。屋上の警戒の厳重さを知り、晶一はそちらへの空中移動を断念し、五〇一号室を使ったのではないか。

「入室手続きをする際、五〇一号室の客は手袋をしていましたか？」

そろりと夏木が訊いた。その言葉に、祈りの思いがほんのり溶け込んでいる。

「いえ、手袋はしていませんでした」

高橋が言った。夏木の面容に喜色が灯る。

夏のこの時期、日焼けを気にする女性であれば、手袋はおかしくない。だが、街を行く男性のほとんどは、手袋を嵌めていない。

不自然に見えるのを恐れ、晶一は素手でホテルに入ってきたのだろう。

そして――。

「宿泊者カード、残っていますね？」

夏木が問うた。

「もちろんです」

高橋が言う。

このホテルでは、宿泊者カードに客が記入するのだ。字を変えて筆跡をごまかしたとて、晶一の指紋がカードについている可能性はある。

「その客の、支払い方法は？」

晶一が自分のクレジットカードで、ホテル代を決済したとは思えない。だが、念のためだろう。夏木が訊いた。

「現金でした」

ファイルに目を落として、高橋が応える。

30

川澄晶一と娘の沙紀は、新田郡笠懸町のアパートに住んでいる。浜中康平は夏木大介とともに、その近くの公園にきていた。端のベンチに、並んで腰かけている。

日曜日の午前中だ。雲間からの弱い光が、公園に注いでいる。

ぽつんぽつんと遊具があって、小さな女の子がシーソーに乗っていた。向かいの椅子には、父親らしき男性がまたがっている。

女の子の椅子は、あがったきりだ。うんうんという声が聞こえそうなほど、女の子は懸命に、椅子に体重をかけている。けれど男性との体重差があり過ぎて、椅子はほとんど動かない。

やがて男性が笑いながら、自らの身体を少しあげた。それからゆっくりすわり、また体をあげる。ようやくシーソーらしくなり、女の子は満足そうだ。

小さい頃の沙紀と晶一。

シーソーの二人に、浜中はそれを重ねていた。

「そろそろけりを、つけたいがな」

前を見たまま、夏木が言った。その声には淀みがある。

「宮城東照ホテル」で五〇一号室の宿泊者カードを借りて、昨夕浜中たちは群馬に戻った。

カードには「山下勝夫」とあり、東京都内の住所と電話番号が記されている。すぐに調べたが、その住所に山下勝夫など住んでおらず、電話はまったく違う家の番号だった。

その間に群馬県警の科捜研が、宿泊者カードを調べている。けれど「宮城東照ホテル」の従業員以外の指紋は、カードから出なかった。

よほど慎重に、晶一はカードに記入したのだろう。あるいは指先に、接着剤を塗っていた。

晶一が二重予約したという物的証拠は、今のところひとつもない。たとえそれを得られたところで、晶一が松浪を殺害したという、直接証拠にはならない。

だが「宮城東照ホテル」の高橋の証言がある。また浜中の推理にも、齟齬はない。

晶一を任意同行できる段階に近づきつつあり、捜査一課長の泊によって、その判断は今日にも下されるはずだ。

しかしその前に、晶一に会ってみたい——。

浜中は泊と美田園にそう懇願し、許可を得てここへきた。

あいにく晶一と沙紀は不在で、いつ戻るか解らない二人を待っている。やや離れているが、この公園からは晶一たちのアパートが見えるのだ。

「ふたつのホテルの空中移動について、すっかり話してみようと思います」

浜中は言った。仙台で得た推理という手札を隠し、晶一に晒さないのも、ひとつの手ではあろう。けれどそういう小細工は、いらない気がした。

一見傲岸《ごうがん》な晶一の裡には、哀しみのゆらめきがある。今回の事件解決に必要なのは、駆け引きではなく赤心ではないか。

浜中はそう思っている。

「任せるよ、相棒」

夏木が言い、すぐにさっと頰を引き締めた。道の彼方に沙紀の姿がある。晶一はいない。沙紀が一人で、帰ってきたのだ。

夏木とともに、浜中は腰をあげた。そのあとで、思わず走り出す。沙紀は両手にレジ袋をさげていた。袋は大きく膨らみ、重そうだ。持ってあげたほうがいい。

駆け寄ってくる浜中に気づいたらしく、沙紀がわずかに足を速めた。だが、やはり荷物が邪魔をして、わずかによろめく。

浜中は慌てて沙紀のところへ行った。夏木もついてくる。

「持ちますよ!」

足を止めて、挨拶抜きに浜中は言った。沙紀が持つレジ袋に手を伸ばす。キャベツやジャガイモ、ナスやキュウリといった野菜が詰まっていた。

「でも、あの」

沙紀が躊躇をみせる。

「僕の方が少しだけ、あなたより力があると思います」

そう言って、浜中は笑った。笑みを返して、沙紀が袋を渡してくる。

受け取ろうとして、浜中はわずかに目を瞠った。沙紀の手のひらが見えたのだが、縦に裂傷があるのだ。

「大丈夫ですか?」

「え? ああ、ちょっと部活でやっちゃって」

さらりと沙紀が返す。さほど痛みはないのだろう。

ほっとしつつ、浜中はレジ袋を受け取った。ずしりと重い。浜中は思わず顔をしかめた。

「日曜やっちゃば市」

にこりと笑って沙紀が言う。浜中の思い込みかも知れないが、会うたびに少しずつ、沙紀は心を開いてくれる。

「やっちゃば市?」

浜中は問うた。

「少し遠くのスーパーで、そういう売り出しをやっていて、日曜日は特に野菜が安いんです」

「そうでしたか」

「せめて自転車があればいいんだけど」

沙紀が言った。その台詞が、今の暮らしぶりを物語っている。返す言葉が見つからず、浜中は黙って歩いた。

「父にご用ですか?」

ほどなく沙紀が言う。もう、アパートは目の前だ。

「はい。お仕事ですか?」

「父は毎週月曜日が休みで、時々日・月とか、月・火で連休をもらえるんです。今日は出勤ですけれど、お昼前には戻ってきます」

「それはよかった」

浜中は応えた。ならばあと少し、待てばよい。

「なにしろ午前一時に、家を出ましたから。たまにあるんです、超早番勤務」

「たいへんですね」

「でも刑事さんだって」

沙紀が言った。

「いえ、僕らはそんな……」

そう応えて、浜中は首を左右に振る。

「父にどういったご用なのです？」

「仙台での晶一さんの動きが、解ったのです。まだ僕の推測に過ぎませんけど、間違っていないはずです」

足を止め、沙紀を見つめて浜中は言った。

「家の中で待ちますか？」

声を改めて、沙紀が問うた。

沙紀はなにかを伝えようとしている——。

浜中は直感した。

狭いアパートで、沙紀は晶一と暮らしているのだ。晶一の犯罪に気づいたとて、不思議はない。あるいは晶一は、すっかり沙紀に話しているのか。

浜中はまっすぐに沙紀を見た。

「いいのですか？」

まなざしに想いを込めて、沙紀に問い返す。

「はい」

決意の色を見せて、沙紀が応えた。

31

沙紀や夏木とともに、浜中は座卓を囲んでいた。沙紀と晶一が住むアパートの六畳間だ。湯飲みが三つ、卓上にある。だが、沙紀が振る舞ってくれた茶は、すでに冷めていた。

湯飲みから湯気が立ちのぼり、徐々に細くなっていき、やがてふっと消える。

浜中たちは終始無言で、そんな様子を見守っていた。落ち着かない静寂に、今も包まれている。

けれど静かな時の中で、じわりじわりと、部屋の空気が緊張の度合いを深めていた。沙紀の心中で、思いが言葉になりつつあるのだ。彼女の表情から、浜中にはそれが解る。

やがて——。

「私が知っていることを、すべてお話しします」

沙紀が言った。浜中と夏木は、そっと居住まいを正す。

「まずは二年前のことを、聞いてください」

そう前置きし、問わず語りを沙紀が始めた。浜中と夏木は黙って耳を傾ける。

「ひどい」

話を聞き終えて、絞り出すように浜中は言った。膝の上で、両手を握り締めている。

松浪剛は川澄瑤子に、横領の罪を着せて殺した。ただ、殺しただけではない。覚せい剤中毒による焼身自殺に見せかけたのだ。

「人として、許されることではありません」

浜中は言った。夏木の双眸にも、強い憤りの色がある。

「でも、なにも証拠がないんです。境警察署の刑事さんたちも、母は自殺と決め込んでいて、お父さんの言葉に、耳を傾けてくれませんでした」

震え声で沙紀が応える。いつしか彼女は泣いていた。悔しさと哀しみがない交ぜになり、それが雫に姿を変えて、瞳から溢れているのだ。

「お父さんは……、私の父の晶一は、だから松浪の殺害を決めたのです」

泣き濡れた瞳を浜中たちに向けて、身を切るような声で沙紀が言う。彼女の口から、ついに犯人の名が出た。

32

川澄晶一はアパート二階の、外廊下にいた。わずかに開いた台所の小窓にそっと顔を寄せ、室内の会話に耳を澄ましている。

夏木と浜中がきていた。娘の沙紀が、二人を部屋にあげたらしい。そして沙紀はあろうことか、二年前のことを二人に話したのだ。

「お父さんは……、私の父の晶一は、だから松浪の殺害を決めたのです」

沙紀の声が聞こえてきた。

晶一は、ぐっと奥歯を嚙みしめる。それからうつむき、悲嘆の息をついた。

沙紀の声がする。

「松浪は許せない。死んでも許せない。けれどあんな男のせいで、お父さんが殺人者になるのは、もっと嫌だった。どうして警察は悪を野放しにして、弱い者を苛めるのです！」

沙紀の声は、涙にまみれていた。激昂と慟哭が、彼女を包んでいるのだ。

このままではまずい——。

意を決し、晶一は扉のノブに手をかけた。

33

「どうして警察は悪を野放しにして、弱い者を苛めるのです！」

沙紀の声が、部屋の空気を切り裂いた。何も言えず、浜中は沙紀から目をそらす。怒りと哀しみに濡れる沙紀の瞳を、見ていられない。

夏木が何か言いかけて、そこへ玄関扉が開いた。慌ただしげに靴を脱ぐ音がして、ぬっと晶一が姿を現す。戸口に立ち、彼は浜中と夏木を睨みつけた。

晶一の表情はひどく険しく、双眸には激憤と、わずかばかりの虚無がある。

浜中は、しかし彼から目をそらさなかった。晶一の警察に対する怒りの正体を知った今、一刑事として、彼の視線を受け止めなくてはならない。

無言の時が流れていく。

「私……」

ぽつりと沙紀がしじまを破った。

「黙れ！」

晶一が沙紀を一喝する。なおも沙紀が口を開こうとした。

「お前は黙っていなさい」

声を落とし、諭す口調で晶一が言う。

「仙台にいたというおれのアリバイを、見破ったのか？」

浜中と夏木に視線を転じて、晶一が問う。

首肯して、浜中はホテル間の空中移動トリックについて、詳しく語った。立ったまま、晶一は黙って浜中の話に耳を傾けている。

聞き終えて、晶一が口を開いた。

「宿泊者カードから、おれの指紋は出なかったはずだ。それに警察は、おれが松浪を殺したという証拠を摑んでいない」

「お父さん……」

力なく、沙紀が呟く。優しげに沙紀へうなずきかけて、晶一は歩き出した。押入れの前に立ち、ふすまを開ける。

しゃがみ込み、晶一は押入れの下段に、体を突っ込むようにした。奥に仕舞い込んでいる何かを、取り出そうというのだろう。

やがて晶一はあとずさりし、立ちあがってこちらを向いた。その顔から、すでに険しさは消えている。

一冊のノートを、晶一は手にしていた。それを見て、沙紀が息を呑む。

晶一が口を開いた。

「証拠はなくても、アリバイ工作を見破られたのだから、おれの負けだ。

このノートにおれの自筆で、松浪殺害計画のすべてが書いてある。提出するから証拠にしてくれ。自供もする。おれがこの手で松浪を殺した。後悔はしていない。だが、二人の思い出のホテルを、アリバイ工作に使ったことだけは、いずれ瑤子に詫びなければならんな」

黒い積乱雲が切れ、ほんの一瞬陽がさした。そんな晴れやかな表情を、晶一は刹那浮かべる。

晶一の潔さに、浜中は瞠目した。感じ入ったというまなざしを、夏木も晶一に向けている。

「さあ、連行してくれ。警察で詳しく話す」

晶一が言った。束の間の沈黙のあとで、夏木が口を開く。

「この浜中という刑事は、自供調書などの書類を、実に丁寧に書く男でしてね。それに優しいから、被疑者の身になって話に耳を傾ける。

私は書類仕事が好きではないが、今回だけは違う。この事件の書類はすべて、私と浜中で仕あげます。その書類であなたを送検する。それに今、あなたは自首をした。やがて裁判で裁判官は、情状をしっかり酌量してくれるでしょう。

あくまでも法に則り、その上であなたが刑に服する時間を、少しでも短くしたい」

と、照れた笑いを浮かべ、夏木は声の調子を変えた。

「少し喋り過ぎたようだ。さて、行きましょうか」

夏木が腰をあげる。浜中も席を立った。

「手錠はかけないのか？　いつか言っていただろう」

晶一が問う。

「前言を撤回しますよ。あなたに手錠はいらない」

夏木が応えた。沙紀が何かを言いかけて、晶一が目で制す。それから彼は、室内を見渡した。

「二年間、か……」

言って晶一は、夏木と浜中に頭をさげた。沙紀がうつむき、ぽろぽろと涙をこぼす。

「行きましょう」

夏木が晶一に言った。彼らに続いて、浜中も歩き出す。けれど畳の合わせ目の、ちょっとした段差につまずいてしまう。

「済みません」

誰にともなく、浜中は詫びた。晶一と沙紀にとって、大切な別れの瞬間なのに、ドジをするとは情けない。

見れば夏木がこちらを睨んでいる。浜中は頭をさげた。

「あの時も、つまずいたな」

夏木の言葉が降ってきた。浜中を叱責する口調ではない。なにか、たいへんなことに気づきつつある。そういう声音だ。

「あの時っていつです？」

浜中は問うた。

「崖の上だ。ハーケンの跡にお前はつまずいた」

自問の如くそう呟き、ひどく真剣な面持ちで、夏木が眉根を寄せる。それから夏木は、晶一の手元に目を落とした。犯行のノートを、晶一は持ったままだ。

「失礼」

と、夏木は晶一からノートを取りあげた。立ったまま開き、目を落とす。部屋は沈黙に包まれて、夏木が頁をめくる音だけが聞こえた。

「ノートの犯行計画には、崖上のハーケンのことは一切記されていない」

やがて夏木が言った。その声は暗く、顔色は青ざめている。

「もしかして……」

そう呟き、夏木は沈思を始めた。

やがて顔をあげ、夏木が言う。

「崖の上にあったふたつのハーケンの跡。足を引きずって、松浪殺害現場のプレハブから去った晶一さん。さっき公園で見たシーソーに乗る親子。沙紀さんの手のひらの裂傷。おれは今、この四つの意味に気づいた。おれは刑事だから、知った以上は放っておけない。だがおれが動く前に、本人が白状すれば自白になる。それに恐らく、あなたはいつまでも、心に仕舞っておくことはできない。ならば今、話すしかない」

と、夏木が沙紀に目を向けた。逡巡を一切見せず、沙紀が口を開く。

「そうですよね。こんな終わり方は、やっぱりいけないです。ごめんなさい、松浪を殺したのは私です」

浜中は絶句した。

34

「このノートを見て、父の計画を知りました」

卓上のノートに目を留めて、沙紀が言った。浜中たちは再びすわり、四人で座卓を囲んでいる。浜中はまだ、驚愕の中にいた。

「先ほども言いましたけど、松浪のせいでお父さんが、殺人者になるのは嫌だったのです。尊敬する父が、人殺しと呼ばれるのは耐えられなかった。それにお母さんの仇は、私も討ちたい」

淡々と沙紀が言う。殺人という刃を彼女が持っていた。それが浜中には、信じられない。

だが晶一は、無言を守っている。犯人である晶一をかばおうとして、沙紀が嘘をついているならば、晶一が黙っているはずはない。やはり現実なのだ。沙紀が松浪を殺害した。

問わず語りを沙紀が続ける。

あの日。

晶一が仙台へ出かけたあと、沙紀は群新産業の松浪に電話をしたという。

父の晶一は隠しているつもりだが、あなたとプレハブで会うことを私は知った。なぜか父はあなたに敵意を抱き、しかも思い詰めた様子がある。

できれば父との約束の時間より前に、プレハブで私と会ってほしい。父の誤解を解くために、話がしたい。

沙紀は松浪にそう言った。

受話器の向こうで松浪は、多少訝しんだ様子だった。けれど沙紀は女子高校生だから、恐れるに足らずとでも思ったらしく、すぐに承諾してくれた。

沙紀が松浪と約束したのは、午後七時半。それより三十分ほど早く、沙紀はプレハブに入って身を潜めた。やがて車が現れて、松浪が一人でプレハブにくる。

松浪の顔を見た瞬間、頭に血がのぼるのがはっきり解った。

「お母さんを殺したのは、あなたね」

沙紀はいきなり問うた。いや、問うたのではなく、なじったのだ。

プレハブの中は暗く、けれど入り口のひさしの灯りが、微かに届く。沙紀の問いかけに対し、あろうことか松浪は、薄笑いを浮かべた。

沙紀は確信した。

やはり松浪が母を殺したのだ。

わなわなと体が震えた。裡で火柱が立ったようで、ぐつぐつとたぎる怒りを、とても抑えきれない。

沙紀の震えを恐怖ゆえだと思ったのか、にやにや笑って、松浪が近づいてくる。

沙紀をどうするつもりだったのか。

今となってはもう、解らない。

だがともかくも松浪は、気味の悪い笑みとともに、沙紀の肩を摑んできた。

母を亡くした辛さと哀しさ。それからの二年の暮らし。

裡で膨らみ切っていた松浪への怒りを、沙紀は爆発させた。

全力で思い切り、松浪を突き飛ばしたのだ。

松浪は壁にぶつかり、床に倒れた。後頭部を床に強く打ちつけたらしく、ごとりという怖い音がする。床といっても硬い板だ。沙紀は松浪を見おろした。松浪はもう、動かない。後頭部と床の間から、どろりと血が這い出てくる。

泣きもせず、命乞いもせず、恐らくは一瞬だけ痛みを感じて松浪は死んだ。それが沙紀には許せなかった。母の死と、残された父や自分の苦しみに比べ、あまりにあっさりし過ぎている。

持っていたナイフを沙紀は、松浪に突き立てようと思った。けれど松浪が壁にぶつかった際、一斗缶が床に落ちている。いかにもべとついた液体が缶から流れ出て、松浪の体のまわりに広がっていた。

当然の報復をしたまでだから、警察に捕まりたくはない。

液体に足跡を残すのはまずいと考え、松浪のところへいくのを、沙紀は思い留まった。

「こうして私は、松浪を殺したのです」

沙紀が話を結んだ。

沈黙が部屋を染めていく。

「ちょうどその時、おれは仙台から群馬に戻り、このアパートへ入ったところだった。部屋は真っ暗で、沙紀の姿はない」

静寂を恐れるかのように、晶一が言った。言葉使いこそ変わらないが、口調は静かだ。これが本来の晶一なのだろう。

晶一が言う。

「沙紀はプレハブへ行ったのか。そう思い、部屋を出ようとしたところへ、沙紀から電話があった。『松浪は私が殺した。だからお父さんは、こっちへこないで。すぐ仙台へ戻った方がいい』。沙紀はそう言った。おれは目の前が、真っ暗になったよ。娘から殺人を告げられて、親が平気でいられるわけがない」

やるせなさの滲むまなざしを、晶一が沙紀へ向けた。だが彼の頬には、慈しみの温かさもある。

謝るように沙紀がうつむき、晶一が話を継ぐ。

「計画どおり、おれが犯人になる。すぐにそう決意して、沙紀を説き伏せた。けれどプレハブの外に車が停まり、乗っている人がこちらを見ている。その人に見つからずに、プレハブからは出られないと、沙紀が言うんだ。

プレハブには、それまで何度も足を運んでいたから、おれは周囲の様子を把握していた。車中の人物に見られず沙紀を逃がすには、崖を使うしかない。

おれは頭を全速で回転させて計画を練り、沙紀に伝えて電話を切った。そしてプレハブの、崖の上まで行ったんだ。

匍匐《ほふく》前進さながら、身を潜めて崖の端まで進み、おれは顔を覗かせた。沙紀の言うとおり、プレハブの向こうに車が停まっている。

車の近くに外灯があって、その光で車内の様子が見えた。群新産業の人間らしき男が運転席にいて、プレハブに顔を向けている。

こちらは暗く、草もある。身を伏せてさえいれば、崖の上にいても気づかれる恐れはない。おれはそのまま待った。

やがてプレハブの崖側、つまり車から死角の窓が開き、沙紀が出てきた。腰をかがめて、崖の下まで歩いてくる。

プレハブ自体が衝立になり、車中から沙紀の姿は見えないはずだ。運転席の男に、こちらの動きを察した様子はない。彼はじっとしている。

だが、ハーケンをハンマーで打ち込めば、音がして気づかれるだろう。崖の上の地面は硬いが、岩ではない。少し苦労したが、おれはハーケンをふたつ、手で地中に埋め込んだ。

崖の際にハーケンの環がふたつ、一メートルの間隔を置いて、地面から突き出ている格好だ。

おれは山をやるから、ザイルなどいくらでもある。十メートルの黒いザイルを、おれは持っていったんだ。

ハーケンの環のひとつにザイルをとおしながら、するすると崖の下へ垂らしていった。ほどなく到達し、沙紀が先端を摑む。ザイルのもう一方の先端はおれの手元にある。おれはそれをもうひとつのハーケンの環にとおした。

どういう状態か解るか？」

と、晶一が浜中に顔を向けた。

十メートルほどの崖があり、下に沙紀がいて、上に晶一の姿がある。二人は一本のザイルの端を、それぞれ持っている。

つまりザイルによって、繫がっているのだ。そのザイルは崖上の、ふたつのハーケンの環をとおっている。

浜中はうなずいた。晶一が口を開く。

「その体勢で、おれはじっと待った。

プレハブを見張る男は、車中でラジオを聞いていたようだ。やがて男が、わずかに身を乗り出した。興味のあるニュースか、好きな曲でも流れてきたんだろう。

ラジオがあると思しき場所に、男の視線が向く。つまりプレハブから、目をそらしたんだ。瞬間おれは、崖の下へ飛び降りた」

浜中は唖然とした。崖の高さは十メートルだ。

晶一が言う。

「素早く沙紀と入れ替わるには、それしかなかったんだ。崖下の地面に向かって、おれは落下していく。一方で、ザイルの先端を摑んでいる沙紀は、崖の上めがけて、ロケットさながら垂直に飛翔する。

おれの体は頑丈で、沙紀は華奢だ。体重差がかなりあるからな。ほんの十秒かそこらで、沙紀は崖上に到達し、おれは地面に着地したよ。

あの崖は頂き付近が、少し張り出しているだろう。そこにハーケンを打ったから、沙紀もおれも、崖面に体を擦ることはなかった。

沙紀はバレーボール部だ。高校の体育館で、綱を登る練習なんかもしていたからな。途中で手を離すことはなく、うまく崖の上まで行ってくれたよ。

むしろおれのほうが、地面に降り立った際、足をやっちまった」

と、晶一が苦く笑う。

浜中は、ようやく合点がいった。崖の上からそのまま飛び降りれば、足を引きずるぐらいでは済まない。命を落とすか、歩けないほどの大怪我だろう。

だが、軽いとはいえ、ザイルには沙紀がぶらさがっている。沙紀の体重の分だけ、晶一の落下速度は鈍り、足を引きずる程度の怪我で済んだ。

崖の上にあったふたつのハーケンの跡。足を引きずって、松浪殺害現場のプレハブから去った晶一さん。さっき公園で見たシーソーに乗る親子。沙紀さんの手のひらの裂傷――。

夏木の言葉が、浜中の耳朶に甦る。

沙紀にとって、文字どおりザイルは命綱だ。ザイルを強く握り締めるあまり、崖上への飛翔の際、彼女は手のひらに擦過傷を負った。

シーソーに乗る親子の「体重差」を思い出し、ハーケン跡や足を引きずる晶一などの事柄を紡ぎ、沙紀と晶一の入れ替わりを夏木は推理した。

やはり夏木は、頼りになる先輩刑事だ。

浜中はちらと夏木に、目を向ける。推理の的中を誇った様子はまるでなく、鉛でも呑み込んだような、苦く重い表情をしている。

沙紀が犯人だという事実が、改めて浜中の胸を切り裂いた。

35

束の間の沈黙のあとで、晶一が口を開いた。

「地上に降りたおれは、沙紀が開けておいた窓からプレハブに入った。床に松浪が倒れている。おれの胸の中で、もう一度やり直したいという思いが、嵐のように湧きあがった。できることなら時間を戻し、この手で殺したかった。

だがともかくも、この場を切り抜ける必要がある。

そう思い、おれは松浪の死体を見おろした。そして心の中で、ある言葉を繰り返した」

「ある言葉?」

夏木が問うた。

「『ついにやった。憎き松浪を、おれはこの手で殺したのだ』。胸中で、なんどもそう唱えたんだ」

「なぜ、そんなことをしたのです?」

「松浪の死体が見つかれば、警察はいずれおれのところへくる。その時に『松浪を殺していない』と、ほんのわずかでもおれが思ってしまえば、心の揺ぎが声や表情に出る。

それを避けるため、まずおれ自身『川澄晶一が松浪剛を殺した』と、強く思い込む必要がある。そう考えたんだ」

「つまり、自己暗示をかけたと?」

「ああ。容疑者の嘘を見抜く刑事も、いるだろうからな」

晶一が応えた。やり切れない思いに、浜中は捉われていく。

小さく息をついてから、晶一が言う。

「おれは手袋をしていたし、沙紀も用心し、扉や窓に手をかける時、ハンカチを当てていたという。おれたち二人の指紋はなく、置き忘れもない。

仙台にいたというアリバイ工作に、おれは自信を持っていた。見抜く刑事などいないと、思っていたんだ。

車中の男に見られても、アリバイが崩れない限り捕まることはない。そう思い、おれは堂々入り口からプレハブを出た」

「いや、違う」

夏木が言う。

「違うだと？」

「ええ。堂々ではない。たった今、松浪を殺したといわんばかりに、あなたはことさらに慌てた様子で、プレハブを出ていった。

そうやって、わざと自分の姿を派手に晒し、車中の男に『屈強な男がプレハブから慌てて出てきた』ことを印象づけた。

当然車中の男は警察に、そう証言する。つまり性別、体重、年齢、沙紀さんとは完全に正反対の犯人像を、植えつけようとした。

アリバイがあるから捕まらない。あなたにとって、それは二の次に過ぎなかった。まず何よりも、沙紀さんが捕まらないことを考えたんだ」

夏木が言った。晶一はもう、応えない。

沈黙がきて、静寂が部屋を染めていく。

「おれは最低の父親だ」

ふいに晶一が、自傷の言葉を吐いた。うつむきがちに話を続ける。

「松浪を殺すのは、おれにとって正義だった。だが計画を、ノートに綴るべきではなかったんだ。

しかもおれは、沙紀にこのノートを見てもらいたいと、心のどこかで思ってさえいた。おれは瑤子のことを忘れていない。日常に流されて、松浪への怒りを失ってはいない。それを沙紀に知ってほしかった……。

だからおれは、最低の父親なんだ」

ふっつりと、晶一が口を閉じた。

晶一の手に、沙紀が自らの手をそっとかぶせる。

晶一の手をさすり、沙紀が泣いた。瞬間晶一の目から、涙が吹き零れる。

二人は静かに泣き、やがて晶一が顔をあげた。

「愁嘆場を見せて、済まなかったな。

プレハブを出たおれは、崖の上に戻ってハーケンを回収した。沙紀はもういない。

駐車中のおれの車を、誰かが見ているかも知れない。電車で帰れと、沙紀には言っておいたんだ。

別行動の方がいいと思った。

それからおれは、帰宅した。沙紀はまだ帰ってなく、無事に戻ることを祈ったよ」

晶一が言葉を結び、哀しい告白が終わった。

浜中は座卓に視線を置く。

晶一と沙紀の涙が、卓の上に散っていた。その傍らに、ノートがある。

瑤子の弔いのため、晶一は松浪を殺そうとした。ノートを見てそれを知り、晶一の代わりに沙紀が松浪を殺害した。その沙紀を、晶一は懸命にかばい続けた。

だが、沙紀は殺人犯であり、晶一は犯人蔵匿の罪に問われる。

その現実がこれから二人に、さらなる不幸を与えるだろう。

やりきれなくて、哀しくて、とめどない切なさの中、気がつけば浜中は泣いていた。

「ちょっと待て」

ふいに夏木の声がした。腕を組み、彼は首をひねっている。

「松浪が倒れ、そのまわりにゲル状の洗浄液が広がった。その洗浄液をかき分けたのは、どちらです？」

晶一と沙紀を見て、夏木が問う。だが、二人とも首を左右に振った。

どういうことだ――？

浜中は自問する。

豊原によれば、彼がプレハブに踏み込んだ時、洗浄液の一部分が、かき分けられていたという。だから洗浄液を踏むことなく、豊原は松浪のすぐそばまで行った。

しかし晶一と沙紀は、洗浄液に触れていない。

この齟齬はなんだろう。

浜中は思いを巡らす。

「水虫だ！」

やがて大声で、浜中は言った。

36

前橋市内の屋台に、浜中康平はきていた。焼き鳥とおでんの屋台があって、まわりに丸いテーブルが、いくつか置かれている。

泊悠三捜査一課長、二係の係長である美田園恵、それに夏木大介とともに、浜中はテーブルを囲んでいた。料理と飲み物を注文したばかりだ。

「課長の奢りというから、今度こそ料亭だと思ったのですがね」

夏木が言った。

「この屋台は、安くてうまいんだぜ」

泊が返す。瓶ビールとお通しが運ばれてきた。それぞれに注ぎ合い、四つのグラスにビールが満ちる。

「さて、乾杯といこうじゃねえか」

泊が言う。

「先月に引き続き、本部長賞おめでとう！」

と、美田園がグラスを持ちあげた。

「さすが相棒」

「いえ、そんな」

そう言いながら、浜中はビールを手にした。四つのグラスが触れ合って、涼しげな音を立てる。

思い切って、浜中は半分ほどを一気に飲んだ。満足の息をつきながら、グラスを置く。本部長賞をもらったのは不本意だが、松浪剛殺害事件が解決し、心から嬉しいのだ。

「まさか水虫が、手掛かりになるとはな」

笑声混じりに泊が言った。笑みを返して、浜中は首肯する。

松浪の死体のまわりには、洗浄液が広がっていた。それをかき分けたのは誰なのか。

川澄晶一のアパートで、あの日浜中は自問した。そして気づいた。

松浪の死体が見つかった時、浜中と夏木は豊原昌之に話を聞いた。その間豊原は、靴の中でしきりに指を動かしていた。だが二日後に会った時、豊原はそういう仕草をしていない。

つまり豊原はあの夜だけ、足の指先を気にしていたのだ。

なぜか。

靴の中や靴下が濡れており、指先が気持ち悪かったからではないか。

プレハブに入った豊原は、床に倒れている松浪を発見し、ともかくも一一〇番へ通報する。

松浪のまわりには洗浄液が広がって、かき分けられてなどいない。だが、尋常ならざる事態なのだ。通報のあとで豊原は、靴が濡れるのも構わず、松浪に駆け寄った。

微かだが、松浪には息があった。

長い間、自分をあごで使ってきた松浪が、目の前で気を失っている。そして先ほど、男がプレハブから慌てて出てきた。

あの男はきっと、自分が松浪を殺したと思っている。

ならば――。

豊原は松浪の後頭部を持ちあげ、床に打ちつけ殺害した。松浪への恨みつらみが爆発し、理性が一瞬消えたのだろう。

「豊原が松浪を殺すのであれば、もっとマシな計画を立てると思います」

以前に夏木がそう言った。

まさしくそのとおりだった。

晶一の立てた計画の中に、豊原の衝動殺人が紛れ込んだ。

だが、松浪を殺害したあとで、豊原は気づく。

死体のまわりの洗浄液には、自分の足跡しかない。

これでは自分が疑われる。足跡がひとつしかないのだから、発見者が犯人だと警察は考える。そう思い、豊原は洗浄液の、自分の足跡のついた部分を左右にかき分けた。けれど靴にも、洗浄液が付着している。

豊原は流し台へ行き、靴を洗った。慌てており、靴全体に水がかかってしまう。しかし乾かす時間はない。豊原の通報を受け、警察がプレハブへ向かっているはずなのだ。

「靴の表面をざっと拭き、そのまま履きました」

取調室で豊原は、そう言った。浜中の推測どおりに、すっかり自供したのだ。

しかし浜中は自戒している。

豊原が犯人でよかったと、ほんの一瞬でも思ってはいけない。豊原にも家族がいて、家庭があるのだ。あるいは豊原も、被害者なのかも知れない。

だがともかくも沙紀は、殺人者にならずに済んだ。

素直に喜んでいいだろう。浜中は笑みをこぼした。

ビールを飲み干して、夏木が口を開く。

「プレハブの中で迫りくる松浪を、沙紀さんは突き飛ばした。正当防衛が認められるかも知れない」

「そうなれば晶一さんと沙紀さんは、プレハブへの住居侵入罪にしか問われない」

と、美田園がにっこり笑う。

「さあ、相棒。もっと飲もうぜ。羽を伸ばせるのは今夜だけだ。明日から忙しくなる」

夏木が言った。浜中は大きくうなずく。

美田園が泊に頼み込み、浜中たち二係が総力をあげて、二年前の瑤子の事件を洗い直すことになったのだ。

多少時間はかかるだろうが、真相を必ず白日の下に晒す——。

決意を胸に、浜中はグラスに手を伸ばした。

小島正樹の実験と挑戦

飯城勇三

1.〈本格ミステリー・ワールド・スペシャル〉

本書が収められている〈本格ミステリー・ワールド・スペシャル〉は、現在、私が最も注目しているシリーズの一つとなっている。というのも、このシリーズは、コンセプトがはっきり打ち出されていて、しかも、そのコンセプトがかなり狭いからである。このため、シリーズというよりは、複数の作家が同じテーマに挑む〝競作〟と呼ぶ方がふさわしいものになっているのだ。

そのコンセプトが何かは、本シリーズの愛読者には言うまでもないだろう。ただし、小島正樹は他社でも本を出していて、そちらから入ってきた読者もいると思うので、ここであらためて書いておく。

この叢書は、「《奇想》と《不可能》を探求する革新的本格ミステリーシリーズ」と銘打たれている。監修者の一人である島田荘司の実作を見るならば、《奇想》と《不可能》を前面に押し出した作風は、少数派ではないが、大多数というわけでもない。その作風をコンセプトとして打ち出したシリーズなのだから、私が「かなり狭い」と評したのも、当然だろう。

こういった狭いコンセプトに様々な作家が挑む〝競作〟の場合、二種類の興味深い化学反応が生じることになる。この化学反応こそが、私の注目している点なのだ。

一つめは、コンセプトが作者の本来の作風と合わない場合。この場合、作者は、「《奇想》と《不可能》」に歩み寄るか、逆に、自身の作風に引きずり込むかのいずれかを迫られる。これにより、その作家の従来の作品とは異なる魅力が生まれるわけである。

　こちらの作例は、今のところ、深水黎一郎の『世界で一つだけの殺し方』しかないが、この作では、実に興味深いアプローチを見ることができる。自身の本来の作風に——深水黎一郎の世界の中に——島田荘司の世界を、〈不可能アイランド〉という設定で持ち込むことによって、見事に両立を成し遂げているからだ。さしずめ、作中作ならぬ〝世界中世界〟といったところか。しかも、作中作と異なり、この二つの世界は地続きになっているので、伏線が重なり合って提示されているのだ。

　二つめは、コンセプトが作者の本来の作風と合っている場合。これでは化学反応は起きないと思うかもしれないが、そうではない。例えば、他の出版社から普通に刊行する場合、どうしても幅広い読者を対象にせざるを得なくなる（実際、小島正樹が従来より広い読者を狙ったと思《おぼ》しき〈硝子の探偵シリーズ〉の執筆では、編集部からその手の要望があったらしい）。だが、本シリーズでは、《奇想》と《不可能》を期待する読者を最大のターゲットとして、作者の本来の資質を、思う存分発揮することができるのだ。

　私見では、こちらの最大の成功作は、小島正樹の『龍の寺の晒し首』だろう。島田荘司フォロワーと見なされている作家の中でも、最も奇想と不可能性の案出に長《た》けている作者が、何の雑音もなくその才能を発揮できる場で、すばらしい作品を生み出したのだ。実を言うと、作者お得意の「あり得ないような偶然の重なり」が、本作ではいつもより多いのだが、このシリーズのコンセプトを考えると、さほど不満は感じられない。なぜならば、本シリーズのコンセプトを体現した島田作品『奇想、天を動かす』や『暗闇坂の人喰いの木』なども、「あり得ないような偶然の重なり」を多用しているからだ。

ただし、私がこの作で最も評価するのは、叙述によるミスリードの多彩さ。叙述の仕掛けは、作中探偵に説明させることができないためか、これまで作者は控えめに使っていた。だが、本作ではいつもより多く、かつ、わかりにくいのだ。これはおそらく、作者が「このシリーズの読者なら、説明抜きでも全部わかってくれるはずだ」と考えたのではないだろうか。

その『龍の寺の晒し首』の作者が、再び《奇想》と《不可能》に挑んだのが本書となる。さて、その内容やいかに――

2.『浜中刑事の妄想と檄運』

――と思って読み始めた私は、驚いてしまった。《奇想》と《不可能》に驚いたのではない。『龍の寺の晒し首』と、あまりにも作風が異なるので驚いたのだ。今、本書を手に取っているみなさんならば、帯やカバーや広告の文章などで、読む前にある程度の予備知識を得ているに違いない。しかし、私は本文のゲラだけしか受けとっていなかったのだ。驚くのも当然だろう。

まず驚いたのは、主人公が浜中刑事だったこと。浜中は前述の『龍の寺の晒し首』(二〇一一年)に初登場。物語の時点では県警の捜査一課に配属されたばかりで、大伯母の神月一乃(本書では声のみの出演)の一族をめぐる殺人事件を捜査する。その後――好評を受けてなのか作者が気に入ったのかは不明だが――『祟り火の一族』(二〇一二年)に再登場。もっとも、どちらも海老原浩一が探偵役だったので、本書がソロデビュー作ということになる。ちなみに、『龍の寺――』は昭和五十九年、『祟り火――』は昭和六十一年の事件という設定なので、本書はこの二作の間に起こった事件となるわけである。ただし、浜中のキャラクターについては作中に詳しく書いてあるし、他の作のネタバラシもないので、先に本書を読んでも、何も問題はない。

問題があるのは、浜中が、いわゆる〝名探偵〟ではないということ。卓越した強運の持ち主ではあるが、海老原のような卓越した推理力は持っていない浜中。彼に、《奇想》と《不可能》の物語の探偵役が務まるのだろうか……。脇役の刑事をスピンオフさせた作品としては、『扼殺のロンド』が二〇一四年に文庫化された際に、双葉社WEBマガジン『カラフル』に書き下ろした「小沢刑事とリンゴちゃん」という作品があるが、あれは文庫化とのタイアップで書かれたお遊びの掌編だし……。

しかし、最初の「浜中刑事の強運」を読み始めると、もっと驚くことになる。なんと、本作は倒叙形式だったのだ。この形式の場合、犯行があらかじめ読者に明かされることになるので、不可能性はなくなってしまう。しかも、倒叙ものの犯人は罪を逃れるための工作しかしないので——つまり、「やりすぎ」たりはしないので——奇想とも縁遠くなってしまう。倒叙もので《奇想》と《不可能》の物語を描くことができるのだろうか……。

そして、作品を読み進めてみても、《奇想》と《不可能》は、いつまでも出て来ない。面白いことは面白いし、倒叙ミステリーとしてなかなか楽しめることも間違いない。だが、この内容なら、〈本格ミステリー・ワールド・スペシャル〉として出す必要がないように思えるが……

……という私の考えは、終盤で打ち砕かれる。この中篇は、まぎれもなく《奇想》と《不可能》の物語であり、〈本格ミステリー・ワールド・スペシャル〉の一冊にふさわしい作品だったのだ。

そしてこの考えは、次の「浜中刑事の悲運」を読むことによって、確信に変わる。こちらの中篇も、浜中刑事を主人公とする倒叙ものとして始まり、終盤で《奇想》と《不可能》が浮かび上がるというプロットを持っているからである。作者は意図的に、『龍の寺の晒し首』とは異なるタイプの《奇想》と《不可能》の物語をひっさげて、〈本格ミステリー・ワールド・スペシャル〉に、二度めの挑戦をしたのだろう。

本書の魅力はそれだけではない。この作には、『龍の寺の晒し首』以降の、作家としての変化や成長が反映されているようにも見えるのだ。

例えば、文章を見てみよう。『龍の寺――』に比べて、ずっと読みやすくなっていないだろうか？私は『扼殺のロンド』の初刊本と二〇一四年の（作者自身が改稿した）文庫版を比較したことがあるのだが、プロットはそのままであるのに対して、文章がかなり変わっているのに驚いた記憶がある。一番わかりやすいのは、文庫版では傍点がごっそり削られていること。これにより、初刊本の大仰なイメージが抑えられているわけである。他にも、いわゆる「見得を切る」ような文が減り、落ち着いたイメージに変わっている。そして、本書はこの改稿版と同じ文体で描かれているのだ。

あるいは、浜中の、犯人の悩みや苦しみを受け止めてしまう心の描写。二〇一一年の『龍の寺――』では、浜中のこういった性格は描かれていなかったし、海老原についても同様である。だが、二〇一二年の『祟り火――』では、海老原が「被害者や加害者の哀しみ、苦しみ、あるいは憎しみさえも、受け止めるつもりです」という決意を表明。さらに、二〇一三年の『永遠の殺人者』でデビューした〈おんぶ探偵・城沢薫〉は、最初から「犯人の心を受け止める探偵」として設定されている。そして、本書の浜中の性格が、この延長上にあることは、言うまでもない。これもまた、作者の成長と変化が作品にフィードバックされたものなのだろう。

しかし、『龍の寺──』と本書の間に書かれた、私が最も重要だと思う作品は、『硝子の探偵と消えた白バイ』（二〇一三年）に他ならない。この作で作者が──私の知る限りでは──初めて行った試みこそが、本書の《奇想》につながっているからである。ただし、真相に触れなければならないので、次の節に進む前に、本篇を読み終えてほしい。

3.『浜中刑事の妄想と檄運』──裏

※本書収録作の真相に触れているので、本篇を先にお読みください。

第一話「浜中刑事の強運」に《不可能》が登場するのは、第26章。床の血のルミノール反応によって、今本真奈は自宅で殺されたという結論が下された時である。われわれ読者は、真奈は犯人の家で殺されたことを知っているのに、鑑識はそうではないと断定したのだ。まさに、〝不可能犯罪〟。そして、この不可能性は、本作が倒叙形式で描かれているからこそ、生じるわけである。われわれは、間違いなく、真奈が犯人の家で殺される場面を見た（読んだ）はずなのに、真奈は犯人の家で殺されていないというのだから……。

第二話「浜中刑事の悲運」に《不可能》が登場するのは、第33章。犯人は川澄晶一だと思い込んでいる読者の前で、彼の娘の沙紀が、「松浪を殺したのは、私です」と告白した時である。われわれ読者は、冒頭で川澄晶一が死体を前に「憎き松浪を、おれはこの手で殺したのだ」と心の中で繰り返すシーンを見ているし、犯行後に現場から出て来たのが晶一しかいないことを知っているのに、現場にいなかったはずの沙紀が、自分が犯人だと告白したのだ。まさに、〝不可能犯罪〟。そして、この不可能性は、本作が倒叙形式で描かれているからこそ、生じているわけである。われわれは、間違いなく、犯行現場で犯人として行動する晶一を見た（読んだ）はずなのに、晶一は犯人ではないというのだから……。

また、本作では、ハーケンとザイルを利用してプレハブの中にいた沙紀と晶一が入れ替わるという——いかにも小島正樹が好みそうな——密室トリックが出てくる。ただし、このトリックによって「不可能が可能になった」と感じるのは、倒叙形式で読んでいるわれわれ読者しかいない。作中探偵の浜中の方は、ハーケンの手がかりとシーソーで遊ぶ親子のヒントにより、入れ替わりトリックに気づき、「このトリックが用いられたなら沙紀が犯人だ」と推理している。つまり、浜中は一度も不可能性を感じていないのだ。作者が本書の探偵役を海老原にしなかった理由は、おそらくここにあるのだろう。

〝倒叙形式でしか成立しない不可能犯罪を描く〟——これが、私が《奇想》と評した、本書のアイデアである。犯人がもくろんだ不可能犯罪を、犯人の側から描いたならば、不可能性は生まれるはずがない。それなのに、作者は不可能状況を叩きつけてくるのだ。広い意味では、これを《奇想》と呼んでも、かまわないはずである。

もちろん、〈本格ミステリー・ワールド・スペシャル〉の読者が期待する《奇想》は、島田荘司が『本格ミステリー宣言』で提示した「神秘的・幻想的な謎」の方だろう。「ボートを漕ぐ首の無い死体、空を舞う龍」といったたぐいのものである。

だが、本格ミステリーには、「ミステリーのパターンを逆手にとって読者に驚きを与える」というアイデアの系譜も存在している。ワトソン役に対する読者の思い込みを突いたアガサ・クリスティの長篇や、名探偵の推理に対する読者の信頼をひっくり返したエラリー・クイーンの長篇、記憶喪失テーマに対する読者の展開予想を裏切った島田荘司の長篇……。そして、小島正樹の『硝子の探偵と消えた白バイ』も、このアイデアを用いた長篇に他ならない。この作の前半をミステリー・ファンが読むと、探偵役と助手役の関係について、「あのパターンだな」と思い込む。だが、それは物語の終盤で、ひっくり返されることになる。加えて、読者はこの思い込みによって、白バイの消失トリックを見抜きにくくなってしまうのだ。おそらく作者は、このアイデアに手応えを感じ、本作では別のパターン（倒叙もの）と不可能犯罪の組み合わせに挑んだのだろう。

考えてみると、「倒叙形式を生かした不可能犯罪」というのは、意外と珍しい。『刑事コロンボ』は倒叙形式のTVドラマであり、「さらば提督」という、本書の第二話のアイデアを先行して使っているエピソードもある（余談だが、第二話の水虫の手がかりは、「毒のある花」というエピソードへのオマージュなのかもしれない）。ただし、不可能犯罪が登場するのは、「殺しの序曲」と「美食の報酬」くらいしかない。しかも、どちらも作中でコロンボがトリックの解明に頭を絞っていることからわかるように、倒叙形式を生かしているわけではないのだ。なんとか思い浮かぶのは、麻耶雄嵩の『貴族探偵』シリーズの一作くらいだろうか。だが、この作にしても、倒叙形式によって犯人の意外性は高まっているが、不可能性が高まっているわけではないのだ。

一方で、ミステリーのパターンを逆手にとったアイデアには、大きな問題がある。それは、「二作めからは読者に展開を見抜かれてしまう」ということ。一作めでパターン崩しに引っかかった読者にとっては、この〝パターン崩し〟もパターンの一つになってしまうからである。実際、〈硝子の探偵シリーズ〉の二作めでは、一作めを上回るインパクトを与えることに成功しているとは言いがたい。だが本書は、その問題を鮮やかに解決しているのだ。

第一話では、読者は通常の倒叙ものとして読み進めていく。扇風機と死体移動を組み合わせたアリバイ・トリックは、すべて読者に明かされているので、ミステリーとしてのポイントは、「いかにして浜中がこのトリックをあばくか」にある——と思っていた読者は、第26章で不可能状況に直面して驚くことになるのだ。

だが、これで読者は免疫ができてしまう。「なるほど、このシリーズは、倒叙ものだが、犯行を全部明かすわけではないのだな」と、展開を予想されてしまうわけである。

この予備知識をもとに第二話を読み進めた読者は、犯人・川澄晶一にアリバイがあるにも関わらず、アリバイ工作のシーンが描かれていないことに気づく。ここで読者は、「なるほど、今回は読者に〈アリバイ崩し〉を求めているわけか」と思い込む。そして、その思い込みは第33章でくつがえされ、読者は意外性を感じることになるわけである。しかも、その後さらに、逆転劇が待ち構えているのだ。おそらく、私と同様、みなさんも作者のテクニックに翻弄されたと思う。

……と、ここまで本書を高く評価してきたが、不満もないわけではない。一番の不満は、作者が倒叙形式を書き慣れていないように見える点。

前述のように、作者は叙述によるミスリードが得意で、中には犯人視点の描写を利用したものもある。例えば、A氏が天翔《あまかけ》る龍を見て驚くシーンを読んだ読者は、「A氏が犯人なら、自分の仕掛けたトリックに自分で驚くはずがない」と考える。だが、実は犯人はA氏だった。彼は、自分の仕掛けたトリックが偶発的な自然現象によって空を舞う龍に変わってしまったから、驚いたのだ。これはフェアで巧妙なミスリードではあるが、ごく短いシーンにしか使うことができない。これまで作者は、こういった短い叙述にしかトリックを仕掛けたことがないため、一冊すべてが倒叙形式である本書では、いくつか問題が出ているように見えるのだ。

例えば、第一話では、被害者の血を受け止める道具に蓄音機のホーンを使っている。だが、その理由はどこにも書いていないのだ。普通なら漏斗《ろうと》を使うだろうし、それを入手する時間も処分する時間もあったはずである。犯人の内面が描かれる倒叙ものでは、こういった理由の欠如が気になってしまうのだ。

第二話では、実は犯人ではない川澄晶一の内面描写が気になった。例えば、冒頭で晶一の内面に浮かぶ、松浪が頭を打った時の状況が、沙紀の証言と寸分違《すんぶんたが》わないというのは問題と言えるだろう。犯行直後の時点では、そこまで詳しい打ち合わせはしていなかったはずなのだから。

ただし、私が一番気になったのは、「憎き松浪を、おれはこの手で殺したのだ――」や「自分は松浪を殺した」といった独白だった。解決篇で晶一は「警察はいずれおれのところへくる。その時に『松浪を殺していない』と、ほんのわずかでもおれが思ってしまえば、心のゆらぎが声や表情に出る。それを避けるため、まずおれ自身『川澄晶一が松浪剛を殺した』と、強く思い込む必要がある」と説明しているので、フェアだと考える読者が多いだろうし、私もアンフェアだと言いたいわけではない。だが、倒叙形式を書き慣れた作家ならば、この手を思いついたとしても使わず、代わりに「おれは自分の殺人計画がもたらした死体を見つめていた」等のダブルミーニングを用いるはずである。なぜならば、一度この手を使ってしまうと、今後、読者が倒叙形式における内面描写を信用できなくなってしまうからだ。犯人が「おれは犯行当時は大阪にいたので――」や「おれはA氏とは初対面なので――」と独白したとしても、それは、警察を欺くため、そう自分に言い聞かせているだけかもしれないではないか。ひょっとしたら、作者は――前述のクリスティやクイーンのように――倒叙ものにおける〈パンドラの箱〉を開けてしまったのかもしれない。倒叙形式の本格ミステリーを揺るがしかねないこの問題について、みなさんはどう考えるだろうか?

こういった不満があるにせよ、本書が優れた本格ミステリーだと認める人は多いと思う。一方で、本書が〈本格ミステリー・ワールド・スペシャル〉にふさわしいとは認めない人もまた、多いと思う。だが、考えてほしい。作者は既に、『龍の寺の晒し首』という、誰もが〈本格ミステリー・ワールド・スペシャル〉にふさわしいと認める作品を、四年前に書いているのだ。小島正樹の力量ならば、この長篇と同じ作風の新作を書くのは、さほど困難ではないはずである。また、このシリーズに読者が何を期待しているのかも、作者はちゃんとわかっているはずである。それなのに、あえて評価が割れるような、前作とは異なる作風で描いたのだ。しかも、この作品には、前作を上梓した後の四年間に作者が行った様々な試みが組み込まれてもいるのだ。

島田荘司は、同じ場所にとどまることなく、常に新たな試みに挑戦し続けている。その彼が監修する〈本格ミステリー・ワールド・スペシャル〉にふさわしいのは、前作と似たり寄ったりの作品ではない。本書のような、実験性に満ちた挑戦的な作品なのだ。

浜中刑事の妄想と檄運

2015年4月21日　第一刷発行

著者　**小島正樹**
発行者　**南雲一範**
装丁者　**岡 孝治**
発行所　株式会社**南雲堂**
東京都新宿区山吹町361　郵便番号162-0801
電話番号　(03)3268-2384
ファクシミリ　(03)3260-5425
URL http://www.nanun-do.co.jp
E-mail nanundo@post.email.ne.jp
印刷所　**図書印刷**株式会社
製本所　**図書印刷**株式会社

ISBN 978-4-523-26528-3 C0093

本格M.W.S.

《奇想》と《不可能》を探求する革新的本格ミステリー・シリーズ

本格ミステリー・ワールド・スペシャル

島田荘司／二階堂黎人 監修

龍の寺の晒し首

小島正樹 著

本体1,800円

**消失する首、ボートを漕ぐ首のない屍体、
空を舞う龍**

群馬県北部の寒村、首ノ原。村の名家神月家の長女、彩が結婚式の前日に首を切られて殺害され、首は近くの寺に置かれていた。その後、彩の幼なじみ達が次々と殺害される事件へ発展していく。県警捜査一課の刑事、浜中康平と彩の祖母、一乃から事件の解決を依頼された海老原浩一の二人が捜査を進めて行くが……